THE TRIALS OF APOLLO

太陽神試煉

祕密神諭

THE TRIALS OF APOLLO

太陽神試煉

祕密神諭

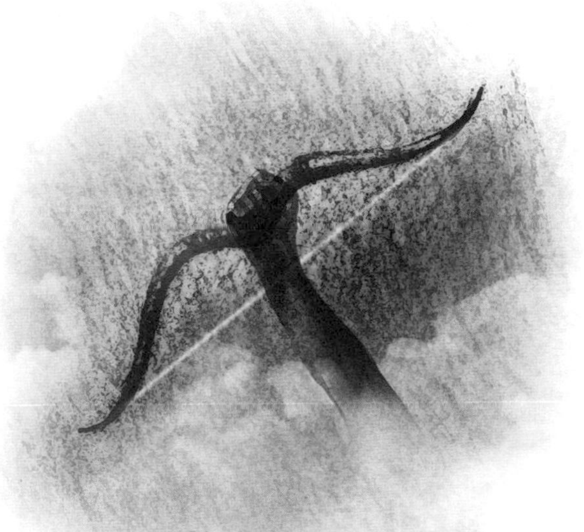

Rick Riordan
雷克・萊爾頓 著
王心瑩 譯

【推薦文】
進入天神的幻想異域

暨南大學推理同好會指導老師　余小芳

【太陽神試煉】是暢銷書作家雷克．萊爾頓的新作，他以生動活潑的巧筆、流暢好讀的行文及天馬行空的想像力，不僅再現波西．傑克森的英姿，整個冒險歷程更著墨在太陽神阿波羅被貶為凡人的故事上。

故事中娓娓道來過往樹敵無數，而今「有所不能」的天神在凡間所面臨的嚴峻考驗，並透露出儘管前身曾呼風喚雨，想在現實社會生存，「進步的唯一方法就是練習」，道出了現代人努力的不二法則。

全書採用第一人稱的視點，直探神祇內心的脆弱與掙扎。透過古老神話的現代詮釋與演繹，別出心裁的劇情發展，引領讀者進入幻想異域，【太陽神試煉】再度展現一代奇幻大師出眾的匠心及功力，別具意義。

【推薦文】

一部視覺和聽覺交織的幻奇故事

演員 汪東城

「唱歌對靈魂有益，你絕對不該錯過唱歌的機會。」這是太陽神阿波羅在這本書中最觸動我心的一句話。

一口氣翻閱《太陽神試煉：祕密神諭》，我透過作者雷克．萊爾頓的妙筆引領，想像自己正在衝破現實次元壁，和希臘神話的眾神們徹頭徹尾奔馳出一段英雄冒險歷程，而這一切在視覺上是這麼理所當然的奇幻驚喜。

但我更想說的是，其實這是一本會唱歌的書，作者在情節中播放著一首首滿是寓意的歌曲，因著文字我在紐約街頭聆聽了一場情懷漫溢的演唱會，在聽覺上真有叫人出人意料美妙絕倫。

這是一部視覺和聽覺交織的幻奇故事，請大家跟著我和落入凡間的太陽神阿波羅一起放聲高歌吧！

【推薦文】
再見波西與太陽神的精彩結合

高雄市國教輔導團社會領域專任輔導員 蔡宜岑

希臘神話中的太陽神阿波羅墜入凡間只剩下一副十六歲男孩的軀殼，沒有俊俏的外表，以往引以爲傲的神力通通消失，再也不是大家所熟悉掌管藝術、音樂、醫藥的陽光型男。

雷克．萊爾頓再度發揮奇幻創作，將神話中的阿波羅與創作出的人物波西．傑克森再度結合在【太陽神試煉】這部作品中，看著阿波羅如何與夥伴相互合作度過每一次的難關，如何運用現有資源與智慧在現代社會中找出自己的價値。作者大量運用青少年的用語，並巧妙插入貼近年輕人的話題，很自然地便能吸引年輕讀者的目光。而其生動、純熟的寫作筆法讓書中人物宛若躍然紙上，開啓讀者無邊際的想像空間。

獻給謬思女神卡莉歐碧

早該如此。請別傷害我。

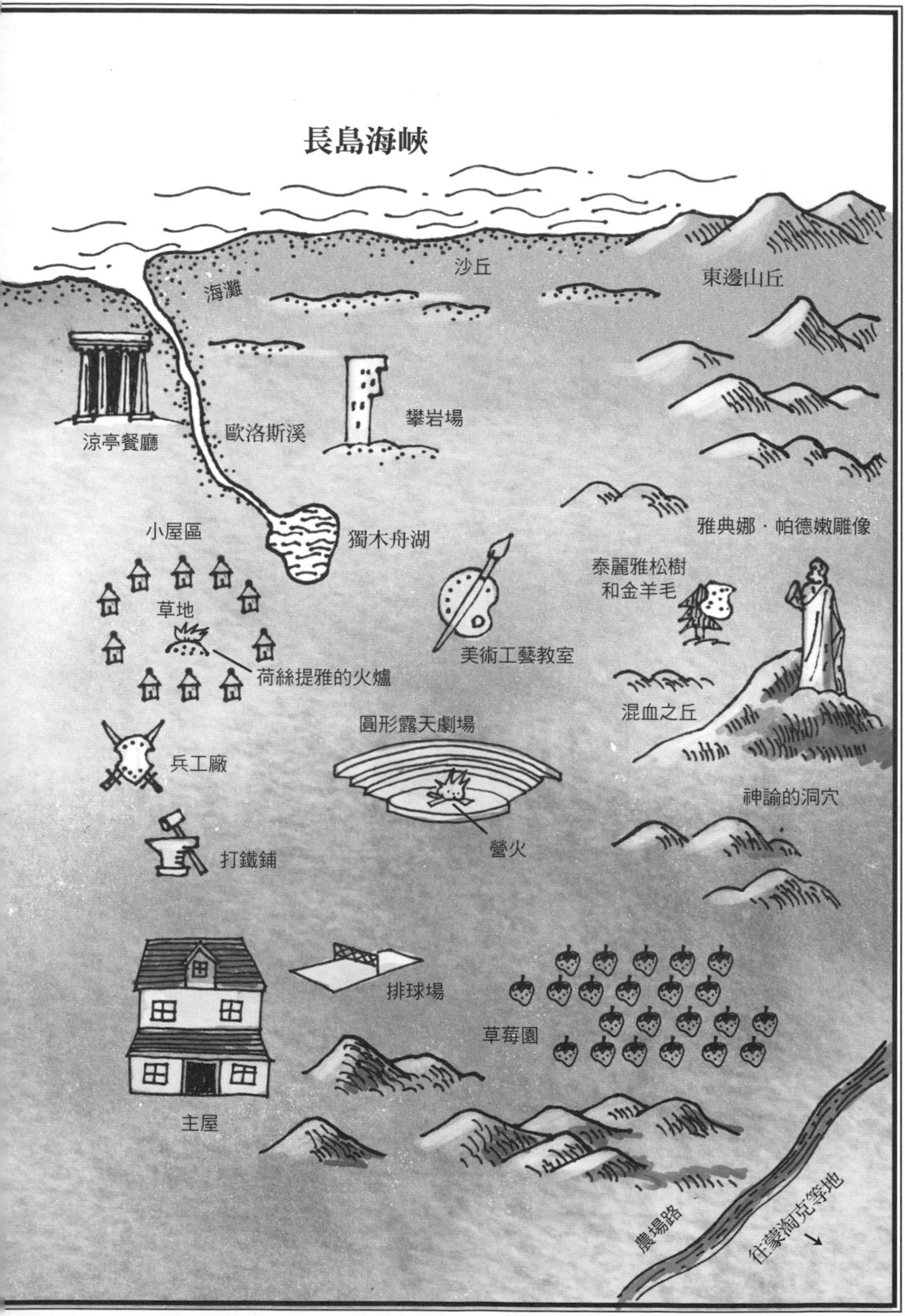
長島海峽
沙丘
海灘
東邊山丘
涼亭餐廳
歐洛斯溪
攀岩場
小屋區
獨木舟湖
雅典娜．帕德嫩雕像
泰麗雅松樹
和金羊毛
草地
美術工藝教室
荷絲提雅的火爐
混血之丘
圓形露天劇場
兵工廠
神諭的洞穴
營火
打鐵鋪
排球場
草莓園
主屋
農場路
往蒙淘克等地

混血營地圖

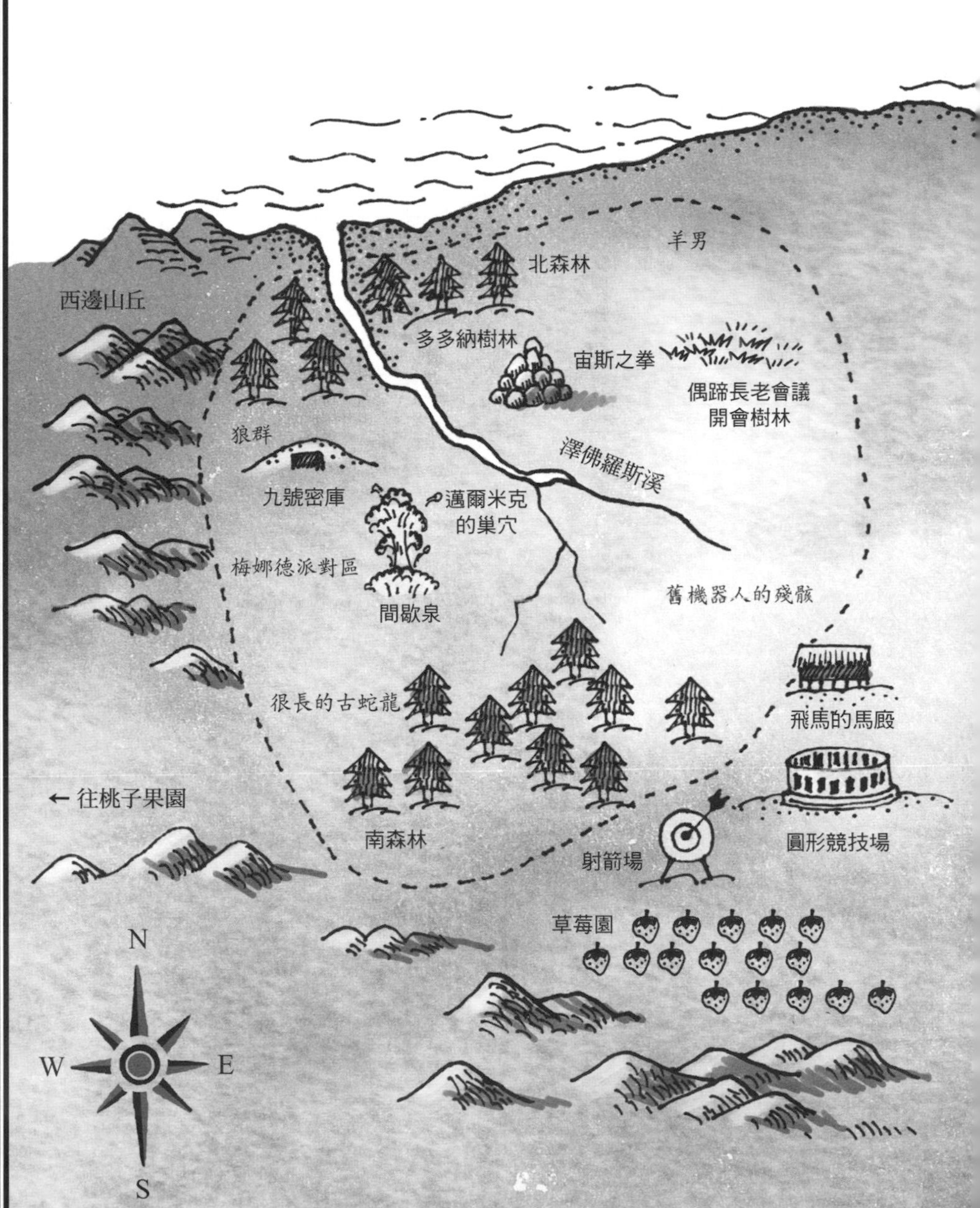
西邊山丘
北森林
羊男
多多納樹林
宙斯之拳
偶蹄長老會議
開會樹林
狼群
澤佛羅斯溪
九號密庫
邁爾米克
的巢穴
梅娜德派對區
間歇泉
舊機器人的殘骸
很長的古蛇龍
飛馬的馬廄
← 往桃子果園
南森林
射箭場
圓形競技場
草莓園
N
W
E
S

1

流氓揍我臉
若可我必痛毆之
拳拳皆致命❶

我名叫阿波羅。我本來是天神。

在四千六百一十二年的歲月裡，我做過形形色色的事。我讓包圍特洛伊城的希臘軍隊染上瘟疫，我庇佑貝比魯斯在一九二六年世界大賽的第四戰轟出單場三響砲，我也讓自己的神譴降臨在小甜甜布蘭妮於二〇〇七年MTV音樂錄影帶大獎頒獎典禮的表演上❷。

我的永生不死生活如此多采多姿，卻從來不曾緊急降落到大型垃圾箱裡。

我甚至不曉得怎麼會這樣。

我一醒來就發現自己向下墜落，摩天大樓宛如螺旋一般轉進視野又轉出，身體也不斷冒出火花。我嘗試飛起來，也嘗試變成一朵雲，或者透過意念瞬間移動到世界的另一端，或是對我來說輕而易舉的其他一百種舉動，然而我只是繼續墜落。我高速跌入兩棟建築物之間的狹窄街道裡，發出巨大的「砰！」一聲。

還有什麼聲音比天神撞上一大堆垃圾袋的聲音更悲慘？

---

❶ 阿波羅是掌管詩歌的天神，各章開頭以俳句形式展現他的文采。

❷ 當年美國歌手小甜甜布蘭妮（Britney Spears）在台上恍神，表演嚴重失常。

我躺在開放式的大型垃圾箱裡，全身痛得忍不住呻吟。腐爛的波隆那香腸和尿布的臭氣燒灼我的鼻孔。我覺得肋骨摔斷了，但我的肋骨應該不可能摔斷啊。

我滿心困惑又焦急，不過有個記憶漸漸浮現腦海……是我父親宙斯的聲音：「都是你的錯。你要接受懲罰。」

我終於明白自己到底怎麼了，於是絕望得哭起來。

即使像我這樣掌管詩歌的天神，此刻也很難描述內心的感受，而你只不過是凡人，怎麼可能了解呢？想像一下你的衣服全被撕爛，然後遭到消防水管強力猛灌，旁邊還有大批群眾圍觀嘲笑。想像一下冰水灌滿你的嘴巴和肺部，強大的水壓轟得你皮膚瘀青，全身關節也彷彿任憑擺布。再想像一下無助、羞恥、徹底脆弱的感覺……你之所以成為你的一切，全部遭到公開粗魯剝奪。而我所受到的羞辱，遠比你剛才的想像更加淒慘。

「都是你的錯。」宙斯的聲音在我腦中迴盪。

「不！」我哭得慘兮兮。「不，不是那樣！求求你！」

沒人回應。我身邊有殘餘的火苗以之字形竄上磚牆，而在磚牆上方，灰撲撲的冬日天空看起來好無情。

我努力回想自己遭到懲罰的細節。父親有沒有說明這項懲罰會持續多久？有什麼方法可以讓我重新贏得他的疼愛？

我的記憶實在太模糊，幾乎無法回想起宙斯的長相，更別提他決定把我扔到凡間的原因。印象中是與巨人族展開一場大戰，眾神疏於防備，那實在很窘，最後還差點遭到擊潰。

我唯一確切知道的事情是：我所承受的懲罰一點都不公平。宙斯需要怪罪某個人，他當然挑選萬神殿中最英俊帥氣、最有才華、人氣最高的天神，那就是我。

我躺在垃圾堆裡，直直瞪著垃圾箱蓋子內側的註記字樣：如需傾倒，請打電話一－五五五－二四三四五八四（噁死餿死搗鼻死）。

宙斯一定會重新考慮，我對自己說。他只是想嚇唬我。他隨時會把我拉回奧林帕斯山，警告一下就放我走。

「沒錯……」我的聲音聽起來既空洞又絕望。「沒錯，一定是這樣。」

我嘗試移動身子。等到宙斯來道歉的時候，我希望自己能夠好好站著。我的肋骨陣陣抽痛，胃痛如絞。我抓住垃圾箱的邊緣，努力拖動自己的身子翻過側邊，最後終於掉出去、肩膀著地，撞到柏油地面時發出嘎吱一聲。

「哎哎喲喲喂喂呀，」我痛得咬牙低聲說：「站起來，站起來啊。」

要讓兩條腿站穩並不容易，我不僅暈頭轉向，也因爲氣力放盡而差點昏過去。我站在一條死巷裡，唯一的出口位於大約十五公尺外，外面的街上有幾間骯髒店鋪，包括一間保釋代理人的辦公室，還有一間當鋪。我猜自己身在紐約曼哈頓區的西側某處，也可能是在布魯克林區的皇冠高地。掉在這樣的地方，顯示宙斯肯定對我氣炸了。

我檢視一下自己的新身體，看來是白人男性青少年，身上穿著運動鞋、藍色牛仔褲和綠色 polo 衫。眞是超級單調無趣。我覺得很不舒服，全身虛弱，而且太太太像人類了。

你們凡人怎麼受得了啊？我實在永遠無法理解。你們一輩子都受困在臭皮囊裡，既不能變成一隻蜂鳥，也無法幻化成純粹的光線，沒辦法享受這樣的單純樂趣。

而現在，眾神幫幫我啊，我變成你們凡人的一份子了……變成只是另一副臭皮囊。

我胡亂摸索褲子口袋，希望仍然擁有我那輛太陽戰車的鑰匙。運氣沒那麼好。我找到一個廉價的尼龍錢包，裡面有美國貨幣一百元……也許是我成為凡人第一天的午餐錢吧。另外還有一張紐約州的青少年駕照，貼了一位鬈髮呆瓜青少年的照片，那絕不可能是我，上面有個名字叫「萊斯特．巴帕多普洛斯」。宙斯的殘酷行爲眞是沒有極限！

我往垃圾箱裡瞥了一眼，心裡期盼我的弓、箭筒和七弦琴會跟著一起墜落凡間，即使只有口琴也勉強能接受。結果什麼都沒有。

我深吸一口氣。「振作一點，」我對自己說：「我一定還保有一些天神的能力。眼前的情況不算最糟。」

這時有個粗啞聲音叫道：「喂，凱德，看看這魯蛇。」

兩個年輕人擋住巷子的出口，矮胖的那個留著淡金色頭髮，高大的那個則是一頭紅髮。兩人都穿著特大號的連帽上衣和寬鬆長褲，脖子刺滿彎彎曲曲的蛇紋刺青圖案，只差沒有在額頭刺上大大的「我是惡棍」字樣。

紅髮男的目光瞄準我手上的錢包。「哎呀，麥基，對人家好一點。這傢伙看起來滿親切的。」他嘻嘻笑著，然後從腰帶拔出一把獵刀。「坦白說，我敢打賭，他很想把所有的錢都交給我們。」

接下來的發展，全部要怪我摔得暈頭轉向。

我知道自己的永生不死已經遭到剝奪，但仍然認為自己是偉大的阿波羅！一個人不可能輕易改變原本的思考模式，那可不像，呃，變成一隻雪豹那麼容易啊。

況且，前幾次宙斯懲罰我變成凡人的時候（沒錯，以前發生過兩次），我還保有巨大的力氣，也至少保留一些原本的天神力量。我猜這一次應該還是一樣吧。

我才不打算讓兩個年輕的凡人流氓奪走萊斯特．巴帕多普洛斯的錢包。

我直挺挺站著，心裡期盼我會顯露出尊貴的風度和天神的美貌，讓凱德和麥基為之膽怯。（不管駕照上的照片看起來怎樣，我絕不可能喪失那些特質。）我沒理會脖子上汩汩滴落的垃圾箱溫熱汁液。

「我是阿波羅，」我朗聲說：「你們凡人有三個選項：對我表示恭敬、立刻逃走，否則就納命來。」

我想要讓這字字句句迴盪在整條巷子裡，撼動紐約的一棟棟高樓，甚至讓天空降下雨水澆熄悶燒的廢墟。但是什麼事都沒發生。說到「納命來」的時候，我的聲音還破掉。

紅髮凱德的嘴巴笑得更開了。我突然想到，如果能把他脖子上的蛇紋刺青變成活生生的蛇而把他勒死，該有多麼好玩。

「麥基，你覺得呢？」他問他的朋友：「我們該對這傢伙表示恭敬嗎？」

麥基沉下臉。他一頭宛如鬃毛的硬梆梆金髮、殘酷的小眼睛和粗壯的身軀，在在讓我回想起以前摧毀克羅米翁村的怪物母豬，那段舊日時光真美好。

「凱德，沒有恭敬的感覺耶。」他的聲音聽起來就像是剛剛吞下燒紅的香菸。「另外幾個選項呢？」

「立刻逃走？」凱德說。

「哼。」麥基說。

「納命給他？」

麥基嗤之以鼻。「換我們叫他納命來如何？」

凱德輕輕拋起他的刀子，然後抓住刀把。「還算可以接受。你先。」

我把錢包滑進背後的口袋裡，然後高舉雙拳。其實我一點都不喜歡把凡人搥扁成肉餅，不過我很確定自己一定辦得到。即使處於現在這麼虛弱的狀態，我絕對遠比隨便一個人類都更強壯。

「我警告你，」我說：「我的力量遠超過你所能承受的程度。」

麥基把手指關節扳動得劈啪作響。「嗯哼。」

他踩著沉重的步伐向前走來。

他一進入攻擊範圍內，我立刻出手，將所有的憤怒傾注於那一拳。那應該足以把麥基蒸發掉，只剩柏油路面留下一個流氓形狀的影子。

然而他躲開了，眼前的狀況讓我一頭霧水。

我跌跌撞撞地向前晃。我不得不說，當年普羅米修斯❸用泥土塑造出你們人類，實在做得很粗糙。凡人的雙腿非常不靈活，我嘗試修正動作，努力使出我所保有的無窮敏捷身手，但是麥基踢中我的背。我的神聖臉孔面朝下趴倒在地上。

我的鼻孔活像安全氣囊一樣撐開，耳朵也嗶啵作響，嘴巴滿是銅的味道。我一邊翻身一邊呻吟，然後發現兩個模糊的流氓身影低頭看著我。

「麥基，」凱德說：「你有沒有感受到這傢伙的力量？」

「沒有，」麥基說：「我沒感受到。」

「白痴！」我啞著嗓子說：「我會殺了你們！」

「是啊，當然會。」凱德拋開他的刀子。「不過，我想我們會先踩扁你。」

凱德舉起一隻腳踩在我的臉上，整個世界變成一片黑暗。

---

❸ 普羅米修斯（Prometheus），泰坦巨神之一。他瞞著宙斯將火送給人類，幫助人類開啟文明，也因此觸怒了宙斯而被囚禁在山上。

2

女孩來無影 令我難堪更徹底 愚蠢的香蕉

我自從一九五七年與查克．貝里❹互尬吉他之後，再也不曾被踩得這麼扁。

凱德和麥基用力踹我的時候，我蜷縮得像是一顆球，拚命保護自己的頭和肋骨。我疼痛難耐，不斷作嘔、發抖，甚至一度昏厥，但旋即醒來，視線裡飄浮著一個個紅點。等到攻擊我的人踢累了，他們拿起一袋垃圾用力砸我的頭，結果垃圾袋爆開，灑了我滿頭的咖啡渣和發霉水果皮。

最後他們終於退開，在旁邊用力喘氣。他們粗手粗腳把我推倒，拿走我的錢包。

「你看這邊，」凱德說：「有一些現金和一張證件，名字是……萊斯特．巴帕多普洛斯。」

麥基笑出來。「萊斯特？這名字比阿波羅還慘。」

我摸摸鼻子，觸感和大小幾乎像是水床的床墊，而手指頭變成亮亮的紅色。

「血，」我喃喃說著：「不可能啊。」

「萊斯特，這是非常有可能喔。」凱德在我旁邊蹲下。「而且你很快就會流更多血。要不要解釋一下爲什麼你沒有信用卡？或者手機？一想到我踹了那麼多下卻只得到一百塊，心裡就很不爽。」

我瞪著指尖上的鮮血。我是天神，根本沒有血。就算以前曾經變成凡人，我的血管裡也依舊流著神血。我以前從來不曾像這樣……徹底改變。一定是搞錯了，可能是變魔術之類。

我努力想要坐起來。

我的手按到一塊香蕉皮，結果再次摔倒。攻擊我的兩個人樂得大吼大叫。

「我愛這傢伙！」麥基說。

「是啊，不過老闆對我們說他身上有東西。」凱德抱怨著說。

「老闆……」我喃喃說著：「老闆？」

「沒錯，萊斯特。」凱德在我耳邊彈彈手指。『『去那條巷子，』老闆對我們說：『很容易得手。』他說我們應該狠狠打你一頓，把你身上的東西搜刮一空。可是這個……」他拿著現金，在我鼻子底下揮來揮去，「……這還不夠發薪水啊。」

儘管處境堪慮，我還是湧起一線希望。假如有人派這些流氓來這裡找我，他們的「老闆」一定是天神。不可能有凡人知道我會落入凡間的這個地點。或許凱德和麥基也不是人類，說不定他們是僞裝得很巧妙的怪物或精靈，那至少能解釋他們爲何輕易就把我打趴。

「誰……誰是你們的老闆？」我掙扎著站起來，咖啡渣從我的肩膀不斷落下。我頭昏腦脹，感覺好像飛得太靠近原始混沌的迷霧，但我不願意紆尊降貴。「是宙斯派你們來的嗎？或者其實是阿瑞斯[5]？我要請求謁見！」

麥基和凱德面面相覷，那模樣像是要說：「你相信有這種人嗎？」

[4] 查克．貝里（Chuck Berry），美國吉他手與創作歌手，搖滾樂的先驅之一。

[5] 阿瑞斯（Ares），希臘神話中的戰神，他是宙斯與天后希拉的兒子，孔武有力，武藝高超，但個性粗暴。

凱德撿起他的刀子。「萊斯特，你聽不懂暗示，對吧？」

麥基扯下他的腰帶，那是一條長長的腳踏車鍊條，然後他把鍊條纏繞在拳頭上。

我決定用歌唱讓他們屈服。他們或許能抵擋我的拳頭，但是沒有一個凡人能抗拒我的絕妙歌聲。我正考慮是要唱〈你令我心醉神迷〉❻還是自創曲〈我是你的詩歌天神，寶貝〉時，突然有個聲音大喊：「喂！」

兩個小流氓立刻轉頭。在我們上方，防火梯的二樓平台上，有個約莫十二歲的女孩站在那裡。「離他遠一點。」她命令著。

我的第一個念頭是阿蒂蜜絲❼來救我了。我姊姊經常以十二歲女孩的模樣現身，我從來不曉得眞正的原因是什麼。但是有某種預感告訴我，那並不是她。

防火梯上的女孩一點都不讓人畏懼。她又矮又胖，一頭稍顯凌亂的黑髮剪成及肩的娃娃頭，戴著黑色的貓眼眼鏡，眼鏡邊角鑲著閃閃發亮的水鑽。儘管很冷，她並沒有穿外套，一身裝束簡直像是幼稚園老師幫她打扮的，有紅色運動鞋、黃色緊身褲搭配綠色長版上衣。也許她正要去參加化妝舞會，打扮主題是紅綠燈。

然而……她帶著一種凶狠好鬥的表情。她與我的前女友昔蘭尼❽有同樣的頑固怒容，昔蘭尼每次與獅子扭打就會露出那種神情。

麥基和凱德似乎顯得無動於衷。

「滾開，小鬼。」麥基對她說。

女孩用力跺腳，整座防火梯爲之抖動。「這是我的巷子，遵照我的規矩！」她用鼻音發號施令，聽起來很像斥責一起玩扮家家酒遊戲的玩伴。「不管那個魯蛇身上有什麼，全都是我的，包括他的錢！」

「為什麼每個人都叫我魯蛇？」我虛弱地問。就算我遭到痛毆、身上蓋滿垃圾，聽到這種評論還是很不服氣；但是沒有人把我的話放在心上。

凱德瞪著那女孩，他頭髮的紅色似乎滲透到臉上。「你是在跟我開玩笑吧。走開，你這小搗蛋！」他撿起一顆爛蘋果扔過去。

女孩毫不退縮。水果掉在她腳邊，軟弱無力地滾了幾圈停下來。

「你想拿食物來玩嗎？」女孩抹抹鼻子。「那好。」

我沒有看到她踢動蘋果，但蘋果居然飛回去，以驚人的準確度擊中凱德的鼻子，害他坐倒在地。

麥基氣得大吼。他大踏步走向防火梯，但有一塊香蕉皮似乎直直滑到他前進的路徑上。他滑了一跤，重重摔落在地。「哎喲——」

我從倒地的兩名流氓身邊退開，忍不住想著是否應該溜之大吉，但我連跛腳走路都有困難。更何況，我也不想遭到爛水果攻擊。

那女孩攀爬翻越欄杆，以驚人的敏捷身手跳落到地面，同時從大型垃圾箱抓了一袋垃圾。

「住手！」凱德忙著躲開女孩，動作簡直像倉皇逃命的螃蟹。「我們來談談吧！」

---

❻〈你令我心醉神迷〉（You Send Me）是美國靈魂歌手山姆．庫克（Sam Cooke, 1931-1964）的經典名曲。

❼阿蒂蜜絲（Artemis），希臘神話中的月亮女神，也是狩獵女神。她和阿波羅是孿生姊弟。

❽昔蘭尼（Cyrene），拉皮斯國王許普修斯（Hypseus）的女兒，是個勇猛的女獵人，阿波羅因為看到她徒手打扁一隻獅子而愛上她。

麥基不住呻吟，翻身仰躺在地上。

女孩氣呼呼地噘嘴。她的嘴唇有裂痕，嘴角有小撮的黑色細毛。

「我不喜歡你們這些傢伙，」她說：「你們眞該滾蛋。」

「對！」凱德說：「沒錯！只要……」

他伸手想拿散落在咖啡渣之間的鈔票。

女孩猛力甩出手上的垃圾袋。垃圾袋沿著弧線飛到一半就爆裂開來，宛如嘔吐一般，噴灑出數量多到難以想像的腐爛香蕉，不但把凱德打趴在地，也讓麥基身上蓋滿了香蕉皮，活像遭到肉食性海星猛烈攻擊。

「離開我的巷子，」女孩說：「立刻滾。」

大型垃圾箱裡還有更多垃圾袋像爆米花一樣爆開，蘿蔔皮和馬鈴薯皮灑了凱德和麥基滿身，更別提其他可以當做堆肥的東西。說來神奇，那些東西都沒有灑到我身上。兩個小流氓儘管傷痕累累，卻也跌跌撞撞爬起來，尖叫逃命。

我轉身看著那位身形矮小的救命恩人。我對厲害的危險女性並不陌生，我姊姊就能以箭雨致人於死，我的繼母希拉❾也經常把凡人逼到發瘋，害他們將彼此碎屍萬段。但這位以垃圾袋當武器的十二歲女孩還是讓我很緊張。

「謝謝你。」我鼓起勇氣說。

女孩交叉雙臂。她兩隻手的中指戴著成對的金色戒指，都附有新月形戒章。她的眼睛黑得發亮，很像烏鴉的眼睛。（我之所以做這樣的比較，是因爲烏鴉是我發明的。）

「別謝我，」她說：「你還在我的巷子裡。」

她繞著我周圍走了一圈，仔細審視我的外表，彷彿我是很有價值的母牛。（我也很有資格做這種比較，因爲以前經常收集很有價值的母牛。）

「你是天神阿波羅？」她的聲音聽起來不怎麼驚訝，而且對於天神置身凡間似乎並不擔心害怕。

「你剛才聽到了？」

她點頭。「你看起來不像天神。」

「我不是處在最佳狀態，」我坦白說：「我的父親，就是宙斯，他把我逐出奧林帕斯山。那你又是誰？」

她身上有股淡淡的蘋果派氣味，這很令人訝異，畢竟她看起來全身髒兮兮的。我心裡有點想找一條乾淨毛巾幫她把臉擦乾淨，然後給她錢去買一頓熱食；但另一方面，我又希望抓起一張椅子防備她，以免她突然決定反咬我一口。她讓我想起姊姊老是在路上收容的過客，像是狗、黑豹、無家可歸的少女、幼龍等。

「名字是梅格。」她說。

「是梅格拉的簡稱？還是瑪格麗特？」

「瑪格麗特。但千萬別叫我瑪格麗特。」

「梅格，你是半神半人嗎？」

她推推臉上的眼鏡。「你爲什麼會那樣想？」

---

⑨ 希拉（Hera），希臘天神之后，既是宙斯的姊姊也是妻子。她是掌管婚姻的女神。

同樣的，她似乎對這個問題一點都不驚訝。我感覺她以前聽過「半神半人」這個詞。

「這個嘛，」我說：「你顯然擁有某種力量。你用腐爛的水果趕走那些流氓，也許你有香蕉趨性？或者你可以控制垃圾？我以前認識一位羅馬女神克羅阿西娜，她管轄城市的下水道系統，也許你和她有關係……？」

梅格噘起嘴。我隱約覺得自己可能說錯話，雖然不曉得錯在哪裡。

「我想，我只拿你的錢就好，」梅格說：「快滾，滾出這裡。」

「不，等等！」我的聲音透出走投無路的絕望感。「拜託，我……我恐怕需要一點協助。」

我當然覺得這很可笑。我可是掌管預言、瘟疫、箭術、醫療、音樂的天神，還有其他很多項目我一下子想不起來……此刻卻得求助一名全身色彩繽紛的街頭頑童。但我沒有其他人可以求助。假如這個小孩選擇拿錢走人、把我踢進殘酷的冬日街頭，我大概也無法阻止她。

「就算我相信你……」梅格說話的語調很平板，彷彿準備宣讀遊戲規則：我要當公主，而你要當女僕。「就算我決定出手幫忙，然後呢？」

好問題，我心裡想著。「我們……我們在曼哈頓？」

「嗯哼。」她快速轉身，耍了一招跆拳道的滑步踢。「地獄廚房⑩。」

從小孩子口中說出「地獄廚房」，感覺實在很怪。同樣的，有個小孩住在一條巷子裡，用垃圾對付流氓惡霸，感覺一樣很怪。

我考慮走路到帝國大廈，那是奧林帕斯山的現代入口，但我懷疑警衛根本不會讓我登上祕密的第六百樓。宙斯不會讓我輕鬆過關。

也許我可以去找老朋友，半人馬奇戎。他在紐約長島主持一個訓練營，可以為我提供庇護和指引。不過，前往那裡的路途一定十分危險，一個毫無防禦力的天神絕對是很可口的目標，沿途所有的怪物會樂於將我開腸剖肚，心懷嫉妒的精靈和小神可能也很歡迎這種機會。然後還有凱德和麥基口中神祕的「老闆」，我實在不曉得他是誰，也不曉得他是否派了其他更厲害的嘍囉來對付我。

就算眞的到達長島，我這雙新的凡人眼睛可能也找不到奇戎的營區，因爲營區所在的山谷用魔法僞裝起來。我需要有人帶我去那裡……某個老練的人，而且人就在附近……

「我有個提議。」儘管身上帶傷，我依舊盡可能挺直身子。但流著鼻血且衣服一直飄落咖啡渣，要看起來很有自信實在不容易。「我知道有人可以幫忙，他住在上東城。帶我去找他，我會重重酬謝你。」

梅格發出一個聲音，介於打噴嚏和笑聲之間。「用什麼酬謝我？」她在周圍跳來跳去，從垃圾裡拉出二十元鈔票。「我已經拿走你所有的錢了。」

「喂！」

她把錢包丟還給我，現在除了萊斯特．巴帕多普洛斯的青少年駕照以外，裡面空無一物。

梅格吟唱著：「我拿了你的錢，我拿了你的錢。」

我拚命忍住咆哮的衝動。「聽著，孩子，我不會永遠都是凡人，總有一天我會再度成爲天神，到時候我會重重酬謝曾經幫我的人……而且懲罰那些不幫我的人。」

她用雙手捂住嘴巴。「你怎麼知道以後會怎樣？難道你以前也當過凡人？」

---

❿「地獄廚房」（Hell's Kitchen）是指紐約曼哈頓區的克林頓（Clinton），或稱西中城（Midtown West），早年是愛爾蘭裔移民聚居的貧民社區，犯罪率高，居住品質差，因而有「地獄廚房」之稱。

「坦白說，沒錯。兩次！那兩次，我的懲罰最多都只持續幾年而已！」

「哦，是嗎？那你要怎麼回去當全能的天神寶寶還是什麼的？」

「沒有『天神寶寶』這種說法，」我向她指出，不過內心的詩歌魂已經開始構思這個詞可以怎麼運用。「宙斯通常要求我去擔任重要半神半人的奴隸，我剛才提起的上城傢伙就是一個例子。他一定很適合！未來幾年，我會幫助新主人完成他需要進行的所有任務，只要我表現良好，就能獲准回到奧林帕斯山。現在呢，我必須讓自己恢復力氣，並弄清楚……」

「你怎麼確定是哪一位半神半人？」

我眨眨眼睛。「你說什麼？」

「你應該要幫哪一位半神半人啦，呆瓜。」

「我……呃。這個嘛，通常很明顯，反正就是偶然間遇到他們。也因爲這樣，我才想去上東城，我的新主人會認領我的服務，而且……」

「我是梅格．麥卡弗瑞！」梅格對我扔出一顆覆盆子。「而且我要認領你的服務！」

頭頂上灰撲撲的天空傳來隆隆雷聲，迴盪穿越整個城市的街道，很像天神的笑聲。

於是，我僅存的傲氣全都變成冰水，慢慢滴進我的襪子裡。「我走進陷阱裡了，對吧？」

「沒錯！」梅格穿著她的紅色運動鞋蹦蹦跳跳。「我們會過得很開心！」

我拚命忍住想要大哭的衝動，這實在很難。「你確定你不是阿蒂蜜絲假扮的？」

「我是另外一種，」梅格一邊說著，一邊數我的錢。「就是你剛才說的，半神半人。」

「你怎麼知道？」

「我就是知道。」她露出沾沾自喜的笑容。「而現在，我有一個天神夥伴叫萊斯特！」

我抬起頭仰望天空。「拜託，父親，我終於懂了。拜託，這我辦不到！」

宙斯沒有回應。他可能忙著把我遭受的恥辱記錄下來，分享到社群網站 Snapchat。

「振作一點嘛，」梅格對我說：「你想見的那個傢伙是誰……就是上東城那傢伙？」

「另一名半神半人，」我說：「他知道怎麼去一個營區，我可能會在那裡得到庇護、指引、食物……」

「食物？」梅格的耳朵豎起來，幾乎像她的貓眼眼鏡一樣尖。「好吃的食物？」

「嗯，一般來說我只吃神食，不過，沒錯，我想應該是。」

「那麼這就是我的第一個命令！我們要去找那個傢伙，請他帶我們去營地！」

我可憐兮兮地嘆口氣。看來這奴隸歲月將會極其漫長。

「如你所願，」我說：「咱們去找波西．傑克森吧。」

3

本是天神尊
今覺上城好低等
俳句不押韻

我們拖著沉重步伐，沿著麥迪遜大道往北走，我的心思不斷繞著幾個問題打轉：爲什麼宙斯沒有給我一件冬季外套？爲什麼波西．傑克森住到上城那麼遠的地方？爲什麼每個行人一直盯著我看？

我很想知道自己的天神光輝是不是開始恢復了。也許紐約客都對我顯而易見的力量和超自然美貌感到大爲驚歎。

梅格．麥卡弗瑞糾正我的想法。

「你好臭，」她說：「而且看起來好像剛剛遭到搶劫。」

「我確實剛遭到搶劫啊。還成爲一個小孩子的奴隸。」

「這才不叫奴役。」她咬斷拇指的一塊角質厚皮，然後吐掉。「比較像是互助合作。」

「互助的意思是你發號施令，而我被迫合作？」

「對啊。」她在一家店的櫥窗前面停下腳步。「看見沒？你看起來超噁的。」

我的鏡中映像回望著我，只不過那並非我的鏡中映像。不可能啊。那張臉與萊斯特．巴帕多普洛斯駕照上的照片一模一樣。

我看起來大約十六歲，留著中等長度的黑色鬈髮，這種髮型在雅典人稱霸的時代還滿上道的，後來在一九七〇年代又流行過一次。我有一雙藍眼睛，一臉呆樣還眞令人高興啊，不過茄紫色的腫脹鼻子毀了整張臉，之前流到上唇的鼻血看起來像是黏答答的小鬍子。更慘的是，我的臉頰滿是某種疹子，看起來很可疑，很像是……我的心臟簡直要從喉嚨裡跳出來。

「太可怕了！」我大叫：「那是……那是青春痘嗎？」

永生不死的天神不會長青春痘的，那是我們不可剝奪的權利之一。然而我靠近玻璃仔細看，整片皮膚確實坑坑疤疤，布滿了白頭粉刺和膿包。

我握緊拳頭，朝向殘酷的天空不斷揮拳。「宙斯，我到底做了什麼要忍受這種事？」

梅格拉拉我的袖子。「你這樣會害自己被逮捕喔。」

「那樣有差嗎？我變成青少年，而且連光滑無瑕的皮膚都沒有！我敢說也沒有……」我突然嚇出一身冷汗，連忙拉起上衣。由於墜落時撞擊到大型垃圾箱，又遭到連續踢踹，我的上腹部滿是瘀青，簡直像一大堆花朵圖案。但更糟的是，我全身肌肉鬆垮垮的。

「喔，不，不，不。」我在人行道上搖搖晃晃，希望那些鬆弛肥肉不要跟著我。「我的八塊腹肌呢？我永遠有八塊腹肌啊，我的肚子從來沒有贅肉，這四千年之間從來沒有贅肉！」

梅格又發出那種哼笑聲。「噓，愛哭鬼，你看起來很好啊。」

「我很肥！」

「你這是一般體型啦。一般人才沒有八塊腹肌，拜託喔。」

我想要辯駁說，我才不是「一般人」，更不是「人」，但隨著絕望感愈來愈深，我也體會到，現在用這個詞來形容我眞是再貼切不過了。

這時，櫥窗玻璃的另一邊浮現一張保全人員的臉孔，正怒目瞪視著我。我任憑梅格拉著我繼續沿著街道走。

她蹦蹦跳跳走著，不時停下來撿拾地上的銅板，或者拉著街燈旋轉一圈。面對寒冷的天氣、眼前的危險路程，以及我深受青春痘之苦的事實，這孩子似乎處變不驚。

「你怎麼能這麼冷靜？」我質問：「你是半神半人，和一個天神走在一起，正準備前往一個營區，要與你同類的其他人見面，你一點都不覺得驚奇嗎？」

「是喔。」她把我的一張二十元鈔票摺成紙飛機。「我見識過一大堆稀奇古怪的事。」

我很想問她，還有什麼事比我們剛剛經歷的早晨更加稀奇古怪，最後我覺得自己恐怕無法承受得知答案的壓力。「你到底從哪裡來？」

「我對你說過了啊。那條巷子。」

「不是啦，可是……你的父母呢？家人？朋友？」

她的臉上閃過一抹不安的神色。她回頭盯著手上的二十元鈔票紙飛機。「不重要。」

我看透人心的高超技巧告訴我她隱藏了一些祕密，但這對半神半人來並不罕見。對於幸運擁有永生不死父母的孩子來說，他們對自己的家庭背景異常敏感。「你從來沒聽過混血營？或是朱比特營？」

「嗯哼。」她用指尖試試飛機的尖端。「派瑞的家還有多遠？」

「是波西啦。我也不確定。我猜……再過幾個街口吧。」

梅格似乎對這樣的答案感到很滿意。她像跳房子一樣往前跑，扔出鈔票紙飛機，然後再撿回來。她居然用側手翻穿越東七十二街的十字路口……她的衣服宛如紅綠燈一般鮮豔，我好擔心汽車駕駛一時困惑而把她撞倒。幸好，紐約市的駕駛很習慣閃避少根筋的行人。

我認為梅格一定是野生的半神半人。他們很少見，但不是沒聽過。她缺乏支持網絡，沒有其他半神半人發現她，也沒有經過適當的訓練，但她還是努力存活下來。但她的運氣不會持續很久，到了大約十三歲的時候，他們眞正的力量開始表現出來，怪物通常也開始獵捕這些年輕的英雄，把他們殺掉。梅格剩下的時間不多了，我必須盡快帶她去混血營。能夠遇到我，算她運氣好。

（我知道最後一句根本是廢話，每個人遇到我都是運氣好，不過你了解我的意思。）

如果我是原本全知的天神，一定馬上就能看透梅格的命運。我大可深入她的靈魂深處，看出我需要得知的一切資訊，包括她的天神出身、她擁有的力量、她的動機和祕密。

現在我看不透這些事，只能確定她是半神半人，因為她成功認領我的服務，而宙斯也經由一陣雷鳴確認她的權利。我覺得這次纏繞在我身上的束縛，就像一副裹得很緊的香蕉皮。無論梅格．麥卡弗瑞是什麼人，無論她究竟是以什麼方法找到我，如今我們的命運已經緊密交織在一起。

這幾乎像青春痘一樣令人難為情。

我們轉向東方，走進第八十二街。

走到第二大道時，眼前的社區開始看起來比較熟悉了，這裡有一排排的公寓樓房、五金行、便利商店和印度餐廳。我知道波西．傑克森住在這附近，不過我平常是駕駛太陽戰車從空中俯瞰，比較像「Google 地球」的定位模式。我實在不習慣以街道模式移動。

更何況在目前的凡人形體裡，我原本完美無瑕的記憶已經變得……有瑕疵了。凡人的各種恐懼和需求全都蒙蔽我的思考。我想要吃東西，我想要上廁所，我的身體會痛，我的裝扮很糟。我覺得自己的腦袋彷彿塞滿溼答答的棉花。老實說，你們人類怎麼受得了啊？

再走幾個街口後，開始下起一陣夾帶冰珠和雨水的凍雨。梅格嘗試用舌頭接住凍雨，我只覺得用這種方法解渴也太沒效率了，更別提那根本是髒水。我渾身發抖，只好專心想著快樂的念頭，像是風光明媚的巴哈馬群島、合音超完美的九位謬思女神，以及等我再度成為天神時，我要施加在凱德和麥基身上的許多可怕懲罰。

我還是很好奇他們的老闆到底是誰，他怎麼知道我會在哪裡落入凡間？不可能有凡人知道這種事；事實上，愈仔細想這件事，我就愈搞不懂，怎麼可能有哪個天神（除了我以外）能夠預見這樣的未來，而且如此精準？畢竟，我本來是掌管預言的天神，也是德爾菲神諭的主人，數千年來負責對命運發布高品質的偷窺預告。

當然啦，我一點都不缺敵人。身為這麼傑出的天神，自然會有一種後果，也就是從四面八方引來妒忌。不過，我想到的只有一個敵人能夠預見這樣的未來，而假如他趁我這麼虛弱的時候跑來找我……

我努力壓抑這樣的念頭。我要煩惱的事情已經夠多了，沒道理還用假設性問題嚇自己。我們開始尋找一條條小巷，查看公寓信箱和對講機面板上的名字。上東城的「傑克森」多到令人驚訝的地步，真是超煩的。

歷經多次嘗試都失敗後，我們繞過一個轉角，面前出現一輛舊型的藍色油電混合車「普銳斯」，停在一棵紫薇樹下。它的車蓋有清清楚楚的飛馬蹄印凹痕。（我怎麼確定的？因為我認得自己的腳印啊。而且，一般馬匹不會踩到豐田轎車上，飛馬就常常會。）

「啊哈，」我對梅格說：「我們快到了。」

再走半個街口，我就認出那棟建築了：一棟五層樓的磚造街屋，生鏽的冷氣機組從窗戶往下垂。「就是這裡！」我大叫。

走到門前台階，梅格突然停下腳步，活像是撞到某種隱形的障礙物。她回頭看著第二大道，一雙黑眼睛顯得很激動。

「怎麼了？」我問。

「覺得我又看到他們了。」

「他們？」我順著她的視線看去，但沒有看到什麼不尋常的跡象。「巷子裡那兩個流氓？」

「不是。是兩個……」她搖搖手指。「發亮的光團。之前在公園大道就看到。」

我的心跳從原本的行板節奏提升到輕快的稍快板。「發亮的光團？剛才為什麼都沒說？」

她用手指輕敲眼鏡的鏡腳。「跟你說過了，我見過很多稀奇古怪的事。一般來說，那些事對我沒有影響，可是……」

「可是如果跟著我們跑，」我說：「那就不妙了。」

我再次掃視整條街，沒看到什麼怪事，但我相信梅格確實看到發亮的光團。很多精靈都以那種方式出現，連我自己的父親宙斯都曾採用發亮光點的形式追求凡人女性。（至於凡人女性為何覺得那樣很有魅力，我實在搞不懂。）

「我們該進去裡面，」我說：「波西．傑克森會幫我們。」

然而，梅格顯得退縮。在那條死巷內，她拿垃圾猛砸搶匪，顯得無所畏懼；但現在，她對於按下門鈴顯得十分猶豫。我突然覺得，她以前可能見過其他半神半人，也許那些會面的經驗不太好。

「梅格，」我說：「我很清楚有些半神半人並不好。我可以告訴你很多故事，關於我不得不殺掉的半神半人，或者必須把他們變成草藥……」

「草藥？」

「但是波西．傑克森一直很可靠，沒什麼好怕的。更何況他很喜歡我，他知道的每一件事都是我教他的。」

她皺起眉頭。「眞的嗎？」

我發現她的天眞無邪非常迷人。很多顯而易見的事情她都不知道。「當然啦。好了，我們上樓吧。」

我按下門鈴。過了一會兒，一個女性的聲音混著雜音回應了：「是誰？」

「哈囉，」我說：「我是阿波羅。」

安靜無聲。

「天神阿波羅，」我說，心想也許應該講得明確一點。「波西在家嗎？」

安靜了更久，接著有兩個聲音低聲交談。大門發出嗡嗡聲，我把門推開。我才剛要抬腳跨進門內，眼角突然捕捉到某種動靜一閃而過。我望向人行道的遠處，但同樣沒有看到半點動靜。

也許是某種反光吧，或者是冰雹翻飛而過。也說不定眞的是閃亮光點。我突然因爲擔心害怕而頭皮發麻。

「怎樣？」梅格問。

「可能沒事吧。」我勉強擠出愉悅的語氣。就快要到達安全的地方了，我可不希望梅格突然衝出去逃走。現在我們的命運緊緊相繫，如果她對我發號施令，我非遵守不可，而我一點都不渴望永遠和她一起住在巷子裡。「上樓吧，我們不能讓主人等太久。」

我對波西．傑克森付出了那麼多，不免期待他會開心迎接我的到來，像是感動落淚的熱烈歡迎、燒個幾樣祭品，外加對我表示恭敬的小型慶祝活動，這些應該都只是剛好而已。

不過，猛然打開公寓大門的年輕人只是說：「為什麼？」

如同以往，看到他那麼神似他父親波塞頓⓫，我總是心頭一震。他有同樣的海綠色眼睛，同樣的蓬亂黑髮，同樣的英俊外貌，以及輕易就能從幽默翻臉成發怒。然而，波西．傑克森並不喜歡他父親老愛選穿的海灘短褲和夏威夷襯衫，此刻他穿著有破洞的牛仔褲和藍色連帽上衣，衣服正面繡著「AHS游泳隊」字樣。

梅格退到走廊上，躲在我後面。

我努力擠出微笑。「波西．傑克森，我賜福於你！我現在需要協助。」

波西的目光射向我，然後又射向梅格。「你的朋友是誰？」

「這位是梅格．麥卡弗瑞，」我說：「她是半神半人，必須帶她去混血營。她從街頭流氓手中救了我。」

「救了你……」波西仔細看著我被打得鼻青臉腫的臉。「你的意思是說，這副『遭到痛毆

⓫ 波塞頓（Poseidon），希臘神話中的海神，掌管整個海域，力量象徵物是三叉戟。

的青少年』模樣並不是偽裝的？老兄，你到底怎麼了？」

「我剛才應該提過街頭流氓吧。」

「不過你是天神耶。」

「說到那個……我以前是天神。」

波西瞇起眼睛。「以前？」

「還有，」我說：「我相當確定，背後有邪惡精靈跟蹤我們。」

要不是知道波西．傑克森有多崇拜我，我敢發誓他正準備揮拳，打向我臉上已經被打斷的鼻子。

他嘆口氣。「也許你們兩個應該進來。」

4 傑克森之家
無鍍金寶座迎客 老兄果當真？

還有另一件事我永遠沒弄懂：你們凡人怎能住在這麼狹小的地方？你們的自尊心在哪裡？你們的審美觀呢？

傑克森家的公寓沒有宏偉的王座室，沒有列柱走廊，沒有大型露台、宴會廳，甚至連溫泉浴場都沒有。裡面只有狹小的客廳，有個相連的廚房，而且只有一條走廊，我猜通往臥室。這公寓位於五樓，我是沒有那麼吹毛求疵，沒有期待會有電梯，卻也發現一件怪事：竟然沒有甲板可讓飛行戰車降落。萬一有客人從天而降該怎麼辦？

廚房流理台後面站著一位年約四十的凡人女子，容貌出眾且迷人，正在製作果昔。她的棕色長髮夾雜幾綹灰髮，不過眼神明亮、笑容伶俐，而且身穿鮮豔熱鬧的紮染背心裙，讓她顯得很年輕。

我們走進屋內時，她關掉食物攪拌機，從流理台後面走出來。

「神聖的女先知啊！」我大叫：「女士，你的身體中段不太對勁吧！」

女子停下腳步，顯得很困惑，然後低頭看看自己臃腫的巨大腹部。「這個嘛，我懷孕七個月了。」

我好想爲她大哭，挺著那麼重的肚子顯得很不自然。我姊姊阿蒂蜜絲有助產經驗，但我總覺得醫療技術這個領域最好留給其他人掌管。「你怎麼受得了？」我問：「我的母親麗托苦苦熬過漫長的分娩過程，不過那只是因爲希拉詛咒她。你也受到詛咒嗎？」

波西走到我旁邊。「呃，阿波羅，她沒有受到詛咒，而且可不可以請你不要提起希拉？」

「你眞是可憐的女人。」我搖搖頭，「女神絕對不會允許自己懷著這麼大的累贅，她只要想生就會趕快生出來。」

「那樣一定很好。」女子表示同意。

波西．傑克森咳嗽一聲。「好啦隨便。媽，這位是阿波羅，還有他的朋友梅格。兩位，這是我媽。」

傑克森的母親展露笑顏，與我們握手。「叫我莎莉。」

她瞇起眼睛，仔細端詳我被打斷的鼻子。「親愛的，那看起來很痛。到底怎麼了？」

我想要解釋，但一時說不出話。我可是伶牙俐齒的詩歌天神啊，怎麼能向這種女子描述自己如何失寵？

我能夠理解她爲何深深打動波塞頓的心。莎莉．傑克森完美融合了憐憫、力量和美貌等方面的特質，她也是極少數能在靈性方面與天神產生平等連結的凡人女子，既不會懼怕我們，也不會貪圖我們能夠給予的一切，同時又能與我們建立眞正的伴侶關係。

假如我還擁有永生不死之身，很可能會主動追求她。然而我現在是十六歲的男孩，凡人身形造成的影響凌駕於心理狀態之上。我把莎莉．傑克森視爲一位母親，這項事實不但讓我感到驚恐，同時也覺得難爲情。我想不起來有多久沒有打電話給我自己的母親，等我回到奧林帕斯山，眞應該帶她去吃頓午餐。

「這樣好了，」莎莉拍拍我的肩膀。「波西會幫你包紮一下，而且清洗乾淨。」

「我會嗎？」波西問。

莎莉對他非常輕微地挑挑眉毛，就像其他母親一樣。「甜心，你的臥室有急救箱。阿波羅可以洗個澡，然後穿上你的替換衣物。你們兩人的身材差不多。」

「喔，」波西說：「聽了超沮喪的。」

莎莉伸手捧起梅格的下巴。眞是謝天謝地，梅格沒有咬她。莎莉的神情依然顯得溫和且撫慰人心，但我看得出她眼神的憂慮。她無疑正想著：誰讓這可憐的女孩穿得像紅綠燈？

「親愛的，我有一些衣服可能很適合你，」莎莉說：「當然是我懷孕前的衣服囉。先讓你們梳洗乾淨，然後給你們吃點東西。」

「我喜歡食物。」梅格喃喃說著。

莎莉笑了。「嗯，那我們有共同點喔。波西，你帶阿波羅去，過一會兒在這裡集合。」

我二話不說淋了浴、用繃帶包紮傷口，然後穿上傑克森家的舊衣物。波西讓我獨自待在浴室裡，放手由我自己處理一切，這點我還滿感激的。他給我一些神食和神飲（就是天神的食物和飲料），以便治療傷口，但我不確定現在的凡人之身吃那些東西是否安全。我一點都不希望自爆，寧可託付給凡人的急救用品。

梳洗完畢後，我瞪視浴室鏡子，望著自己被打得鼻青臉腫的模樣。也許青少年的焦慮不安已經滲透到衣服裡面，因爲我覺得比剛才更像一臉陰沉的高中生了。我想著自己遭受的懲罰有多麼不公平，想著我父親有多麼軟弱無能，也想著有史以來不曾有人體驗我這樣的困境。

當然啦，光憑經驗就知道我說的一切都是眞的，完全不需要誇大。

無論如何，我的傷口似乎比一般凡人癒合得快一點，鼻子的腫脹感已經消退，肋骨還是很痛，但不再覺得好像有人用熱燙燙的棒針在我體內織毛衣。

宙斯至少要幫我保留加速痊癒的能力吧，畢竟我是掌管醫療技術的天神。但他之所以希望我很快好起來，可能也只是要讓我承受更多痛苦，但無論如何我還是感激他。

我考慮著是否該在波西．傑克森的水槽裡點燃一小團火，也許燒點繃帶以示感激，但最後覺得那樣可能會破壞傑克森家的殷勤招待。

我仔細檢視波西拿給我的黑色T恤，正面裝飾著「齊柏林飛船」樂團放在唱片上面的標誌，即揹著翅膀從空中墜落的伊卡魯斯⑫。我對齊柏林飛船沒有意見，他們最棒的歌曲都是受到我的啓發，但我不免暗中懷疑，波西拿來這件T恤是要取笑我，因爲我也是從空中墜落。對啦，哈哈，即使不是掌管詩歌的天神，我也能看出這樣的隱喻。我決定不要對此提出評論，我才不想讓他稱心如意。

我深吸一口氣，接著以平常激勵人心的演說語氣對鏡子說：「你是最棒的，而且大家都愛你！」

我走出去準備面對全世界。

波西坐在他的床上，瞪著地毯上我遺留的一長條血跡。

「眞是抱歉。」我說。

波西雙手一攤。「老實說，我正在回想自己上一次流鼻血的事……」

「喔……」

那段記憶浮現我的腦海，可是模模糊糊不太完整。雅典。衛城。我們天神與波西・傑克森和他的夥伴們並肩作戰。我們打敗巨人大軍，但是波西・傑克森的一滴血落到地面上，喚醒了大地之母蓋婭[13]，她的心情可不是太好啊。

就是那時候，宙斯把矛頭指向我，指控我挑起了整個事端，只因爲蓋婭曾經欺騙我的一位後代，就是名叫屋大維的男孩，蓋婭唆使他在羅馬和希臘的混血營之間挑起內戰，最後差點毀了整個人類文明。我問你，那怎麼會是我的錯呢？

但無論如何，宙斯認定我要爲屋大維妄自尊大的行爲負起責任，他似乎認爲那男孩從我身上遺傳了自私和自負的特質。那實在很荒謬，我太有自我意識了，才不會有自我本位主義。

「老兄，你到底怎麼了？」波西的聲音喚醒我的白日夢。「戰爭早在八月就結束了，現在是一月。」

「眞的嗎？」我猛然想到冷冽的天氣早該提供了線索，但我居然沒有聯想在一起。

「上一次我看到你，」波西說：「宙斯在衛城痛罵你一頓，然後『轟』的一聲……他把你蒸發掉了。已經有六個月沒有人看到你或聽說你的下落。」

我努力回想，然而神格的記憶只是變得更模糊而非更清晰。過去六個月到底發生了什麼事？我一直處於某種停滯狀態嗎？宙斯花了那麼久才決定如何處置我嗎？或許有某種原因，

[12] 伊卡魯斯（Icarus）是希臘神話中的建築師和工藝師代達羅斯（Daedalus）的兒子。代達羅斯為了逃離克里特島，為自己和伊卡魯斯打造了一對蠟製翅膀，結果伊卡魯斯飛得太高，翅膀遭太陽熔化而墜落死亡。

[13] 參見《混血營英雄5：英雄之血》第四〇四頁。

導致他等到現在才把我扔進凡間。

父親的聲音依舊在我耳邊迴盪：「都是你的錯。你要接受懲罰。」我的羞愧感還血淋淋的，彷彿那番對話才剛發生不久，但我實在無法確定。

活了好幾千年之後，即使在最好的狀況下我也不太有時間感。我曾在音樂串流服務「Spotify」聽到一首歌，心裡想著「喔，這是新歌！」，然後猛然想起那是兩百年前的莫札特第二十號D小調鋼琴協奏曲。或者我會很疑惑歷史學家希羅多德爲什麼沒有列在我的通訊錄名單上，接著才想起希羅多德根本沒有智慧型手機，因爲他早在鐵器時代就死了。

你們凡人死得也太快了，這一點總是讓我非常不悅。

「我……我不知道自己去了哪裡，」我坦白說：「我有一些記憶是空白的。」

波西瞇起眼睛。「我討厭記憶空白。去年我有一整個學期失去記憶，那都要感謝希拉。」

「啊，沒錯。」我其實不太記得波西．傑克森到底在講什麼。與蓋婭交戰期間，我多半只注意到自己極其驚人的英勇行爲，但我猜想他和朋友們曾經陷入一些不太重要的苦戰吧。

「嗯，千萬別害怕，」我說：「總是有新的機會可以贏回名聲！就是因爲這樣，我才會來找你幫忙！」

他又對我做出同樣的困惑表情，彷彿想要拒絕我。他一定是拚命忍住內心的感恩之情，這點我很確定。

「老兄，你知道嗎……」

「可以拜託你盡量別叫我『老兄』嗎？」我問。「那會提醒我現在是凡人，很痛苦啊。」

「好吧……阿波羅，如果你想要叫我開車載你和梅格去混血營，我是沒問題啦。只要半神半人有需要，我從來不會拒絕……」
「太好了！你除了豐田普銳斯之外還有別的車嗎？也許有瑪莎拉蒂跑車？我勉強能接受藍寶堅尼跑車。」
「可是，」波西繼續說：「我不能再捲入另一個大預言或之類的事了，我已經發過誓。」
我瞪著他，不太能理解。「發誓？」
波西扭著手指頭。他的手指既細長又靈巧，一定可以成爲優秀的音樂家。「我因爲要對付蓋婭，二年級大部分的課都沒去上。這整個秋天我忙著趕上同學的進度，如果我想在明年秋天與安娜貝斯一起上大學，我得和麻煩的事情保持距離，想辦法拿到畢業證書。」
「安娜貝斯。」我努力回想這個名字。「她是那個很可怕的金髮女孩嗎？」
「就是她。我特別答應她，她不在的這段時間，我不會害自己送命。」
「不在？」
波西朝向北方胡亂揮手。「她去波士頓待幾個星期，家人有什麼突發狀況之類的。重點是……」
「你是要說，你無法爲我提供有始有終的服務，讓我回到王座上？」
「呃……對啦。」他指著臥室門口。「更何況我媽懷孕了，我快要有妹妹，我希望能待在這裡好好照顧她。」
「嗯，我了解。我還記得阿蒂蜜絲出生的時候……」
「你們不是雙胞胎嗎？」
「我一直都認爲她是我妹妹。」

波西的嘴唇抽動一下。「總之，我媽的情況就是那樣，而且她寫的第一本小說今年春天也要出版，所以我希望能好好活得久一點，直到……」

「太好了！」我說：「提醒她要焚燒恰當的貢品喔。謬思女神卡莉歐碧還滿敏感的，如果小說家忘記感謝她的話。」

「好的。不過我要說的是……我不能再參加其他全世界趴趴走的任務了，我不能那樣對待我的家人。」

波西往他的房間窗戶瞥了一眼。窗台上有一株盆栽，銀色葉子非常細緻……可能是月蕾絲。「我這輩子已經害我媽心臟病發太多次了，她才剛原諒我去年失蹤不見人影，但是我對她和保羅發誓，以後再也不會出那樣的紕漏。」

「保羅？」

「我的繼父。他今天去參加教師在職進修。他是好人。」

「我懂了。」老實說，我根本不懂。我想回頭再談我碰到的問題，聽波西把對話主題轉到他自己身上讓我很不耐煩。說來不幸，我發現半神半人普遍都有這種自我中心的傾向。

「你眞的了解吧，我一定得想辦法回到奧林帕斯山，」我說：「這可能會牽涉到很多痛苦的考驗，死去的機會也很高。你拒絕得了這樣的榮譽嗎？」

「是啊，我很確定我可以。抱歉。」

我嘛起嘴。每次碰到凡人把自己的利益放在首位，沒辦法以大局爲重（也就是把我的利益放在首位），我總是失望透頂。但我必須提醒自己，這個年輕人以前幫過我很多次，早就贏得我的敬意。

「我了解，」我懷抱著不可思議的寬宏大量說：「你至少會護送我們去混血營吧？」

「那我可以辦到。」波西伸手到他的連帽上衣口袋裡，拿出一枝原子筆。我一度以爲他想索取我的簽名，這種狀況數不清碰過多少次了。接著我想起來了，那枝筆是他那把波濤劍的僞裝形式。

他露出微笑，一雙眼睛閃爍著半神半人常顯現的淘氣神色。「我們去看看梅格準備好上路了沒。」

5

七層香沾醬
藍巧克力豆餅乾
我愛這女子

莎莉．傑克森簡直像女巫，足以和賽西[14]匹敵。她把梅格從街頭小頑童改造成超漂亮的年輕女孩。梅格的娃娃頭黑髮很有光澤，而且梳理得很整齊；圓臉的髒汙刷洗乾淨，她的貓眼眼鏡也擦得亮晶晶，水鑽閃閃發光。她顯然堅持留著腳上的紅色舊運動鞋，不過穿了一件新的黑色內搭褲，以及一件變換著各種綠色色調的及膝連身裙。

傑克森太太很有一套，保留了梅格原本的模樣，卻又調整得更加協調。現在梅格散發出春天小精靈的氣質，讓我強烈回想起一位木精靈。事實上……

突然有一陣情緒的浪濤淹沒了我。我拚命忍著不哭出來。

梅格很不高興地噘起嘴。「我看起來有那麼糟嗎？」

「不，不，」我勉強說：「只是……」

我很想說：「你讓我回想起某個人。」但我不敢開啓與此相關的一連串對話。過去只有兩位凡人曾經讓我心碎，即使經過這麼多個世紀，我依然不能想起她，不能說出她的名字，以免墜入絕望的深淵。

不要誤會，梅格對我沒有半點吸引力，我十六歲（或者外加四千歲，就看你如何看待我的年齡），她則是非常年輕的十二歲。不過以現在的外貌看來，梅格．麥卡弗瑞很可能是我以前愛人的女兒……假如我以前的愛人活得久到能夠生下孩子的話。

實在太痛苦了，我忍不住別開視線。

「嗯，」莎莉．傑克森以努力裝出來的愉悅語氣說：「我來做一些午餐如何？讓你們三個……聊一聊。」

她對波西投以憂慮的神色，接著轉頭走向廚房，雙手放在懷孕隆起的肚子上作勢保護。

梅格坐在沙發邊緣。「波西，你媽媽好正常。」

「謝啦，我想也是。」他從咖啡桌上拿起一疊考試準備手冊，丟到旁邊去。

「我看得出來，你很喜歡讀書，」我說：「做得好。」

波西哼了一聲。「我討厭讀書啦。新羅馬大學已經保證我入學，而且提供全額獎學金，不過他們還是要求我通過高中所有科目的考試，而且學業評估測驗ＳＡＴ的分數要很好。你能相信嗎？更別提我還得通過ＤＳＴＯＭＰ！」

「那是什麼？」梅格問。

「羅馬半神半人要考的考試，」我對她說：「半神半人瘋狂能力標準測驗（The Demigod Standard Test of Mad Powers）。」

波西皺起眉頭。「意思是那樣嗎？」

「我應該知道。我負責寫音樂和詩歌解析兩部分。」

⓮ 賽西（Circe），希臘神話中最著名的女巫，會用魔法和藥草把人變成各種動物。

「那我絕對不會原諒你。」波西說。

梅格搖晃雙腿。「所以你眞的是半神半人？就像我一樣？」

「恐怕是。」波西陷入扶手椅裡面，讓我只能坐在梅格旁邊的沙發上。「我爸是天神那一邊……他是波塞頓。你父母怎麼樣？」

梅格的雙腿停下來不動。她仔細端詳咬得坑坑疤疤的手指，兩隻中指彼此配對的新月形戒指閃閃發亮。「從來不知道他們……太多事。」

波西遲疑了一會兒。「收養家庭呢？繼父繼母？」

我想起一種特別的植物，含羞草，那是天神潘[15]創造出來的。它的葉子一受到碰觸，立刻防衛式地閉合起來。梅格似乎扮演著含羞草，一聽到波西的問題就向內縮起。

波西舉起雙手。「抱歉，不是有意要打探祕密。」他對我投以好奇的眼神。「所以你們兩個是怎麼碰在一起？」

我對他講起整個經過。關於勇敢抵抗凱德和麥基的事，我可能講得有點誇大……只是爲了故事效果嘛，你也知道。

我講完時，莎莉．傑克森剛好走回來。她放下一大碗炸玉米餅，還有一個烤盤裝滿了五顏六色精心調製的層層沾醬，很像沉積岩層。

「我會再做三明治拿過來，」她說：「不過我有一些吃剩的七層沾醬。」

「很好吃喔。」波西拿一片炸玉米餅放進沾醬裡。「兩位，她做的這個還滿有名的。」

莎莉撥撥頭髮。「裡面有酪梨醬、酸奶油、豆泥、莎莎醬……」

「總共七層？」我吃驚地抬起頭。「你知道『七』是我的神聖數字？你特地爲我發明這道菜嗎？」

莎莉在圍裙上擦擦手。「呃，老實說，我不能把功勞……」

「你太客氣了！」我試吃一點沾醬，幾乎像神食玉米片一樣好吃。「莎莉．傑克森，你會因爲這道菜而得到永垂不朽的名聲！」

「你嘴巴眞甜，」她指指廚房。「我馬上回來。」

我們很快地就把火雞肉三明治、玉米片、沾醬和香蕉果昔一掃而空。梅格吃東西的時候很像花栗鼠，盡可能把最多的食物塞進嘴巴裡，幾乎沒有辦法咀嚼。我吃得好飽，從來沒有覺得心情如此愉快。我突然有一種奇怪的衝動，很想打開 Xbox 遊戲機，玩玩《決勝時刻》電玩遊戲。

「波西，」我說：「你媽眞是令人驚歎。」

「我知道，很棒吧？」他喝完果昔。「那麼回到你說的經歷……你現在得當梅格的僕人？你們幾乎不認識彼此啊。」

「講『幾乎』太籠統了，」我說：「不過，是啦。現在我的命運和這位年輕的麥卡弗瑞緊緊相繫。」

「我們是互相合作吧。」梅格說。她似乎琢磨著「合作」這個詞的意義。

波西從口袋裡掏出原子筆，拿著筆若有所思地輕敲膝蓋。「那麼變成凡人這整件事……你以前也經歷過兩次？」

---

⑮ 潘（Pan），希臘神話中的野地之神，外表半人半羊，長著羊角和羊蹄，是牧羊人的守護神，也是羊男的首領，擅長用蘆笛吹奏優美的曲子。

「不是我自願，」我向他保證，「第一次，我們在奧林帕斯山發動一場小型叛變，想要推翻宙斯。」

波西皺起眉頭。「我猜進行得不順利。」

「當然大部分的過錯都怪在我身上。噢，還有你父親波塞頓。我們都被貶到凡間當凡人，被迫服侍特洛伊國王拉俄墨冬。他是很嚴苛的統治者，甚至拒絕支付我們的工作酬勞！」

梅格吃著三明治差點嗆到。「我得付錢給你？」

我想像梅格．麥卡弗瑞想用瓶蓋、彈珠和彩色絲線給我當酬勞，突然覺得好可怕。

「別擔心，」我對她說：「我不會拿帳單給你。但就像剛才說的，我第二次變成凡人，那次是因爲宙斯氣我殺了他的一些獨眼巨人。」

波西皺起眉頭。「老兄，那樣不酷喔，我弟弟就是獨眼巨人。」

「那些是邪惡的獨眼巨人啊！他們製造閃電，結果殺了我的一個兒子！」

梅格嚇得跳到沙發的扶手上。「波西的弟弟是獨眼巨人？太瘋狂了！」

我深吸一口氣，努力讓心情平靜下來。「總之，我去找色薩利國王阿德墨忒斯，他是仁慈的統治者，我太喜歡他了，於是讓他所有的母牛都生下雙胞胎小牛。」

「我可以有小嬰兒母牛嗎？」梅格問。

「呃，梅格，」我說：「首先，你得要有一些母牛媽媽。你知道嗎……」

「兩位，」波西插嘴說：「所以，只是要再確認一下，你得當梅格的僕人，爲期……」

「一段未知的時間，」我說：「可能是一年，也可能更久。」

「而在這段期間……」

「毫無疑問，我會面對很多試煉和艱苦挑戰。」

「就像幫我找母牛。」梅格說。

我咬緊牙關。「到底是什麼樣的試煉，我還不知道。不過假如我熬過那些試煉、證明我的價值，宙斯會原諒我，讓我重新成爲天神。」

波西看起來並沒有完全信服……可能因爲我的語氣聽起來沒有說服力。我必須相信自己成爲凡人的懲罰只是暫時的，就像前兩次一樣。可是，宙斯已經替棒球和監禁徒刑訂定了嚴格規則：三個好球，你就出局了。我只能期盼那項規則不會適用在我身上。

「我需要一點時間確認自己的狀態，」我說：「到達混血營之後，我就可以請奇戎幫我弄清楚，我這個凡人形體保留了哪些天神力量。」

「如果有的話。」波西說。

「想得正面一點嘛。」

波西坐回他的扶手椅上。「知不知道是哪種精靈跟蹤你？」

「發亮的光團，」梅格說：「它們會發亮，而且有點像……一團一團的。」

波西神情凝重地點點頭。「那種是最糟的。」

「那無關緊要，」我說：「不管它們是什麼，我們都得趕快逃。等我們到達混血營，魔法邊界就會保護我。」

「還有我吧？」梅格問。

「喔，對，還有你。」

波西皺起眉頭。「阿波羅，如果你現在眞的是凡人，譬如說，百分之百的凡人，那麼你眞的能進入混血營嗎？」

七層沾醬開始在我胃裡翻攪。「拜託別那樣說。我當然能進去。我非進去不可。」

「可是你現在連打架都會受傷……」波西思考著說：「從另一方面來看，說不定怪物現在不會理你，因爲你一點都不重要？」

「住嘴！」我的雙手不斷顫抖。身爲凡人已經夠悲慘了，想到混血營把我攔阻在外，而且變得不重要……不！絕對不可能那樣。

「我很確定身上還保留一些力量，」我說：「舉例來說，我還是很高貴，只要能除掉這些青春痘、甩掉一點肥肉就行了。我一定還有其他能力！」

波西轉頭看著梅格。「你呢？我聽說你會扔出噁心的垃圾袋，還有其他技能是我們應該知道的嗎？像是召喚閃電？製造廁所大爆炸？」

梅格面露微笑，顯得有點遲疑。「那不算一種力量吧。」

「那當然是啊，」波西說：「有一些最厲害的半神半人，他們一開始就是炸掉廁所。」

梅格咯咯傻笑。

我不喜歡她對波西笑成那個樣子，也不希望女孩對他產生迷戀，那麼我們可能永遠沒辦法走出這裡。就算我很欣賞莎莉．傑克森的烹飪手藝（現在又有烤餅乾的神奇香氣從廚房飄過來），也得趕快去混血營才行。

「嗯哼。」我搓搓雙手。「我們多快可以離開？」

波西瞥了牆上時鐘一眼。「我想，現在就離開。假如有人跟蹤你，我還寧可把那些怪物吸引到路上，也不要讓它們在公寓附近鬼鬼祟祟。」

「好樣的。」我說。

波西一臉嫌惡地指著他的考試手冊。「只是我今天晚上就得回來，還有一大堆東西要讀。我考SAT的前兩次……唉。要不是有安娜貝斯幫我的忙……」

「那是誰？」梅格問。

「我的女朋友。」

梅格皺起眉頭。眞高興附近沒有垃圾袋可以讓她抓起來亂扔。

「那麼休息一下吧！」我催促著說：「開車到長島兜兜風，可以讓你的腦袋消除疲勞。」

「哼，」波西說：「就是有這種想法才會愈來愈怠惰。好吧，我們走。」

他才剛站起來，莎莉．傑克森就端著一盤剛烤好的巧克力豆餅乾走進來。不知道爲什麼，那些餅乾是藍色的，但是那香氣聞起來簡直要飛上天……這我本來就應該知道。我是從天上來的。

「媽，別抓狂喔。」波西說。

莎莉嘆口氣。「我好討厭你這樣說。」

「我只是要帶他們兩個去混血營，就這樣。我馬上回來。」

「我覺得以前也聽過這種話。」

「我保證。」

莎莉看著我，然後看著梅格。她的表情軟化了，也許她的好心腸壓過內心的擔憂。「好吧，要小心。見到你們兩位很愉快，拜託盡量別死掉。」

波西親吻她的臉頰。他伸手要拿餅乾，但莎莉把盤子移開。

「噢，不行，」她說：「阿波羅和梅格可以拿一塊，但是我要扣押其他餅乾，等到你安全回家才能吃。而且要快點回來，親愛的，如果你回家的時候保羅已經把餅乾吃光，那就太可惜了。」

波西的表情變得很嚴厲，他轉身面對我們。「兩位，你們聽到了吧？那批餅乾都靠我了，假如你們害我在前往混血營的路上被殺，我一定會氣炸。」

6 水行俠開車不可能比這更糟且慢，還真的

我太失望了，傑克森家竟然沒有備用的弓和箭筒可以借給我。

「我的箭術爛透了。」波西向我解釋。

「沒錯，但我不是，」我說：「就是因爲這樣，你應該永遠都要考慮到『我的』需求！」

不過，莎莉拿了適當的冬季羊毛夾克借給我和梅格；我那件是藍色的，領口內側寫著「布魯菲斯」[16]字樣，也許是可以擋開惡靈的神祕咒語；黑卡蒂[17]才會知道這種事，巫術實在不是我的強項。

我們走到普銳斯汽車旁邊的時候，梅格說要坐前座，這又是我受到不公平對待的另一個例子。天神絕不可能坐後座啊。我再度建議讓我開瑪莎拉蒂或藍寶堅尼跑車跟在他們後面，但波西坦白說那兩種車他都沒有，他們家唯一的車子就是普銳斯。

我想說的是……哇哦。只有「哇哦」。

我在後座很快就暈車了。我平常都是自己駕駛太陽戰車橫越天空，而在天上的每一條車

---

[16] 布魯菲斯是波西的繼父保羅的姓氏。

[17] 黑卡蒂（Hecate），幽靈和魔法的女神，創造了地獄，代表世界的黑暗面。

道都是快車道。我實在不習慣長島快速公路。相信我，即使是一月中旬的正午，你們的快速公路也稱不上「快速」。

波西踩了剎車，然後搖搖晃晃向前開。我好痛苦，真希望能朝向前方射出一顆火球，把所有汽車都熔掉，讓我們這趟顯然比誰都重要的旅程能夠順利前進。

「你的普銳斯沒有火焰噴射器嗎？」我質問：「也沒有雷射槍？至少該有一些赫菲斯托斯[18]打造的防撞保險桿吧？這到底是什麼廉價汽車便宜貨啊？」

波西朝後視鏡瞥了一眼。「你們奧林帕斯山上有那樣的交通工具嗎？」

「我們沒有塞車這種事，」我說：「我大可向你拍胸脯保證。」

梅格拉拉她的新月形戒指。我再次懷疑她也許與阿蒂蜜絲有某種關聯，月亮是我姊姊的代表符號。說不定阿蒂蜜絲派梅格來照顧我？

然而那似乎不太可能，阿蒂蜜絲不太喜歡與我分享東西，像是半神半人、飛箭、城邦、生日派對等，雙胞胎就是這樣。更何況，梅格．麥卡弗瑞並沒有像我姊姊的追隨者那樣攻擊我。梅格展現的是另一種氣質……假如我還是天神，肯定輕易就能認出來。但沒辦法，我唯一能仰賴的只有凡人的直覺，那簡直就像戴著厚厚的隔熱手套努力想拿起縫紉用的細針。

梅格轉過身，凝視著車尾的擋風玻璃，可能想查看有沒有閃亮光團跟在我們後面。「至少沒有人……」

「別說出口。」波西警告她。

梅格氣得鼓起嘴巴。「你又不知道我要……」

「你打算要說『至少沒有人跟蹤我們』，」波西說：「那會讓我們倒大霉，立刻就發現有人跟來了。接著，我們最後得大戰一場，不只毀掉我家的汽車，可能也毀了整條快速道路，然後就得一路跑步去混血營了。」

梅格雙眼圓睜。「你可以預見未來？」

「不需要，」波西變換車道，現在這條車道的龜速稍微沒那麼慢了。「我只是碰過這種情況很多次。更何況……」他朝我射來指責的眼神。「再也沒有人能預見未來了，神諭現在沒有正常運作。」

「什麼神諭？」梅格問。

沒有人回答。有好一陣子，我實在太震驚而說不出話。而且相信我，我必須眞的非常震驚才會說不出話。

「到現在還是沒有運作？」我用很小的聲音問。

「你不知道？」波西問。「我的意思是說，沒錯，你已經消失六個月，但這在你值班的時候就發生了。」

這不合理。當時我忙著逃避宙斯的神譴，那確實是很合理的藉口。我怎麼知道蓋婭會趁著戰事一團混亂之際，把我最古老、最強大的敵人從塔耳塔洛斯⑲深處喚醒，於是他可以占據他在德爾菲洞穴裡的老巢穴，一舉斬斷我預言力量的源頭？

噢，是啦，我聽到你們在那邊說長道短：「阿波羅，你是掌管預言的天神耶，怎麼可能不知道會發生那種事？」

---

⑱ 赫菲斯托斯（Hephaestus），希臘神話中的火神與工匠之神。

⑲ 塔耳塔洛斯（Tartarus），希臘神話中的冥界最深處，是永無止盡的黑暗之地。

你接下來聽到的聲音，將會是我把你炸成一顆超巨大的梅格麥卡弗瑞等級的覆盆子。

我努力嚥下恐懼的感受和七層沾醬的滋味。「我只是……我猜想……我希望現在已經有人接手了。」

「你是說由混血人接手，」波西說：「踏上遙遠的征途，前去恢復德爾菲神諭？」

「完全正確！」我就知道波西會了解。「我猜想奇戎只是忘記了。等我們到達混血營，我會提醒他，他就會派遣你們這些最厲害的砲灰……我是說英雄……」

「嗯，重點來了，」波西說：「如果要去出任務，我們需要聽預言，對吧？那是規矩。沒有神諭就沒有預言，那麼我們就卡在……」

「第八十八條軍規。」我嘆口氣說。

梅格朝我丟來一團毛絮。「應該是第二十二條軍規[20]吧。」

「不，」我很有耐心地解釋：「是第八十八條軍規，表示嚴重程度足足是四倍。」

我覺得自己好像浸泡在裝滿熱水的浴缸裡，而有人把塞子拔掉了，熱水在我周圍旋轉，將我往下拉。過沒多久，我要不是全身露出不斷發抖，就是被水拉進排水孔，掉進令人絕望的下水道裡。（不要笑，這是非常完美的譬喻。而且如果你是天神，你很容易就會被拉進排水孔裡……假如你的警覺心太過鬆懈又恰好在錯誤時機變身的話。有一次我醒來，發現自己居然在美國密西西比州比洛克西市的汙水處理設施裡，不過那是另一個故事。）

我漸漸看出自己逗留凡間的這段時期會有什麼遭遇了。神諭遭到敵方勢力把持，我的宿敵蜷縮在德爾菲洞穴的魔法煙霧裡靜靜等待，每一天都變得愈來愈強大。我只是個虛弱的凡人，與一個未受訓練的半神半人的命運緊緊相連，而她只會亂丟垃圾袋和咬手指頭。

不，宙斯不可能期待我搞定這一切。以我現在的狀況絕對不可能。

然而……「某人」曾經派那些混混來巷子裡攔截我。那個人早就知道我會墜入凡間。

「再也沒有人可以預言未來了。」波西曾經這樣說。

可是那不完全正確。

「喂，你們兩個。」梅格朝我們丟來兩團毛絮。她從哪裡找來這些毛絮啊？

我體會到自己一直無視她的存在。只要持續這樣，感覺就挺好的。

「是的，抱歉，梅格，」我說：「你知道嗎？德爾菲的神諭是一種古老的……」

「我才不管那個，」她說：「現在有三個發亮光團了。」

「什麼？」波西問。

她指著我們後方。「看。」

有三個閃閃發亮的模糊人形幽靈在車陣中穿梭，朝我們快速靠近……看起來很像米達斯國王[21]碰觸過的手榴彈，冒出金光閃閃的大團煙霧。

「只要一次就好，我只想要一趟簡單的通勤，」波西咕噥說著：「兩位，請抓緊，我們要

---

[20] 文中典故出自美國作家海勒（Joseph Heller,1923-1999）的小說《第二十二條軍規》（*Catch-22*）。故事描述二次大戰一個小島駐紮的空軍被繁重的勤務搞得快發瘋，雖然按照「第二十二條軍規」，發瘋可以免於出任務，但必須本人申請，那就會顯示你沒有發瘋，於是「第二十二條軍規」象徵矛盾的圈套。

[21] 米達斯國王（King Midas），希臘神話中小亞細亞境內弗里吉亞（Phrygia）的國王。傳說他曾拯救酒神戴歐尼修斯（Dionysus）的朋友，酒神為了報答他，允諾賜與他一個願望。米達斯希望擁有「點石成金」的能力。願望終於成真，不料點金術為他帶來極大災難，最後米達斯只好祈求酒神收回這項賜與。

開始越野了。」

波西所謂的「越野」和我想的完全不一樣。

我想像的是穿越真正的鄉間，波西卻是從最近的出口閘道衝下去，在購物商場的停車場上來回穿梭，然後高速衝過一間墨西哥餐廳的得來速車道，不過什麼菜都沒點。我們突然轉進一片工業區的破爛倉庫之間，那些冒煙的幽靈依舊在我們後面緊跟著。

我的雙手緊緊抓住肩膀上的安全帶，指節都泛白了。「你的計畫是要避開一場戰鬥但死於車禍嗎？」我質問著。

「哈，哈。」波西猛然把方向盤打向右邊，我們高速向北方開去，離開倉庫區，進入一片宛如大雜燴的公寓樓房和廢棄沿街店面。「我要把我們弄到海邊，我在水邊打鬥比較有利。」

「因爲波塞頓的關係？」梅格問，她奮力抓穩車門把手。

「是啊，」波西表示贊同。「那句話還滿能描述我的整個人生：因爲波塞頓的關係。」

梅格興奮地跳上跳下，那對我來說毫無意義，畢竟我們在車子裡已經夠顚簸了。

「你一定很像水行俠㉒囉？」她問：「把魚叫出來幫你打架？」

「多謝喔，」波西說：「我這輩子還沒聽夠水行俠的笑話。」

「我才不是開玩笑！」梅格抗議說。

我從後車窗往外面看去，三團發亮的煙霧持續加速。它們其中之一穿過一名正要過馬路的中年人，那個凡人立刻摔倒。

「啊，我知道那些精靈！」我大叫：「它們是……呃……」

我的腦袋彷彿烏雲密布。

「什麼？」波西質問：「它們是什麼？」

「我忘了！我討厭當凡人！四千年的各種知識、宇宙的各種祕密、大海一般的智慧……沒了，因爲這個像茶杯一樣小的腦袋根本裝不下！」

「抓緊！」波西開車飛越橫跨前方的一條鐵道，普銳斯汽車飛了起來。梅格大叫一聲，因爲她的頭撞到汽車的天花板，接著她又開始無法克制地咯咯傻笑。

眼前的景象變得開闊，現在眞的是鄉間景致了，有休耕的田地、休眠的葡萄園，還有滿是光禿果樹的果園。

「只要再過一、兩公里就是海邊了，」波西說：「再加上我們就快要到達混血營的西邊邊緣。我們到得了。我們一定到得了。」

事實上，我們到不了。其中一團發亮煙霧使出了卑鄙的手段，從人行道直接超車到我們前面。

出於本能，波西立刻轉彎。

普銳斯轎車衝出路面，直接撞穿一排鐵絲網圍籬，衝進一片果園。波西奮力不讓車子撞到果樹，但車子在冰冷泥巴裡打滑，卡進兩根樹幹之間。安全氣囊沒有爆開簡直是奇蹟。

波西彈開自己的安全帶。「你們兩位還好嗎？」

梅格猛推她乘客座那邊的車門。「打不開。把我從這裡弄出去！」

㉒ 水行俠（Aquaman）是美國DC漫畫的超級英雄角色，可以在水底下呼吸並控制魚類。

波西試著推開他自己那邊的車門。車門牢牢卡住一棵桃樹。

「到後面這邊來，」我說：「爬過來！」

我踢開後面車門，跌跌撞撞爬出去，兩條腿感覺好像是壞掉的避震器。

那三團模糊形體停在果園邊緣，這時它們慢慢變化，構成堅固的形狀。它們長出兩條手臂和兩條腿，臉上形成眼睛和寬闊飢渴的嘴巴。

我直覺知道自己以前曾經對付過這些精靈。我不記得它們到底是什麼，但以前驅趕過很多次，把它們打得不省人事，花費的力氣不會比揮開一群蚊蚋大多少。

說來不幸，我現在不是天神，只是個驚慌失措的十六歲少年。我掌心冒汗，牙齒格格打顫，唯一清楚的念頭是：哎喲喂呀！

波西和梅格從普銳斯轎車裡掙扎爬出，他們需要時間，這就表示我必須抵擋敵人一下子。

「不准動！」我對那些精靈大喊：「我是天神阿波羅！」

出乎意料的，那三個精靈停下腳步，讓我大樂。它們停在大約十多公尺外的地方。

梅格從後座滾下來時，我聽到她低聲咒罵。波西跟在她後面爬出來。

我向那些精靈走去，冰凍的泥巴在腳下嘎吱作響，呼吸在冷空氣中凝結成霧氣。我舉起一隻手，做出古代抵擋惡魔的三指手勢。

「離我們遠一點，否則納命來！」我對那些精靈說：「布魯菲斯！」

那些冒煙的朦朧形體顫抖起來，我看了精神一振，等待它們消散殆盡或害怕得逃走。

然而，它們反倒凝聚成很像食屍鬼的屍體狀，還有兩隻黃澄澄的眼睛。它們的衣服是破爛的碎布，四肢滿是裂開的傷口而且不斷流膿。

「噢，親愛的。」我的喉結像撞球一樣掉進胸部。「現在我想起來了。」

波西和梅格分別站到我的兩旁，隨著一陣金屬發出的「咻」一聲，波西的原子筆伸長成一把利劍，由閃閃發亮的神界青銅打造而成。

「想起什麼？」他問：「怎麼殺死這些東西嗎？」

「不，」我說：「我想起它們是什麼了，瘟疫鬼；而且……它們是殺不死的。」

7 瘟疫鬼附身 你是帶原瘟疫鬼 真好玩喔耶

「瘟疫鬼?」波西的雙腳擺出戰鬥姿勢。「你知道嗎?我一直在想:『我現在殺過希臘神話的每一種東西了。』可是名單似乎永遠沒有盡頭。」

「你還沒有殺過我啊。」我注意到。

「不要誘惑我。」

那三個瘟疫鬼拖著腳往前走,灰白的嘴巴張得好大,嘴唇垂在外面,眼睛蒙著薄薄一層閃閃發亮的黃色黏液。

「這些東西不只是神話,」我說:「古老神話的大部分東西當然都不只是神話,只有我把羊男馬西亞斯㉓活生生剝皮那件事不是,那是天大的謊言。」

波西瞪了我一眼。「你做了什麼?」

「兩位。」梅格撿起一根枯死的樹枝。「我們可以等一下再聊那個嗎?」

中間的瘟疫鬼說話了。「阿波羅羅羅羅羅……」它的聲音咯咯作響,很像罹患支氣管炎的海豹。「我們來這裡裡裡是要……」

「給我乖乖待在那裡不准動。」我交叉雙臂,假裝成傲慢自大、漠不關心的樣子。(這對我來說很困難，不過我盡力了。）「你們來這裡是要向我報仇，對吧？」我看看我的兩位半神半人朋友。「你們看，瘟疫鬼是散播疾病的鬼靈。我誕生之後，散播疾病就變成我的一部分工作，我用帶有瘟疫的飛箭撂倒那些撒野的人們，讓他們染上天花、香港腳等那類疾病。」

「好噁。」梅格說。

「那種事總得有人做！」我說：「最好是天神，由奧林帕斯議會管轄，而且發布適當的衛生許可證明，那絕對比這些難以控制的鬼靈要好得多。」

左邊的瘟疫鬼咯咯出聲。「我們想要好好談談談一談，不要打斷！我們想要獲得自由，不受拘束束束束……」

「是啊，我知道。你們會殺了我，然後把已知的每一種疾病散播到全世界。自從潘朵拉[24]把你們從那個容器裡釋放出來之後，這一直是你們的心願。但是不行，我會把你們擊倒！」

也許你覺得很好奇，我怎麼能夠表現得如此自信和冷靜。其實我嚇死了，我的十六歲凡人本能正在尖聲大叫：「快跑！」我的膝蓋彼此碰撞，而且右眼皮跳得超誇張。不過對付瘟疫鬼的祕訣就是不斷地講話，這樣才可以顯得一切都在你的掌握中，而且無所畏懼。我也相信，這樣能讓兩位混血人夥伴有時間想出妙計來救我。我真心希望梅格和波西正在思考那種妙計。

---

[23] 馬西亞斯（Marsyas），希臘神話中的羊男。有一次他撿到雅典娜丟掉的笛子，勤加練習後變成吹笛高手，於是向阿波羅挑戰。結果馬西亞斯輸了這場比賽，依賽前規定而被吊在樹上，活生生被剝下皮。

[24] 潘朵拉（Pandora），傳說是宙斯用黏土做的第一個女人。她因為一時好奇，打開天神送給她的盒子，釋放出貪婪、嫉妒、痛苦等不好的慾念給人類，唯一沒放走的則是「希望」。

右邊的瘟疫鬼露出腐爛的牙齒。「你要用什麼東西擊倒我們？你的弓弓弓在哪裡？」

「看起來好像不見了，」我表示同意。「不過那是眞的嗎？萬一它巧妙隱藏在這件齊柏林飛船T恤裡面，而我正準備把它拿出來，把你們全部射倒呢？」

那些瘟疫鬼緊張地動來動去。

「你你你騙人。」中間的瘟疫鬼說。

波西清清喉嚨。「呃，嘿，阿波羅……」

終於！我心想。

「我知道你要說什麼，」我對他說：「你和梅格想到一個妙計可以拖住這些鬼，讓我有機會跑向混血營。我好討厭看到你們犧牲自己喔，不過……」

「我要說的不是這個。」波西舉起他的劍。「我是想問，如果我用神界青銅把這些有口臭的傢伙砍成碎片會怎樣？」

中間那個瘟疫鬼得意地咯咯笑，黃眼睛閃閃發亮。「一把劍是那麼小不啦嘰的武器，甚至不像詩詩詩句有那麼好的感染力。」

「待在那裡不准動！」我說：「你不能搶走我的瘟疫，再加上我的詩句！」

「你說得對，」那個鬼說：「說說說說夠了。」

三具屍骸搖搖晃晃地向前走過來。我用力推出雙臂，希望能把它們炸成灰燼。結果一點動靜也沒有。

「這眞是氣死人！」我抱怨著說：「如果沒有必勝的絕招，半神半人會用哪招？」

梅格把手上的樹枝刺進最靠近她的瘟疫鬼胸口。樹枝眞的刺進去了，發亮的煙霧開始沿著木頭旋轉延伸。

「快放開！」我警告她：「別讓瘟疫鬼碰到你！」

梅格放開樹枝，快速跑開。

在此同時，波西・傑克森衝進戰局。他揮舞著劍，躲過企圖抓住他的瘟疫鬼，但他的努力只是徒勞一場。他的劍一接觸到瘟疫鬼，它們的身體只是暫時消散成發亮的霧氣，然後又重新凝結起來。

有個鬼撲過去抓他。梅格從地上撈起一顆泛黑的冰凍桃子，用力扔出去，力道大到嵌入瘟疫鬼的額頭，把它擊倒在地。

「我們得跑了。」梅格終於說。

「是啊。」波西撤退回來。「我喜歡這主意。」

我知道逃跑沒有用。假如有可能逃過這些疾病惡靈，中世紀的歐洲人早就套上他們的跑鞋逃離黑死病了。（而且提供你參考，黑死病不是我的錯喔，我告假一個世紀，跑去躺在墨西哥的卡波海灘上，結果一回來就發現瘟疫鬼出來搗蛋，整個歐洲有三分之一的人都死了。天神啊，我超火大的。）

不過我實在太害怕，一句話都沒說。梅格和波西拔腿衝過果園，我連忙跟上。

波西指著前方大約一點五公里處的一道丘陵。「那是混血營的西側邊界，如果我們到得了那裡……」

我們經過一輛牽引式拖車，上面有個灌溉水桶。波西隨意輕彈手指，水桶側邊就爆裂開來，一道水牆猛然湧向我們背後那三個瘟疫鬼。

「那好棒。」梅格笑得開懷，穿著她的綠色新洋裝跳來跳去。「我們一定辦得到！」

不，我心想，我們辦不到。

我的胸口很痛，每一次呼吸都氣喘吁吁。我好憤慨，這兩個半神半人居然可以一邊跑步逃命、一邊聊天，而我，永生不死的阿波羅，竟然虛弱得像鯰魚一樣張口喘氣。

「我們不能……」我喘不過氣，「它們就是會……」

我還來不及說完，前方地面突然冒出三條發亮煙柱，其中兩個瘟疫鬼凝結成兩具屍體；一具屍體多了一顆桃子當第三隻眼睛，另一具的胸口插著一根樹枝。

至於第三個鬼……嗯，波西沒有及時看到它，直直衝進那道煙柱裡。

「別呼吸！」我警告他。

波西的眼珠子快爆出來了，意思彷彿是：「你說眞的？」他跪倒在地，雙手抓緊喉嚨。身爲波塞頓之子，他能在水底下呼吸，但要憋氣，不確定要憋多久，那就完全是另一回事了。

梅格從地上撿起另一顆爛桃子，但面對黑暗勢力，爛桃子爲她提供的防禦力量只有一點點而已。

我努力思考該怎麼救波西，因爲我的專長就只有救人……可是那個插著樹枝的瘟疫鬼朝我衝過來。我轉身逃跑，沒想到迎面撞上一棵樹。我很想告訴你，這其實全都在我的盤算之中，但即使我有那麼高的詩賦造詣，此刻卻想不出半個既陽光又正面的句子。

我發現自己仰躺在地，眼前有好多小黑點跳來跳去，而瘟疫鬼的死白臉孔低頭看著我。

「我該用哪一種致命疾病殺了偉大的阿波羅羅羅羅羅？」那個瘟疫鬼咯咯地說：「炭疽病？或許該用伊波波波波拉……」

「指甲倒插怎麼樣？」我提議說，同時蠕動身子，想要從折磨我的人身旁逃開。「我有指甲倒插恐懼症。」

「我知道答案了！」那個瘟疫鬼大叫，完全沒理我，眞是沒禮貌。「我們來試試這個！」

他幻化成煙霧，然後鋪在我身上，很像一條亮晶晶的毯子。

8

桃子大亂鬥
我現在不想玩了
腦袋大爆炸

我不會說自己的人生在眼前像跑馬燈一樣上演。

我還希望眞的會呢，因爲那樣要花好幾個月，我就有時間想出逃脫之計。

結果反倒是我的懊悔在眼前上演跑馬燈秀。儘管身爲榮耀完美的天神，我確實有過一些懊悔。我還記得在艾比路錄音室的那一天，當時我太嫉妒了，於是把仇恨深植在約翰藍儂和保羅麥卡尼的心中，害披頭四解散了。我還記得阿基里斯[25]倒在特洛伊的曠野上，有某個不配殺他的弓箭手把他殺了，因爲那是我的神諭。

我也看到雅辛托斯，他的古銅色肩膀和黑色長鬈髮在陽光下閃閃發亮。他站在鐵餅場地的邊線上，對我露出燦爛的微笑。「就連你也沒辦法擲那麼遠。」他開玩笑地說。

「看著我。」我說。我擲出手中的鐵餅，然後看著一陣風讓鐵餅改變方向，既驚愕萬分又難以理解，最後鐵餅直直飛向雅辛托斯的英俊臉龐。[26]

而且，我當然看到「她」了，那是我生命中另一個摯愛，她的白皙皮膚變成樹皮，她的秀髮萌發出綠葉，她的雙眼凝結成汩汩流下的樹木汁液。

那些記憶喚回如此巨大的痛苦，你可能認爲我會欣然接受那些發亮的瘟疫煙霧降臨到我身上。

然而，我全新的凡人自我竟然奮力抵抗。我太年輕了，現在還不想死！我還沒體驗過初吻呢！（沒錯，在我的天神前女友名單裡，滿滿都是遠比卡達夏[27]家的派對賓客名單更美麗的人兒，但現在，她們所有人對我來說似乎很不眞實。）

如果我徹底誠實，那麼還得坦承另外一件事：所有的天神都很怕死，即使我們沒有棲身於凡人形體也一樣。

聽起來似乎很蠢，畢竟我們擁有永生不死之身。不過你也見識到了，永生不死還是可以遭到剝奪。（以我爲例，居然歷經三次之多，超討厭的。）

眾神知道退流行是怎麼一回事，也知道遭到遺忘好幾個世紀是怎麼一回事。一想到眾神全部一起不復存在，我們簡直嚇壞了。事實上……宙斯並不喜歡我分享這項訊息，如果你告訴其他人，我會否認自己說過那樣的話；不過事實是這樣的，我們眾神有一點點敬畏你們凡人。你們的整個人生都知道自己會死，無論有多少親朋好友，你們那渺小的存在很快就會遭到淡忘。你們如何看待這件事呢？你們爲何沒有驚慌逃竄、不時尖叫、亂扯頭髮呢？我必須

---

[25] 阿基里斯（Achilles），是海中仙女忒提絲（Thetis）的兒子，希臘第一勇士，也是特洛伊戰爭的英雄。因為忒提絲是不死之神，她希望兒子也是不死之身，所以在阿基里斯出生時，便將他倒提著浸泡在冥河中，使他全身刀槍不入，但被母親握住的腳跟沒泡到冥河水，從此腳跟成為阿基里斯的致命弱點。

[26] 雅辛托斯（Hyacinthus）是阿波羅十分鍾愛的俊美男子，相關故事參見《混血營英雄4：冥王之府》第二八四頁。

[27] 卡達夏（Kardashian），一家人都是美國社會名人，生活豪奢，交遊廣闊，經常登上各種新聞版面。

承認，你們的勇氣實在相當令人敬佩。

現在我進展到哪裡了？

對喔，我快死了。

我在泥巴裡滾來滾去、憋住呼吸，奮力想躲開那團疾病雲霧，但這可不像揮掉蒼蠅或某個自視甚高的凡人那麼簡單。

我瞥了梅格一眼，她正與第三個瘟疫鬼玩著要命的捉迷藏遊戲，努力讓自己和瘟疫鬼之間隔著一棵桃樹。她對我大聲喊話，但她的聲音聽起來很細小也很遙遠。

而在我左邊某處，地面隱隱震動，接著有一道小型噴泉從原野上噴發出來。波西拚了命爬過去，把臉湊進泉水裡，洗掉臉上的煙塵。

我的視線漸漸變得模糊。

波西掙扎著站起來，扯下噴泉的源頭，那是一根灌溉水管，然後把水灑到我身上。

我通常不喜歡浸在水裡。每一次與阿蒂蜜絲去露營，她都喜歡用一整桶冰水把我澆醒。但眼下此刻，我一點都不介意。

水沖散了煙霧，讓我能滾到旁邊大口吸氣。而在附近，我們的兩個氣態敵人又重新凝聚成全身溼答答的屍體，它們的黃眼睛射出憤怒的光芒。

梅格再度喊叫，這一次我終於聽懂她喊的話了：「趴下！」

這實在很不近人情，畢竟我才剛剛爬起來。往周圍整座果園望去，所有早已凍黑的腐爛水果全都開始飄浮起來。

相信我，四千年來我見識過為數不少的怪事。我見識過烏拉諾斯[28]的睡臉鏤刻於整個天際的繁星之間，也見識過暴怒到極點的泰風[29]肆虐整個地球。我見識過人變成蛇、螞蟻變成人，甚至見過理性的人跳起風騷的馬卡蓮娜舞。

然而，我從來沒見過冰凍的水果會往上飄浮。

我和波西趴倒在地，看著一大堆桃子在果園裡亂射，很像撞球的黑色八號球在果樹之間彈來彈去，劃破那些瘟疫鬼的慘灰色屍體。假如我還站著，現在一定早就死了，不過梅格兀自站在原地，處變不驚又毫髮無傷，活像那些冰凍致命水果會繞過她身邊。

三個瘟疫鬼全部倒下，身上布滿孔洞，而所有的水果也都掉落在地。

波西抬起頭，兩隻眼睛又紅又腫。「剛才那素怎訝？」

他講話有點大舌頭，表示他還沒有完全擺脫瘟疫煙霧造成的影響，但至少他沒死。通常這是好兆頭。

「我不知道，」我坦白說：「梅格，現在安全了嗎？」

她顯得驚愕萬分，瞪著眼前的水果大屠殺場面、割爛的屍體和斷裂的樹枝。「我……我也不太確定。」

「你怎摸弄出臘招？」波西講話帶著鼻音。

梅格看起來嚇壞了。「我沒弄！我只知道可能會那樣。」

其中一塊屍首開始抖動。它爬起來，用滿是孔洞的雙腳搖搖晃晃走路。

「不過你確實用用用用了這招，」瘟疫鬼吼著說：「孩子，你你你很強。」

㉘ 烏拉諾斯（Ouranos），希臘神話中的上天之父、宙斯的祖父，他與大地之母蓋婭生下泰坦巨神族。

㉙ 泰風（Typhon），希臘神話中有一百個龍頭且威力強大的怪物，是大地之母蓋婭和塔耳塔洛斯的兒子。

另外兩具屍體也爬起來了。

「還不夠強，」第二個瘟疫鬼說：「我們現在會解決你。」

第三個鬼露出它的一口爛牙。「你的守護者很很很很快就會消失。」

守護者？也許瘟疫鬼指的是我。對於談話內容感到疑惑時，我通常會猜想與我有關。

梅格看起來好像有人揍她肚子一拳。她臉色蒼白，兩隻手臂不停顫抖。她重重跺腳，大喊：「不！」

又有更多桃子旋轉飛入空中。這一次，那些水果彼此融合成一道「果糖塵捲風」，最後豎立在梅格的正前方，變成像是矮胖的人類幼童身形，身上只穿著亞麻布尿布。他的背後伸出一對翅膀，其實是帶著葉子的樹枝。他的嬰兒臉龐算是很可愛，只不過生著熒熒發亮的綠眼睛和尖利獠牙。那東西的咆哮聲劃破空氣。

「噢，不會吧。」波西搖搖頭。「我超討厭這些東西。」

那三個瘟疫鬼看起來也不太開心，它們連忙往後退，遠離那個齜牙咆哮的小嬰兒。

「那……那是什麼？」梅格問。

我以懷疑的眼神瞪著她。她一定是引發這場水果怪事的源頭，但她看起來和我們一樣震驚。糟的是，假如梅格不曉得自己怎麼召喚出這東西，她可能也不曉得該如何把他弄走，而我也像波西．傑克森一樣不是「卡波伊」的粉絲啊。

「這是穀物精靈。」我說，同時努力掩飾語氣中的驚慌。「我以前從沒看過桃子卡波伊，不過如果他像其他種類一樣邪惡……」

我正準備說「我們就死定了」，但其實不用說也知道，說出來反而更沮喪。

小桃兒轉身面對瘟疫鬼。有那麼一會兒，我好怕它們會締結成某種地獄聯盟……在疾病和水果之間形成一種邪惡的軸心。

中間的屍體，也就是桃子擊中它額頭的那個，此刻慢慢向後退。「不要插手，」它警告那個卡波伊：「我們不會允允允許……」

小桃兒親身撲向那個瘟疫鬼，把它的頭一口咬掉。

這可不是一種比喻喔，那個卡波伊露出獠牙，張開血盆大口，而且張大到不可思議的程度，然後欺近那屍首的頭旁邊，一口就把頭咬掉。

噢，親愛的……我眞希望你不是一邊吃晚餐、一邊讀到這段。

短短幾秒鐘之內，那個瘟疫鬼就被撕扯成碎片，狼吞虎嚥光光。

另外兩個瘟疫鬼慌忙撤退，這可以理解，不過卡波伊蹲下身子往上跳高，落在第二具屍體身上，繼續把它撕碎成瘟疫口味的小麥穀粉。

最後一個瘟疫鬼幻化成發亮的煙霧企圖飛走，但小桃兒伸展自己的樹葉翅膀，起飛追捕。他張開血盆大口，一口吞下那個病鬼，狠命咀嚼並吞下，直到每一絲煙霧全部消失爲止。

他在梅格面前落地，打個飽嗝，綠眼睛射出光芒，一點都沒有病懨懨的樣子，我猜這沒什麼好驚訝的，畢竟果樹不會感染人類的疾病。即使吞下全部三個瘟疫鬼，那小鬼看起來反而更餓了。

他縱聲嚎叫，搥打自己的小小胸膛。「桃子！」

波西慢慢舉起他的劍。他的鼻子依舊紅通通而且流著鼻水，整張臉也腫腫的。「梅格，卜要動，」他說話帶著鼻音。「我要……」

「不！」她說：「不要傷害他。」

她嘗試伸手放在那小東西的鬈髮頭頂上。「你救了我們，」她對卡波伊說：「謝謝你。」

我開始在心裡列出可讓傷殘肢體重新長好的草藥藥方，但結果出乎我意料，那個小桃兒並沒有咬掉梅格的手，反而抱住她的腿，同時惡狠狠地瞪著我們，一副我們膽敢靠近就試試看的樣子。

「桃子。」他咆哮說。

「他喜歡你，」波西表示：「呃……爲什麼呢？」

「我不知道，」梅格說：「坦白說，我沒有召喚他來啊！」

我很確定梅格曾經召喚他，或許是有意，也可能是無意。我現在也對她的天神父母有點概念了，同時對瘟疫鬼口中的「守護者」產生一些疑問，不過我下定決心，最好等那個鬼吼鬼叫的肉食性小孩沒有抱住梅格大腿的時候再問她。

「嗯，不管怎麼樣，」我說：「我們欠卡波伊一條命。這讓我想起好多年前我自創的一句話：『每天吃顆桃，瘟疫鬼全逃！』」

波西打個噴嚏。「我以爲應該是蘋果和醫生的功勞。」

卡波伊發出噓聲。

「還有桃子，」波西說：「桃子也派得上用場。」

「桃子。」卡波伊表示贊同。

波西抹抹鼻子。「不是要批評喔，可是他爲什麼要格魯特㉚啊？」

梅格皺起眉頭。「格魯特？」

「對呀，就像電影裡辣個角色……只會一次又一次重複說同一句話。」

「我恐怕沒看過那部電影，」我說：「不過，這個卡波伊似乎擁有非常……專一的詞彙。」

「也許『桃子』是他的名字。」梅格撫摸著卡波伊的棕色鬈髮，那小東西的喉嚨發出了滿足的邪惡呼嚕聲。「我會這樣叫他。」

「哇，你不會收養辣個……」波西打噴嚏打得好用力，導致他背後又有另一根灌溉水管爲之爆裂，產生一整排小噴泉。「呃，煩死了。」

「你很幸運，」我說：「你的噴水招式剛好沖淡瘟疫鬼的力量，才沒有得到更嚴重的病，只有感冒而已。」

「我超討厭感冒。」他的綠色虹膜看起來好像浸在一灘血水裡。「你們都沒有生病？」

梅格搖搖頭。

「我的體格超棒的，」我說：「這一點無疑救了我。」

「還有，偶幫泥把身上的煙沖掉。」波西帶著鼻音說。

「嗯，是啦。」

波西盯著我，彷彿等待著什麼事。尷尬了一會兒，我突然想到，假如他是天神，而我是敬拜神的人，他可能會期待得到感激。

「啊……謝謝你。」我說。

㉚ 格魯特（Groot）是電影《星際異攻隊》（*Guardians of the Galaxy*）的樹精角色，只有「我是格魯特」這句台詞，會隨著「傑克森五人組」（麥可傑克森小時候與哥哥們合組的合唱團）的歌曲〈我要你回來〉（I want you back）款款搖擺，十分可愛。

他點點頭。「不客氣。」

我放鬆了一點。如果他執意要求祭品，像是一頭白色公牛或者殺牛設宴，我還眞不知道該怎麼辦才好。

「我們可以走了嗎？」梅格問。

「這主意太棒了，」我說：「只怕波西的身體狀況不太好……」

「剩下的路程我可以開車送你們去，」他說：「假如能把我的車子從那些樹之間弄出來的話……」他往那個方向瞥了一眼，臉上的表情突然變得更加愁容滿面。「哎喲，黑帝斯，千萬不要啊……」

一輛警察巡邏車正要停靠到路邊。我想像警官的視線沿著泥巴裡的輪胎痕跡望去，一路望向被鏟倒的籬笆，接著看到藍色的豐田普銳斯轎車卡在兩棵桃樹之間。巡邏車車頂的警示燈開始閃爍。

「好極了，」波西喃喃說著：「如果他們把普銳斯轎車拖走，我就死定了。我媽和保羅很需要這輛車啊。」

「去跟那些警官談談，」我說：「你現在的情況對我們一點幫助也沒有。」

「是啊，我們不會有事的，」梅格說：「你說只要翻過那些丘陵就會到混血營？」

「沒錯，可是……」波西沉下臉，可能正努力思考感冒造成的影響。「大多數人是從東邊進入混血營，也就是混血之丘所在的地方。西方的邊界比較荒涼，那裡的山丘和森林全都施了強大的魔法，一不小心就會迷路……」他又打個噴嚏。「而且我甚至不確定阿波羅能不能進去，假如他徹底是凡人的話。」

「我能進去。」我努力表現得很有自信。我別無選擇。假如不能進入混血營……不。我變成凡人的第一天已經遭受兩次攻擊，不可能有B計畫讓我存活下去。

警車的車門打開了。

「快去，」我催促波西：「我們會找到方法穿越森林。你就對警察說你生病了，害車子失控。他們很容易就會放過你。」

波西笑起來。「是啦，警察愛我的程度就像學校老師一樣。」他看著梅格。「你確定那個嬰兒水果惡魔沒問題嗎？」

桃子發出怒吼。

「一切都很好。」梅格向我保證。「回家吧，休息一下，多喝點水。」

波西嘴巴抽動一下。「你叫波塞頓的兒子多喝點水？好吧，直到週末都請努力活著，好嗎？如果有空，我會去混血營看看你們的狀況。小心啊，而且……哈──啾！」

他很不高興地喃喃嘀咕，將筆蓋套到自己的劍上，讓它變回一枝單純的原子筆。要面對執法人員之前，這招預防措施相當聰明。他步履蹣跚地走下山丘，一邊走一邊打噴嚏流鼻水。

「警官？」他叫道：「抱歉，我在上面這裡。你能幫我指出曼哈頓的方向嗎？」

梅格轉身看著我。「準備好了嗎？」

我全身溼透，簌簌發抖。我度過有史以來最慘的一天，無法擺脫一個可怕的女孩，甚至還有更可怕的小桃兒。我根本沒有準備好面對這一切。但我也迫切渴望抵達混血營，不僅有可能在那裡看到一些友善的面孔……說不定還有令人開心的信徒會給我一些剝皮的葡萄、奧利奧巧克力餅乾和其他的神聖祭品。

「當然，」我說：「我們走吧。」

桃子卡波伊嘀咕一聲，作勢要我們跟在他後面，然後他就蹦蹦跳跳朝山上走去。或許他知道路，也說不定他只是想帶我們迎向恐怖的死亡。

梅格匆匆跟在他後面，即使一路要閃過樹枝、滾過泥巴，她也滿心歡喜。你可能以爲我們剛結束一場開心的野餐，而不是與控制瘟疫的屍首大戰一場。

我抬起頭仰望天空。「宙斯，你眞的確定嗎？現在就告訴我，這是一場精心策畫的惡作劇、把我召回奧林帕斯山還不嫌太晚，我已經學到教訓了。我保證。」

灰撲撲的冬天雲層並沒有回應。我嘆了一口氣，小跑步跟上梅格，以及她那個有殺人傾向的新僕人。

9

步行穿林過 各種聲音逼瘋我 我痛恨義麵

我鬆了一口氣。「這應該很容易吧。」

沒錯，我與波塞頓打肉搏戰之前也會說同樣的話，結果那一點也不容易。不過，我們前往混血營的路途看來很直截了當。首先，能夠「看到」混血營讓我很高興，畢竟凡人通常看不到它。這預告著我可以順利進入。

從我們站立的山頂看去，整座山谷在我們腳下延伸到遠方，大約有將近八平方公里的森林、草原和草莓園，北邊以長島海峽爲界，另外三邊則是綿延起伏的山丘。我們正下方有一片濃密的常綠森林，覆蓋住西側三分之一的山谷。

而在這片森林外面，混血營的建築物在冬日陽光下閃閃發亮，包括圓形露天劇場、擊劍競技場、露天涼亭餐廳和它的白色大理石柱。一艘三排槳座戰船停泊在獨木舟湖裡，二十棟小屋排列在正中央的綠地上，中間有個共用的巨大火爐，火焰燃燒得興高采烈的樣子。

草莓園的邊緣佇立著主屋，那是一棟四層樓的維多利亞式建築，屋子漆成天藍色，鑲嵌著白色飾條。我朋友奇戎一定在那裡面，可能在壁爐旁邊喝茶吧。我終於找到避難的地方了。

我的目光延伸到山谷的最遠處，雅典娜．帕德嫩豎立在最高的山頂上，全身閃耀著黃金和雪花石膏的燦爛光芒。那座雄偉的雕像曾經使希臘的帕德嫩神殿光彩耀眼，而現在它掌管混血營，保護這座山谷不受入侵者的滋擾。即使遠從這裡，我都能感受到它的力量，很像是強大引擎的次音速運轉聲。「老灰眼」監視著外來威脅的一舉一動，正如同她一直以來謹慎警戒、不苟言笑、慎重其事的個性。

就我個人來說，我會想要設置一尊比較有趣的雕像，比如說我自己。然而，混血營的完整全貌依然給人非常深刻的印象。每次看見這個地方，我的心情總會變好，那就像一種小小的提醒，讓人緬懷舊日的美好時光，當時凡人還知道如何建造神廟，以及如何焚燒適當的祭品。啊，古希臘時代的一切都比較美好！嗯，除了現代人類締造的少數幾個小小進展，包括網際網路、巧克力可頌以及平均壽命。

梅格的嘴巴張得好大。「我怎麼從來沒聽過這個地方？需要買門票嗎？」

我忍不住笑起來。只要有機會教育無知的愚蠢凡人，我總是很樂在其中。「梅格，你知道嗎，魔法邊界把這座山谷隱藏起來。大部分的人類從外面看不到這裡的任何東西，只能看到乏味的田野。假如他們往這裡走來，結果會在周圍繞來繞去，最後發現又晃出去。相信我，我曾經試著叫披薩外送到混血營，結果還滿討厭的。」

「你叫披薩？」

「當我沒說，」我說：「至於門票嘛……混血營確實不會讓閒雜人等進入，不過算你運氣好，我認識管理這裡的人。」

桃子怒吼一聲。他聞聞地面，然後咬了一大口泥土，再全部吐出來。

「他不喜歡這地方的口味。」梅格說。

「是喔，那麼……」我對卡波伊皺起眉頭，「等我們到達以後，也許可以幫他找點盆栽土或肥料。我會說服半神半人讓他進去，只要他不把他們的頭咬掉……至少不要立刻啦，那樣應該比較容易說服。」

桃子喃喃說了些有關桃子的話。

「有點不對勁，」梅格咬著指甲。「那片森林……波西有說那裡很荒涼，而且施了魔法之類的。」

我自己也覺得好像出了什麼差錯，但把那種感覺歸咎於我向來不喜歡這片森林。基於種種原因，我寧可不要進去那裡，因爲覺得那是……很不舒服的地方。但無論如何，目標已經在望，我向來的樂觀態度又回來了。

「別擔心，」我對梅格保證：「你與天神同行！」

「前任天神。」

「我希望你不要一直嘮叨那件事。總之，混血營的學員非常友善，他們會很歡迎我們，甚至高興得哭出來。而且等著看那裡的簡介影片！」

「看什麼？」

「那部影片由我親自導演！好了，走吧，這片森林沒有那麼糟。」

這片森林就是有那麼糟。

才剛進入林蔭底下，那些樹就好像包圍著我們。一排排的樹幹變得好近，擋住原本的路徑，而且開闢出新的路徑。樹根在森林地面盤根錯節，各式各樣的樹瘤、結節和彎曲處簡直像障礙賽訓練場，感覺很像要步行穿越一碗超巨大的義大利麵條。

想到義大利麵就讓我覺得肚子好餓。吃了莎莉．傑克森的七層沾醬和三明治只過了幾個小時，但是我的凡人胃已經揪成一團，發出咕嚕聲想要吃東西。那聲音實在很討厭，特別是步行穿越黑暗可怕森林的時候；我甚至漸漸覺得桃子卡波伊的氣味沒那麼難聞了，讓我腦中浮現脆皮水果派和冰淇淋的畫面。

就像之前說過的，我通常不是很喜歡森林。我努力說服自己，這些樹沒有緊盯著我看，也沒有顯得很陰沉或彼此低聲交談，它們就只是樹木而已。就算有木精靈，他們也不可能要求我對幾千年前發生在另一個大陸的事情負起責任。

「為什麼不可能？」我自問。「你還是要自己負起責任啊。」

我叫自己閉嘴。

我們步行了好幾個小時……走到主屋應該不需要這麼久啊。我通常可以利用太陽確認方位，這應該沒什麼好驚訝，畢竟我花了好千年的時間駕駛太陽橫越天空；但是在樹蔭底下，光線四散開來，樹影令人困惑。

我們第三次經過同一塊岩石後，我停下腳步，承認這個顯而易見的事實。「我完全不曉得自己身在何處。」

梅格猛然癱軟在一根倒木上。在綠色光線中，她看起來比以前更像木精靈了，只不過木精靈通常不會穿著紅色運動鞋和借來的羊毛外套。

「你沒有任何野外求生技巧嗎？」她問：「判斷樹幹上的蘚苔？跟蹤足跡？」

「那比較是我姊姊的專長。」我說。

「也許桃子可以幫忙。」梅格轉身看她的卡波伊。「嘿，你能幫我們找到路走出森林嗎？」過去幾公里，卡波伊一直緊張地碎碎唸，不停往左看又往右看。現在他嗅聞空氣，鼻孔微微抖動，然後歪著頭。

他的臉突然脹成亮綠色，發出痛苦的吼叫聲，然後幻化成一堆不斷旋轉的葉子。

梅格猛然站起來。「他跑去哪裡了？」

我掃視森林，猜想桃子做了很明智的決定，他感受到危險逐漸逼近，於是拋棄了我們。不過我不想對梅格打這種小報告，因爲她已經很喜歡那個卡波伊了。（這實在很荒謬，居然會喜歡那個危險的小東西。不過話說回來，我們天神也很喜歡人類啊，所以我實在沒有立場批評這種事。）

「也許他先跑去勘察路線了，」我提議說：「說不定我們應該……」

阿—波—羅。

那聲音在我腦中迴響，彷彿某人在我眼睛後方設置了博士牌高級喇叭。那不是我意識的聲音，我的意識並不是女性，而且平常也沒有這麼大聲。然而，那女子的聲音似乎有某部分異常熟悉。

「怎麼了？」梅格問。

空氣變成噁心的甜膩味，樹木也逼近我身邊，活像是捕蠅草的感應毛。

一串汗珠從我的臉側慢慢流下。

「我們不能待在這裡，」我說：「凡人，護送我。」

「抱歉，你說什麼？」梅格說。

「呃，我是說，走吧！」

我們拔腿就跑，跌跌撞撞爬過樹根，盲目穿越迷宮一般的樹枝和大石頭。我們到達一條清澈小溪，溪床由大理石構成。我幾乎沒有慢下來，涉水穿過小溪，走進水深達小腿肚的冰水裡。

那個聲音再度說話：找—到—我。

這一次，那聲音好響亮，簡直像鐵軌釘一樣刺穿我的額頭。我踉蹌走了幾步，然後跪倒在地。

「嘿！」梅格抓住我的手臂。「站起來！」

「你沒有聽到那聲音嗎？」

「聽到什麼？」

「太陽落下，」那聲音隆隆作響，「詩文將盡。」

我臉朝下倒在小溪裡。

「阿波羅！」梅格把我翻過來，她的聲音因爲驚慌而緊繃。「別這樣！我搬不動你啊！」不過她還是試試看。她把我拉向溪流對岸，不斷咒罵我、詛咒我，最後在她的協助下，我勉強爬到岸邊。

我仰躺在地上，眼神狂亂地盯著森林的樹冠層。我的衣服溼透了，冰冷到簡直有燒灼的感覺。我全身抖個不停，很像插電貝斯的空弦E。

梅格用力扯下我身上溼透的冬季外套。她自己的外套尺寸太小，我穿不下，不過她把溫暖乾爽的保暖外套披在我的肩膀上。「振作點，」她命令著：「不要發瘋害到我。」

我自己的笑聲聽起來好尖銳。「可是我……我聽到……」

「火焰會吞噬我，快一點！」

那聲音分裂成一堆憤怒低吟的大合唱。影子變得愈來愈長且黑暗，我的衣服冒出蒸汽，聞起來很像德爾菲洞穴裡的火山煙霧。

我內心有一部分好想蜷縮身子就地等死，另一部分卻想要爬起來，追著那聲音瘋狂向前跑，前去尋找聲音的來源。但是我猜想，如果嘗試尋找，我的神智可能就永遠瘋掉了。

梅格好像說著話，同時用力搖動我的肩膀。她把臉湊過來，與我鼻尖對著鼻尖，只見我六神無主的模樣映照在她的貓眼鏡片上，回眸瞪著我自己。她打我一巴掌，非常用力，而我拚命理解她說的話：「站起來！」

不知怎麼的，我站起來了，然後彎腰嘔吐。

我有好幾個世紀沒有嘔吐了，早就忘了嘔吐有多麼痛苦。

接下來，我只知道兩人跌跌撞撞往前走，梅格支撐著我大部分的體重。那些聲音繼續低吟，彼此爭吵不休，將我的心智撕扯成小碎片，再扔進森林深處。過沒多久，我就沒留下太多清醒的神智了。

實在沒意義啊。我還是可能會遊蕩到森林深處，徹底發瘋。一想到這點，簡直像戳中我的笑穴，我開始咯咯發笑。

梅格強迫我繼續走，我無法理解她說的話，但是她的語氣很堅持、很頑固，而且帶著憤怒，足以壓過她內心的恐懼。

我的心智狀態十分脆弱，以爲樹木全都爲了我們往兩旁分開，勉強打開一條小徑，直直通往森林外。我看到遠處有一堆營火，還有混血營的開闊草原。

我突然覺得梅格正在對樹木說話，叫它們讓出一條路。這個想法很荒謬，當下也顯得很可笑。從衣服冒出的滾滾蒸汽判斷，我猜自己大概發高燒到七十度吧。

我一邊歇斯底里大笑，一邊跌跌撞撞走出森林，直直走向營火，有十幾名青少年圍坐在火堆旁邊烤棉花糖。他們看到我們時，全都立刻站起來。從他們穿的牛仔褲、冬季外套和配備的武器看來，算是我所見過最陰沉的一群烤棉花糖的人吧。

我咧嘴大笑。「喔，嗨！我是阿波羅！」

我兩眼一翻，然後就昏過去了。

10

巴士著了火
我的兒子比我老
宙斯請收手

我夢見自己駕駛太陽戰車橫越天空。我的太陽戰車是敞篷式的瑪莎拉蒂車型，我一路巡航，對著擋路的噴射機狂按喇叭，很享受平流層的冰冷氣息，同時嘴裡輕哼著我最愛的即興音樂：阿拉巴馬顫抖樂團的〈飛向太陽〉。

我正想把這輛Spyder跑車變身成Google的自動駕駛汽車。我想要拿出魯特琴，彈奏一段灼熱激昂的獨奏，那樣一定能贏得阿拉巴馬顫抖樂團主唱兼吉他手布蘭特妮．霍華德的大大稱讚。

就在這時，有個女子出現在我身旁的乘客座上。「老兄，你得快一點才行。」

我差點從太陽跳出去。

我的乘客打扮得很像古代利比亞王后（我應該要知道，畢竟以前曾與她們幾位約會）。她的長禮服以紅色、黑色和金色的花朵組成漩渦狀的圖案，留著一頭黑色長髮，戴上古代波斯人的鑲鑽王冠，王冠的造型很像彎曲的小梯子，即兩條黃金環圈搭配一排排銀質梯板。她的臉龐很穩重但有威嚴，正是仁慈王后該有的模樣。

所以，她肯定不是希拉，更何況希拉絕對不會這麼和善地對我微笑。而且……這位女性的脖子上戴著大型的金屬製和平標誌，似乎不像希拉的風格。

然而，我覺得我應該認識她。儘管她帶有上了年紀的嬉皮風格，還是很有魅力，感覺我們之間有某種關聯。

「你是誰？」我問。

她的眼神閃過一抹危險的金光，很像貓科掠食動物的眼睛。「聽從那些聲音。」

我的喉嚨噎住了。我努力想要清楚思考，卻覺得腦袋好像最近才剛放進果汁機攪打過。「我在森林裡聽見你的聲音……你是不是……你說的是不是預言？」

「找到大門，」她抓住我的手腕。「你一定要先找到大門，明白嗎？」

「可是……」

女子突然爆炸成火焰。我把灼傷的手腕抽回來，連忙抓緊太陽戰車的方向盤，免得它繼續向下俯衝。這時，瑪莎拉蒂跑車變形成一輛校車巴士；除非必須運送一大批人，否則我絕不會開這種車[31]。整個車廂內濃煙密布。

有個帶著鼻音的聲音從我背後傳來：「無論如何，一定要找到大門。」

我瞥了一眼後視鏡。透過重重煙霧，我看到一名身穿淡紫色西裝的肥胖男子，他懶洋洋地橫跨整個後座，就是搗蛋傢伙通常會坐的位置。荷米斯[32]很喜歡那個位置，但這個男子並不是荷米斯。

他幾乎沒有下巴，鼻子顯得太大，一把鬍子整個包住雙下巴，活像是安全帽的繫帶。他像我一樣有一頭黑色鬈髮，只不過既沒有抓出時髦的亂度，頭髮也不濃密。他噘著嘴，一副聞到什麼難聞氣味似的，也許是因爲巴士座位正在燃燒的關係吧。

「你是誰？」我大喊，同時拚命想把正在俯衝的戰車拉起來。「你爲什麼在我的巴士上？」

男子面露微笑，這使他的臉孔顯得更加醜陋了。「我自己的老祖宗竟然不認得我？害我好傷心啊！」

我努力想要認出他是誰。我這顆受到詛咒的凡人腦袋實在太小也太僵硬，就像是船隻的壓艙物太多，不得不拋棄四千年來的記憶。

「我……我認不出來，」我說：「眞抱歉。」

男子一邊笑著，火舌一邊舔噬他的紫色袖子。「你現在還沒有覺得抱歉，但以後一定會。幫我找到大門，帶我去神諭那裡。我很樂意把它燒毀！」

太陽戰車搖搖晃晃地衝向大地，火焰也開始燒到我。我拚命控制方向盤，突然間嚇了一大跳，瞪大眼睛看著擋風玻璃外面隱約浮現的巨大青銅臉孔。那是紫衣男子的臉，打造它的金屬塊比我這輛巴士還要巨大。我們一路呼嘯衝向它，而那張臉也開始變形，漸漸變成我自己的臉。

然後我就醒過來了，渾身是汗，不斷發抖。

「放輕鬆，」某個人的手按住我的肩膀，「不要勉強坐起來。」

我自然而然就掙扎著坐起來。

在床邊照顧我的人是個年輕男子，年紀與我相仿……是指我的凡人年紀啦；他有一頭亂

㉛ 參見《波西傑克森：泰坦魔咒》第七十四頁。

㉜ 荷米斯（Hermes），商業、旅行、偷竊及醫藥之神，掌管所有使用道路及貿易的相關事宜，也是奧林帕斯天神的使者，穿著有翅膀的飛鞋為眾神傳遞物件與信息。

蓬蓬的金髮和藍眼睛，穿著醫師的手術服，套著滑雪外套，口袋上繡著「奧基莫山」[33]字樣。他的臉上有滑雪客常有的曬痕。我覺得自己應該認識他。（自從由奧林帕斯山墜入凡間後，我一天到晚有這種感覺。）

我躺在一間木屋正中央的吊床上，左右兩邊沿著牆壁都有上下鋪。粗獷的松木橫梁支撐著天花板，白色的灰泥牆壁空無一物，只有少數幾個掛鉤用來懸掛外套和武器。

這可能是任何一個時代的樸素住所，可能位於古代的雅典、中世紀的法國或美國愛荷華州的農田。房間裡聞得到乾淨亞麻布和乾燥鼠尾草的氣味，唯一的裝飾品是窗台上的幾個花盆，儘管窗外天氣寒冷，花盆裡依舊開滿了欣欣向榮的黃色花朵。

「那些花……」我的聲音很粗啞，彷彿作夢時吞下滾滾濃煙。「那些花來自提洛斯島，那裡是我的神聖島嶼。」

「是呀，」年輕男子說：「它們只會生長在第七小屋裡面和周遭，也就是你的小屋。你知道我是誰嗎？」

我仔細端詳他的臉。他的冷靜眼神、嘴唇輕鬆停駐的微笑、頭髮在耳際捲曲的模樣……我隱約想起一名女性，名叫娜歐咪．索拉斯的另類鄉村歌手，我們在德州的奧斯汀相遇。即使是現在，我想起她依然會臉紅。對於我的青少年自我來說，我們的戀愛故事似乎是很久以前從電影裡看來的，一部父母不會准我看的電影。

不過，這個男孩肯定是娜歐咪的兒子。

那就表示他也是我的兒子。

這種感覺眞是非常非常奇怪。

「你是威爾．索拉斯，」我說：「我的，啊……呃……」
「是啊，」威爾贊同說：「眞尷尬。」
我的額葉在腦袋裡翻轉了一百八十度，整個人往旁邊傾斜。
「哇，小心，」威爾把我扶穩。「我想辦法治療你，但老實說，我搞不懂到底出了什麼差錯。你身上有血液，不是神血。你的傷勢很快就復原了，但你的生命跡象與人類沒兩樣。」
「別提醒我。」
「是喔，那麼……」他伸手按著我的額頭，然後憂心忡忡地皺起眉頭，手指微微顫抖。
「我什麼都不知道，本來還想給你神飲，結果你的嘴唇開始冒煙。我差點害你沒命。」
「啊……」我用舌頭舔舔下唇，感覺既沉重又痲木，不曉得這能否解釋剛才關於濃煙和火焰的夢境。希望可以。「我想，梅格忘了對你說明我的狀況。」
「我想她說了。」威爾抓住我的手腕量測脈搏。「你似乎與我的年紀差不多，大概十五歲左右。你的心跳速率恢復正常了，肋骨正在癒合，鼻子有點腫，但是鼻梁沒斷。」
「而且我有青春痘，」我悲痛地說：「全身肌肉鬆垮垮。」
威爾歪著頭。「你是凡人耶，竟然擔心這種事？」
「你說得沒錯，我沒有力量，甚至比你們這些弱小的半神半人更軟弱！」
「哇，多謝……」
我有種感覺，他差點要說出「爸」，但是努力阻止自己。

㉝奧基莫山（Okemo Mountain），位於美國佛蒙特州的滑雪勝地。

要把這位年輕人想成我兒子實在很困難，他是這麼泰然自若、這麼謙虛、這麼沒有青春痘。即使我在場，他也沒有顯得很震驚；事實上，他的嘴角已經開始抽動了。

「你……你覺得很好笑嗎？」我質問他。

威爾聳聳肩。「嗯，很難說這樣是好笑還是瘋狂。我自己的老爸，天神阿波羅，竟然是十五歲的……」

「十六歲，」我糾正他，「我們就說是十六歲吧。」

「十六歲的凡人，躺在我的小屋裡的吊床上，而我有那麼多的治療技巧，全是從你那裡遺傳來的，卻還是不曉得該怎麼把你治好。」

「沒有所謂治好這回事，」我悲慘兮兮地說：「我被奧林帕斯山驅逐出來，我的命運和一個叫梅格的女孩綁在一起，不可能更糟了！」

威爾笑起來，害我一把怒火整個燒上來。「梅格似乎很酷啊，她已經戳中柯納．史托爾的眼睛，還踢中薛曼．楊的褲襠。」

「她什麼？」

「她在這裡會過得很好。她在外面等你，加上大多數的學員。」威爾的微笑漸漸消失。「讓你有點心理準備，他們會問一大堆問題。每個人都想知道，你的到達、你的凡人身分和混血營發生的事情到底有沒有關係。」

我皺起眉頭。「混血營發生什麼事？」

小屋的門打開了，又有兩個半神半人走進來。其中一個是年約十三歲的高個子男孩，青銅色皮膚健康發亮，滿頭的髮辮編得很像ＤＮＡ雙螺旋；他穿著黑色毛料短大衣和黑色牛仔褲，看起來很像剛從十八世紀捕鯨船的甲板走下來。另一個新來的人是名年輕女孩，身穿橄欖色的迷彩衣，肩膀揹著一只滿滿的箭筒，薑黃色的短髮挑染了一堆亮綠色，這似乎讓迷彩服的效果完全失效。

我面露微笑，很高興我真的記得他們的名字。

「奧斯汀，」我說：「還有凱拉，對吧？」

他們沒有跪倒在地、感激得啜泣起來，反而彼此緊張地互看一眼。

「所以眞的是你。」凱拉說。

奧斯汀皺起眉頭。「梅格告訴我們，你被兩個小流氓毒打一頓。她說你失去力量了，而且在森林裡變得歇斯底里。」

我的嘴巴好像嚐到燒焦校車內裝襯墊的味道。「梅格眞是大嘴巴。」

「不過你是凡人？」凱拉問：「眞的是完完全全的凡人？意思是我會失去射箭技巧？那麼到了十六歲，我就不能參加奧運的資格賽了！」

「而且如果我失去音樂……」奧斯汀搖搖頭。「不行，老兄，那樣很糟糕。我的上一支影片，差不多一個星期的點閱次數就有五十萬次。那我該怎麼辦？」

我覺得好窩心，我孩子們的優先順序非常正確，以他們的技巧、他們的形象、他們的YouTube 點閱率爲優先。誰說天神是缺席的父母？我們的孩子遺傳到天神最好的個性特質。

「我的問題應該不會影響你們。」我向他們保證。「假如宙斯要溯及既往，讓我所有的後代都失去我的神聖力量，那麼這國家有一半的醫學院都會變得空蕩蕩，『搖滾樂名人堂』會關門大吉，解讀塔羅牌的產業也會一夜之間全部倒閉！」

奧斯汀的肩膀放鬆下來。「眞是鬆了一口氣。」

「那麼，如果你身爲凡人的時候死掉，」凱拉說：「我們也不會消失不見囉？」

「兩位，」威爾插嘴說：「你們何不跑去主屋通知奇戎，說我們的……我們的『病人』恢復意識了。我馬上就帶他過去。還有，呃，看看能不能想辦法驅散外面的群眾，好嗎？我不希望所有人同時擠向阿波羅。」

凱拉和奧斯汀心領神會地點頭。身爲我的孩子，他們毫無疑問非常了解控制狗仔隊的重要性。

他們一離開，威爾就對我露出表示歉意的微笑。「他們嚇壞了，其實我們全都是。要花一點時間才能習慣……無論情況如何。」

「你似乎沒有覺得很震驚。」我說。

威爾低聲笑了笑。「我很害怕啊，不過身爲首席指導員，你學會一件事：你必須爲了其他人而振作起來。我們讓你站起來吧。」

這並不容易。我跌倒兩次，天旋地轉，而且覺得眼睛好像在眼窩裡面微波過。剛才的夢境在腦中持續翻攪，很像河裡的泥沙，讓我的想法一片渾濁模糊，包括那個戴著王冠與和平標誌的女子，以及身穿紫色西裝的男子。「帶我去神諭那裡，我很樂意把它燒毀！」

小屋漸漸變得令人窒息，我急著想呼吸一點新鮮空氣。

我和姊姊阿蒂蜜絲有一個共識：只要是值得追求的事，放在室外絕對比室內好。音樂如果能露天演奏是最棒的，詩歌應該在廣場上與眾人分享；在戶外施展箭術肯定也比較容易，我自從有一次在父親的王座室嘗試練習射箭之後，立刻能證明這點。至於駕駛太陽……嗯，那也絕對不是室內運動。

我倚著威爾支撐身子，終於走到室外。凱拉和奧斯汀已經成功驅散群眾，唯一等候我的人……噢，眞是令人高興開心啊，是我的年輕主人梅格，現在她顯然已經在混血營贏得「褲襠踹客麥卡弗瑞」的稱號了。

她依舊穿著莎莉．傑克森出借的綠色衣裙，只是現在顯得有點髒。她的內搭褲扯破了，手臂的二頭肌也有一道可怕的割傷，一定是在森林裡割到的，現在貼著一排蝴蝶形的繃帶。

她看了我一眼，整張臉皺成一團，而且舌頭伸得好長。「你看起來超慘的。」

「而你呢，梅格，」我說：「像以前一樣很有魅力。」

她調整臉上的眼鏡，讓眼鏡不至於歪到受不了。「還以爲你要死了。」

「眞高興讓你失望了。」

「哼。」她聳聳肩。「你還欠我一年的服務耶，我們的命運綁在一起，不管你喜不喜歡都一樣！」

我嘆口氣。回到有梅格的陪伴還眞是美好啊。

「我想我應該感謝你……」我對自己在森林裡的癲狂狀態記憶不清，只記得梅格拖著我，我們前方的樹木似乎自動分開。「你怎麼讓我們走出森林的？」

她的表情變得有點提防。「沒什麼，運氣好。」她伸出大拇指戳戳威爾．索拉斯。「根據他對我說的，我們能在天黑之前走出來眞是太好了。」

「爲什麼？」

威爾正準備開口回答，接著顯然改變主意。「我應該讓奇戎來說明。走吧。」

我很少在冬天造訪混血營，上一次已經是三年前的事，當時有個名叫泰麗雅．葛瑞斯的女孩開著我的巴士，墜落到獨木舟湖裡㉞。

我預期混血營這時候的人數比較少。我知道大多數的半神半人只有夏天才會來混血營，學期之間僅少數人整年待在這裡，原因各不相同，總之這些人能夠安全居住的地方就只有混血營。

然而，看到半神半人的人數這麼少，我感到很吃驚。假如第七小屋算是某種指標，則每一棟天神小屋的床位大約可容納二十位學員，那就表示最多可收容四百位半神半人，足以排列好幾個方陣，或者舉辦一場眞正瘋狂的遊艇派對。

可是一路走過營區，我看到的人數不超過十幾人。夕陽的光線逐漸變暗，有個女孩孤零零地爬上攀岩場，兩側都有岩漿傾瀉而下。而在湖裡，有個三人小組正在檢查三列槳座戰船的索具。

有些學員硬是找到理由待在外面，這樣才能瞠目結舌看著我。有個年輕男子坐在火爐邊，正把他的盾牌擦拭晶亮，並透過表面的反射影像看著我。另一人則是在阿瑞斯小屋外面，一邊將刺鐵絲連接起來，一邊盯著我看。從他走路不太順暢的樣子看來，我猜他就是最近遭人踢中褲襠的薛曼．楊。

我經過荷米斯小屋的門口時，兩個女孩格格發笑低聲交談。通常這樣的注目不會讓我煩心，因爲我的魅力無法擋，這很容易理解。但現在我的臉頰感覺火燙；原本是男性風流典範的我，此刻竟淪爲笨拙又缺乏經驗的男孩！

我好想對天上尖聲大叫，抗議這種不公平的待遇，但那樣一定超糗的。

我們沿途穿越休耕的草莓園。在混血之丘的山頂上，金羊毛掛在高聳松樹的最低處樹枝上閃閃發亮。守護巨龍皮琉斯纏繞在樹幹底部，頭頂上冒出陣陣蒸汽。而在松樹旁邊，雅典娜．帕德嫩受到夕陽的照耀顯現成鮮紅色；也說不定她只是因爲看到我很不高興，氣得滿臉通紅。（我們在特洛伊戰爭期間起了一點小爭執，雅典娜從來沒有忘記那件事。）

我看到半山腰的神諭洞穴了，入口處用厚重的酒紅色簾幕遮蓋住。兩側的火炬都沒有點燃，通常那表示我的女預言家瑞秋．戴爾沒有住在這裡。我不曉得應該覺得失望還是鬆口氣。

即使沒有傳播預言，瑞秋也是聰明伶俐的年輕女子，我本來希望找她商量自己碰到的問題。另一方面，由於她的預言力量顯然停止運作（我猜其中有「很小」一部分是我的錯），我不確定瑞秋是否願意見到我。她會期待從她的「眞命天子」得到解釋，而既然我發明了「男性說教」，又是最不遺餘力的實踐者，我實在沒有答案可以告訴她。

那個燃燒巴士的夢境一直揮之不去：戴著王冠的時髦女子催促我尋找大門，還有穿著淡紫色西裝的醜陋男子威脅要燒掉神諭。

嗯……洞穴就在那裡。我不確定戴王冠的女子爲何沒辦法找到洞穴，也不懂那個醜男爲何急著想燒掉洞穴的「大門」，大門除了紫色簾幕以外，等於沒有什麼遮掩。

除非，夢境眞正指涉的事物並非德爾菲神諭……

我揉搓陣陣刺痛的太陽穴，不斷搜尋腦中消失的記憶，嘗試跳入我廣大的知識之湖，卻只找到一個小得不能再小的孩童游泳池。如果腦袋只有孩童游泳池的大小，面對難題也無計

34 參見《波西傑克森：泰坦魔咒》第八十一頁。

可施吧。

在主屋的門廊上，有一位年輕的黑髮男子正在等我們。他穿著褪色的黑色長褲、雷蒙斯樂團㉟的T恤，搭配束腰的黑色皮夾克，側邊掛著一把冥河鐵劍。

「我記得你，」我說：「你是尼可拉斯，黑帝斯之子？」

「尼克．帝亞傑羅。」他仔細端詳我，眼神銳利而蒼白，很像破掉的玻璃。「所以這是眞的囉，你完完全全變成凡人。你周圍環繞著死亡的光暈……死亡的可能性非常濃厚。」

梅格哼了一聲。「聽起來眞像天氣預報。」

我一點都不覺得有趣。此刻與一位黑帝斯之子面對面，我不禁回想起以前曾用瘟疫之箭把很多凡人送去冥界，那似乎總是有種打掃乾淨的爽快感，讓惡劣行爲得到應有的嚴厲懲罰。而現在，我開始了解當時那些受害者眼裡的恐懼了。我一點都不希望死亡的光暈掛在我身上，也絕對不想站在尼克．帝亞傑羅的父親面前接受審判。

威爾伸手放在尼克的肩膀上。「尼克，關於你們那些人的能力，我們需要另外談談。」

「嘿，我只是表達顯而易見的事。假如這人是阿波羅，而他死了，我們全都有麻煩。」

威爾轉向我。「我替我的男朋友道歉。」

尼克翻了個白眼。「你可以不要……」

「難道你比較喜歡稱爲『特別的傢伙』？」威爾問：「或者『重要的另一半』？」

「對你來說是『重要的討厭傢伙』啦。」尼克嘀咕著說。

「喔，我會再跟你算帳。」

梅格揉揉她流鼻水的鼻子。「你們兩個很愛吵耶，我以爲要去見哪個半人馬。」

「我就在這裡。」紗門打開了，奇戎一邊小跑步出來，一邊低著頭以免撞到門框。

他的腰部以上看起來是如假包換的教授模樣，他在凡人世界也正是假扮成教授身分。他的棕色毛料外套在手肘部位有補丁，格紋正式襯衫與綠色領帶實在不太搭，鬍子修剪得很整齊，但是頭髮看來無法通過老鼠窩的整潔檢查。

至於腰部以下，他是一匹雪白的駿馬。

我的老朋友面露微笑，不過他的眼神既暴躁又煩亂。「阿波羅，你來這裡眞是太好了。我們需要談談關於失蹤的事。」

㉟雷蒙斯樂團（Ramones），一九七〇年代成軍的龐克搖滾樂團。

11

垃圾郵件匣

預言可能在裡面

沒？嗯，不懂。掰。

梅格看得瞠目結舌。「他……他真的是半人馬耶。」

「辨認得很準確，」我說：「我想，馬的下半身出賣了他。」

她用力搥我手臂一拳。

「奇戎，」我說：「這位是梅格．麥卡弗瑞，我的新主人和麻煩的源頭。你剛才說到關於失蹤的事？」

奇戎的尾巴輕甩幾下，馬蹄踩在門廊的木板上喀噠作響。

他擁有永生不死之身，但外貌顯示的年紀似乎隨著不同時代而改變。我不記得他的鬢角有這麼灰，也不記得眼睛周圍的皺紋有這麼明顯。無論混血營發生什麼狀況，一定都無助於紓解他的壓力。

「梅格，歡迎。」奇戎努力讓說話語調顯得很友善，我覺得這樣相當有英雄氣概，畢竟面對的是……嗯，梅格耶。「我聽說你在森林裡表現得非常勇敢，儘管遭遇很多危險，你還是把阿波羅帶來這裡。混血營很高興有你加入。」

「謝謝，」梅格說：「你真的好高喔。你的頭不會撞到照明燈具嗎？」

奇戎笑起來。「有時候會。如果想要比較接近人類的體型，我有一架魔法輪椅，可以讓我的下半身疊合成……說實在的，現在講這個不重要。」

「失蹤，」我催促他，「什麼東西不見了？」

「不是什麼東西，而是『誰』，」奇戎說：「我們到裡面再談。威爾、尼克，請你們告訴其他學員，一小時後集合吃晚餐，好嗎？到時候我會向大家說明最新情況。同時，大家都不應該在營區裡獨自亂晃，採取兩人同行制。」

「了解。」威爾看著尼克。「你願意與我同行嗎？」

「你是笨蛋。」尼克朗聲說。

他們兩人一邊鬥嘴、一邊慢慢走開。

這時候，你可能覺得很好奇，我是怎麼看待自己的兒子與尼克．帝亞傑羅在一起。我得承認，我不懂威爾有哪一方面吸引黑帝斯的孩子，但如果威爾喜歡擁有黑暗預感這一型……

喔，也許你們有些人是想知道，我看到他交了男朋友而不是女朋友有什麼感覺。如果眞是這樣，拜託，我們天神才不會執著於這種事。我自己曾經有……我看看喔，三十三位凡人女朋友和十一位凡人男朋友吧？算不清楚了。我最偉大的兩段愛情當然是達芙妮㊱和雅辛托斯，不過如果你像我一樣是人氣超高的天神……

等一下。我剛才是不是說出我喜歡誰了？我說了，對吧？奧林帕斯天神啊，忘了我提過她們的名字吧！眞是超難爲情的。拜託不要說出去。在這個凡人人生裡，我可從來沒有愛上

㊱ 達芙妮（Daphne），河神的女兒。由於討厭阿波羅的苦苦追求，於是狂奔至河邊請求河神將她變成一棵月桂樹，令阿波羅懊悔萬分。

過誰啊！

好苦惱啊。

奇戎帶我們走進客廳，舒適的皮沙發排列成V字形，面對石砌的壁爐。壁爐架上方有一顆剝製的豹頭，正在滿足地打鼾。

「那是活的？」梅格問。

「算是吧。」奇戎小跑步走向他的輪椅。「那是塞摩爾。如果我們講話輕聲細語，應該不會吵醒牠。」

梅格立刻開始探索整個客廳。就知道她正在尋找小東西要丟那顆豹頭，把牠吵醒。

奇戎坐到輪椅上，兩條後腿放進假的座位隔間裡，接著往後退，把兩條馬後腿神奇地壓緊，最後看起來像是一個人坐在輪椅上。為了讓幻覺更加完整，裝了鉸鏈的前方面板轉過來關上，顯現出兩條假人腿。通常這些假腿會配好寬鬆褲子和平底鞋，以提升他的「教授」偽裝程度，不過今天奇戎似乎想做另一種打扮。

「這是新的耶。」我說。

奇戎低頭看著他那勻稱豐滿的女性模型腿，腿上不但套著網襪，還穿著綴滿亮片的紅色高跟鞋。他大大嘆口氣。「看來荷米斯小屋又開始瘋迷《洛基恐怖秀》㊲了，我得找他們談一談才行。」

《洛基恐怖秀》喚醒一些歡樂的回憶。我經常在午夜電視節目模仿洛基，因為，這還用說嗎，那角色的完美體格就是以我自己為原型嘛。

「讓我猜猜看，」我說：「柯納和崔維斯．史托爾很喜歡惡作劇？」

奇戎從附近一個籃子裡抓起一件法蘭絨毯子，蓋在他的假腿上，但那雙紅寶石色高跟鞋依舊從底下露出來。「其實崔維斯去年秋天離開這裡去上大學了，這讓柯納變成熟許多。」

梅格從那台老式的小精靈電動玩具旁邊望著我們。「我戳了柯納那傢伙的眼睛。」

奇戎皺起眉頭。「親愛的，那很好……不管怎麼說，我們現在有茱莉亞·費恩戈德和宮澤愛麗絲，她們接手惡作劇的職責。你很快就會見到她們。」

我回想起荷米斯小屋外那兩個對我咯咯發笑的女孩，感覺再次變得全身通紅。

奇戎作勢指著沙發。「請坐。」

梅格離開小精靈電玩（那遊戲吸引她二十秒的注意力），還真的開始爬牆。餐廳區裝飾著冬天休眠的葡萄藤，毫無疑問是我的老友戴歐尼修斯[38]的傑作。梅格沿著較粗樹幹往上爬，嘗試要摸到蛇髮女怪頭髮形狀的吊燈。

「啊，梅格，」我說：「我和奇戎談話時，也許你應該看看介紹影片？」

「我知道很多事了啦，」她說：「你昏過去的時候，我和很多學員聊天。『現代半神半人的安全庇護所』，吧啦吧啦之類的。」

「喔，不過影片拍得很好喔，」我慫恿她，「那是我在一九五〇年代用很拮据的預算拍攝的，不過有些攝影手法非常創新，你眞的應該……」

葡萄藤從牆上剝落，梅格摔到地上。她跳起來，全身毫髮無傷，接著她看到餐具櫃上的

---

[37]《洛基恐怖秀》（*Rocky Horror Picture Show*），一九七五年的驚悚搞笑歌舞片，後來有許多人狂熱模仿片中角色的打扮，讓電影反覆上映至今。

[38] 戴歐尼修斯（Dionysus），希臘神話中的酒神，發明了釀酒法，常因喝醉而喪失理性，惹出災禍。

一盤餅乾。「那些是免錢的嗎？」

「是的，孩子，」奇戎說：「順便倒杯茶，好嗎？」

結果我們被梅格纏住，她的雙腿垂掛在沙發的扶手上，嘴裡大嚼餅乾，而且趁奇戎沒看到的時候，把餅乾屑扔向正在打呼的塞摩爾。

奇戎幫我倒了一杯大吉嶺紅茶。「實在很抱歉，戴先生沒有在這裡歡迎你。」

「戴先生？」梅格問。

「戴歐尼修斯，」我向她說明：「酒神，也是這個營區的主任。」

奇戎把茶遞給我。「與蓋婭的大戰結束之後，我以爲戴先生會回到營區，但是他一直沒出現。希望他沒事。」

老半人馬殷切地看著我，但我實在無可奉告。過去六個月是徹底一片空白，我實在不曉得其他的奧林帕斯天神到底在幹嘛。

「我什麼都不知道。」我坦白說。過去四千年來，我很少說這種話，這種感覺很差。我啜飲一口茶，但苦澀的程度相差不遠。「我有點跟不上最近的消息，還指望你幫我補上。」

奇戎幾乎沒有掩飾他的失望。「我懂了……」

我意識到他很希望得到協助和指引，而我同樣需要他提供協助和指引。身爲天神，我很習慣這些地位在我之下的人們依賴我，習慣他們祈禱這個、懇求那個，但現在，我變成凡人了，人們依賴我卻變得有點可怕。

「那麼，你碰到什麼樣的危機？」我問。「你的神情與特洛伊的卡珊德拉公主[39]一模一樣，或者也很像阿拉莫戰役的詹姆士．鮑伊[40]，總之就是一副遭到圍攻的模樣。」

聽到這樣的比喻，奇戎沒有反駁，只是用雙手捧著茶杯。

「你也知道，我們大戰蓋婭期間，德爾菲的神諭停止受理預言。事實上，已知能夠預測未來的所有方法突然間都失效了。」

「因爲原本的德爾菲洞穴被奪走了。」我嘆了一口氣說，努力不要傳達出指責的意味。

梅格拿了一塊巧克力餅乾扔向豹頭塞摩爾的鼻子，隨即反彈回來。「德爾菲的神諭。波西提過那個。」

「波西．傑克森？」奇戎坐直身子。「波西和你們在一起？」

「一陣子。」我轉述桃子果園的那場戰鬥，以及波西回去紐約的事。「他說如果有時間，這個週末會開車過來。」

奇戎看起來很沮喪，彷彿光是有我的陪伴還不夠好。你能想像有這種事嗎？

「不管怎麼說，」他繼續說：「我們本來希望戰爭結束後，神諭能夠再度開始運作，但是並沒有……瑞秋變得焦慮不安。」

「誰是瑞秋？」梅格問。

「瑞秋．戴爾，」我說：「就是神諭。」

「我以爲神諭是一個地方。」

---

39 卡珊德拉（Cassandra），希臘神話中的特洛伊公主。阿波羅賦予她預言能力，成為阿波羅的祭司，但後來她反抗阿波羅，致使眾人不相信她的預言。特洛伊戰爭之後，她遭到俘虜並殺害。

40 詹姆士．鮑伊（Jim Bowie, 1796-1836），美國探險家，參與阿拉莫（Alamo）戰役而陣亡，後世尊為美國的民族英雄。

「沒錯。」

「那麼瑞秋是一個地方，而她停止運作了？」

如果我還是天神，一定立刻把她變成一隻藍肚子的蜥蜴，然後扔進荒野中，從此再也不用看到她。這念頭讓我的心情好多了。

「原本的德爾菲是希臘的一個地方，」我對她說：「那是一個洞穴，裡面充滿火山煙氣，人們會去那裡找我的女祭司匹提雅㊶接受指引。」

「匹提雅，」梅格咯咯發笑。「唸起來眞好笑。」

「是啊，哈哈。所以神諭是一個地方，同時也是一個人。後來希臘眾神搬到美國，那是什麼時候的事啊……奇戎，是一八六〇年嗎？」

奇戎上下晃動他的手。「差不多。」

「我把神諭搬到這裡，繼續代表我述說預言。預言的力量在女祭司之間代代相傳，瑞秋·戴爾是目前的神諭。」

梅格拿走盤子裡唯一一塊奧利奧巧克力餅乾，我本來好希望拿來自己吃。「好吧。現在看那部電影會不會太晚？」

「會。」我厲聲說：「嗯，我之所以得到德爾菲的神諭，一開始是殺了那個叫『匹松』的怪物，牠原本住在洞穴深處。」

「匹松就是巨蟒囉。」梅格說。

「可以說是，也可以說不是。巨蟒那類動物是用怪物匹松的名字來命名，但是匹松更加陰險，而且更巨大、更駭人，會把吱吱喳喳太愛說話的小女孩一口吞掉。總之，去年八月，那時候我……身體不太舒服，於是我的宿敵匹松趁機從塔耳塔洛斯溜出來，收回了德爾菲洞穴。就是因爲那樣，神諭不再運作了。」

「但神諭目前不是在美國嗎？如果有什麼大蛇怪奪回牠的老巢穴，又有什麼關係呢？」

我還眞沒聽過她一口氣講這麼長的句子，可能只是爲了要激怒我吧。

「要解釋的事情太多了，」我說：「反正你只要……」

「梅格。」奇戎對梅格露出他那極其寬容的微笑。「神諭原本的地點就像一棵樹最深處的主根，預言的分枝和樹葉可能延伸到全世界，而瑞秋．戴爾可說是我們最崇高的分枝，但如果主根被勒住了，整棵樹也岌岌可危。由於匹松回去住在牠的老巢穴裡，神諭的精神也就遭到徹底的阻礙。」

「喔。」梅格對我做個鬼臉。「你爲什麼不這樣說就好？」

我還來不及把她當成討厭的主根一把勒住，奇戎又把我的茶杯倒滿。

「還有更嚴重的問題，」他說：「我們沒有其他的預言來源。」

「誰在乎呢？」梅格問。「那麼你就不知道未來會怎樣。沒人知道未來會怎樣。」

「誰在乎?!」我大吼：「梅格．麥卡弗瑞，預言可是每一個重大事件的催化劑，包括每一項任務或戰役、每一個災難或奇蹟，甚至生老病死。預言不只是預測未來而已，更能塑造未來！預言讓未來得以成眞！」

「我不懂耶。」

㊶ 匹提雅（Pythia），太陽神阿波羅的女祭司，負責講述未來預言。參見《波西傑克森：希臘天神報告》第三二八頁。

奇戎清清喉嚨。「就把預言想像成花朵的種子，有了正確的種子，你才能把花園種植成自己想要的樣子。如果沒有種子，花朵根本長不出來。」

「喔。」梅格點點頭。「那就太嘔了。」

像梅格這樣的街頭頑童和垃圾車戰士竟然這麼認同花園的比喻，感覺實在很奇怪，不過奇戎是優秀的老師，他顯然很了解女孩子的心理……以及潛藏在我腦海深處的某種印象。關於那印象所代表的意義，我希望我想的是錯的，但我的運氣向來很好，所以我想的可能是對的。通常是對的。

「那麼，瑞秋．戴爾在哪裡？」我問。「說不定我可以和她談談……」

奇戎放下手中的茶杯。「瑞秋打算在放寒假的時候來找我們，但是一直沒來。有可能其實沒事……」

我傾身向前。瑞秋．戴爾很會遲到也不是沒有聽說過，她擁有藝術家性格、不可預測、個性衝動，而且不按牌理出牌，這些都是我非常欣賞的特質。可是，完全沒出現就不像她的作風了。

「不然呢？」我問。

「不然也可能牽涉到更嚴重的問題，」奇戎說：「預言並不是唯一失靈的事情，過去幾個月來，旅行和通訊也變得困難，我們已經有好幾個星期沒有接到朱比特營朋友們的音訊了。沒有新的混血人抵達這裡，羊男沒有從各地傳來報告，伊麗絲訊息也不再運作了。」

「伊麗絲什麼？」梅格問。

「雙向視訊系統，」我說：「那是由彩虹女神管理的一種通訊形式。伊麗絲老是喜歡胡思亂想……」

「不只是那樣，連一般的人類通訊方式也故障了，」奇戎說：「當然啦，電話對半神半人來說一直很危險……」

「是啊，那會引來怪物，」梅格表示同意，「我沒用電話大概有永遠那麼久了。」

「這招聰明，」奇戎說：「不過，最近我們的電話都失靈了，包括手機、市話、網路……似乎是沒什麼關係。就連古代的通訊形式也變得不可靠，像是電子郵件，這實在很奇怪。訊息就是傳不進來。」

「你有沒有找過垃圾郵件匣？」我提議說。

「我擔心真正的問題更複雜，」奇戎說：「我們與外界完全中斷聯繫，不但全然孤立，而且人手不足。你們差不多是兩個月來第一次造訪的人。」

我皺起眉頭。「波西．傑克森完全沒提到這點。」

「我猜波西根本沒發現，」奇戎說：「他忙著學校功課。冬天通常是我們最安靜的時候。有一段時間，我能夠說服自己，通訊失靈其實沒什麼大不了，只是有時候比較不方便，但接下來就開始發生失蹤事件。」

壁爐裡有一塊木頭從架子上滑落，我差點從自己的座位跳起來。

「失蹤事件，是喔。」我把濺到褲子上的茶水擦掉，而且假裝沒注意到梅格在竊笑。「告訴我詳情。」

「上個月有三次，」奇戎說：「第一次是荷米斯小屋的賽西爾．馬克維茲。有一天早上，他的床鋪變得空蕩蕩，之前他完全沒提到想要離開，也沒有人看到他離開。而且過去幾個星期以來，沒有人見到他，也沒有聽說他的半點消息。」

「荷米斯的小孩確實很喜歡偷偷摸摸亂跑。」我提出看法。

「剛開始，我們也是那樣想，」奇戎說：「但是過了一星期之後，阿瑞斯小屋的埃利斯．韋克菲爾德也消失了，狀況一模一樣：床鋪空蕩蕩，沒有跡象顯示他是自己離開還是……呃，有人把他帶走。埃利斯是個性格魯莽的年輕人，說他可能跑出去進行某種輕率的冒險行動也是可以理解，但我還是很不放心。接著，今天早上，我們剛發現第三個學員不見了，她是狄蜜特㊷小屋的首席指導員米蘭達．加汀納。這個消息是最糟的。」

梅格的雙腳跨在扶手上搖來晃去。「為什麼是最糟的？」

「米蘭達是我們的資深指導員之一，」奇戎說：「她絕對不會無聲無息就自己離開。她太聰明了，不可能有人把她騙出營區，而且她的力量很強大，很難逼迫她就範。不過她還是出事了……某種我無法解釋的事。」

老半人馬面對著我。「阿波羅，出了很大的問題啊。這些問題也許不像克羅諾斯㊸的崛起和蓋婭的覺醒那麼驚人，但從某方面來說，我覺得這些問題甚至令人更不安，因為我以前從沒看過像這樣的事。」

我回想起自己曾經夢到燃燒的太陽巴士，也想起在森林裡聽見的那些聲音，它們催促我離開正途，前去尋找聲音的來源。

「這些半神半人……」我說：「他們失蹤之前有沒有表現出不尋常的舉動？他們有沒有描述……聽到一些聲音？」

奇戎挑起一邊眉毛。「據我所知是沒有。為什麼這樣問？」

我有點不想講太多。由於不曉得面對的是什麼樣的狀況，我不希望引起恐慌。凡人一旦陷入恐慌，場面會變得很難看，特別是如果他們期待我能解決問題的話。

更何況，我必須承認自己感到有點不耐煩。我們還沒有對付最重要的議題呢，那就是我自己。

「在我看來，」我說：「首要的優先事項似乎是結合所有學員的資源，幫助我恢復神聖地位。然後，我就可以協助你們解決其他那些問題了。」

奇戎摸摸他的鬍子。「可是，我的朋友，萬一這些問題彼此相關呢？說不定讓你回到奧林帕斯山的唯一方法就是恢復德爾菲的神諭，將預言的力量重新釋放出來？萬一德爾菲是所有問題的關鍵呢？」

我都快忘了，奇戎的長處就是提出顯而易見、合情合理的結論，而那全是我不願想起的事。他這種習慣眞是令人火大。

「根據我現在的狀態是不可能的。」我指著梅格。「眼下此刻，我的工作是服侍這位半神半人，可能要花一年吧。等我完成她指派的任務，宙斯會宣判我服刑期滿，於是我可以再度成爲天神。」

梅格撕開一包「無花果牛頓棒」點心。「我可以派你去德爾菲那個地方啊。」

「不！」我差點尖叫，聲音都破音了。「你應該指派我去執行簡單的任務，像是組個搖滾

---

❹❷ 狄蜜特（Demeter），希臘神話中的農業女神，掌管大地農作物的豐收。她是宙斯的姊姊。

❹❸ 克羅諾斯（Kronos），希臘神話中十二位泰坦巨神之一，曾用鐮刀將父親烏拉諾斯切成碎片，並成為泰坦巨神的首領及天界之王。後來王位被自己的孩子宙斯所推翻。

樂團，或只是沒事閒晃。沒錯，閒晃太棒了。」

梅格一臉疑惑的樣子。「閒晃不算一種任務吧。」

「如果正確閒晃就算。我閒晃的時候，混血營可以保護我，等到備受奴役的這一年時間一到，我就成爲天神了，到時候我們再來談談如何恢復德爾菲。」

還有更好的方法，我心想，就是命令一些半神半人幫我完成任務。

「阿波羅，」奇戎說：「如果半神半人持續失蹤，恐怕沒有一年的時間可以拖，因爲我們沒有足夠的力量能保護你。而且，原諒我這麼說，德爾菲是你的責任。」

我雙手一攤。「打開『死亡之門』讓匹松溜出來的人可不是我！要怪就怪蓋婭！要怪就怪宙斯的判斷力太差！巨人族開始活躍起來的時候，我制定了一份非常清楚的《保護阿波羅以及其他眾神的二十點行動方案》，但是他連讀一下都不肯！」

梅格拿了半塊餅乾朝塞摩爾的頭扔過去。「我還是認爲那是你的錯。嘿，你們看！牠醒了耶！」

她講得好像那隻豹已經決定自己醒來，而不是被那塊無花果牛頓棒打中眼睛。

「吼。」塞摩爾連聲抱怨。

奇戎推著輪椅從桌子旁邊退開。「親愛的，壁爐架上有個罐子，裡面有一些狗餅乾『士諾奇』，你何不餵牠吃那個當晚餐？我和阿波羅會在門廊上等你。」

我們把梅格留在那裡，讓她像是投三分球一樣，快快樂樂拿點心扔進塞摩爾的嘴巴。

我和奇戎一到達門廊，他就把輪椅轉過來面對我。「她是個有趣的半神半人。」

「『有趣』眞是個客觀的字眼啊。」

「她眞的召喚出一隻卡波伊？」

「嗯……她碰到麻煩時，那個精靈就出現了。我不知道那是不是她有意召喚出來的。她幫那個卡波伊取名叫『桃子』。」

奇戎抓抓鬍子。「我已經非常久沒有看過半神半人有能力召喚出穀物精靈，你知道那代表什麼意思嗎？」

我的雙腳開始發抖。「我確實有點懷疑，但盡量正面看待這件事。」

「她引導你走出那片森林，」奇戎指出：「如果沒有她……」

「沒錯，」我說：「不必提醒我。」

我突然想起以前曾在奇戎眼中看過同樣熱切的眼神，像是評估阿基里斯的劍術和埃阿斯44的長矛戰技時。那也是經驗豐富的教練發掘出潛力新秀的眼神。我從來不曾想像半人馬會用那種眼神看我，彷彿我必須向他證明自己的能耐，彷彿我的能耐還沒有經過驗證似的。我覺得好……好客觀哪。

「告訴我，」奇戎說：「你在森林裡聽到什麼聲音？」

我默默咒罵自己的大嘴巴。我眞不該問的，幹嘛問那些失蹤的半神半人有沒有聽到奇怪的聲音？

我判斷現在再隱瞞也沒用了，奇戎比一般的半人馬更敏銳。我對他述說自己在森林裡的體驗，以及之後的夢境。

---

44 埃阿斯（Ajax），特洛伊戰爭的英雄，擅長標槍，名聲僅次於排名第一的阿基里斯。

他的雙手用力掐緊腿上的毯子。毯子往上掀起，露出他穿的紅色亮片高跟鞋。他的神情看起來就像穿網襪的男人一樣憂心忡忡。

「我們得警告學員們，請他們遠離森林一點，」他終於開口說：「我不明白發生了什麼事，但還是覺得這些事一定與德爾菲有關，以及你現在的……呃，情況。神諭一定要從怪物匹松的手中釋放出來，我們非找到辦法不可。」

這番話的意義翻譯起來很簡單：「我」非找到辦法不可。

奇戎一定看透我那淒涼的表情了。

「好啦，好啦，老朋友，」他說：「你以前也做過啊。也許你現在不是天神，但你第一次殺死匹松時可是一點困難也沒有！好幾百本故事書都大大稱讚你輕輕鬆鬆就宰掉敵人。」

「是喔，」我喃喃說著：「好幾百本故事書。」

我回想起其中一些故事是怎麼說的：我曾經殺了匹松，連一滴汗都沒流。我飛到洞口，把牠叫出來，射出一支箭，然後「轟！」的一聲……就多了一隻死掉的巨大蛇怪。我成為德爾菲之王，從那以後，我們全都過著幸福快樂的生活。

那些說故事的人怎麼知道我很快就消滅匹松？

好吧……可能因為那是我告訴他們的。然而，實情根本不是那麼一回事。那次大戰之後都過了好幾個世紀，我還不斷作惡夢，夢見那個宿敵。

現在，我幾乎要感激自己的記憶力變得不完整。我無法回想起以前對戰匹松的所有惡夢般的細節，但我確實知道沒那麼簡單。我需要用上全副的天神力氣、我的神聖力量，外加全世界最致命的弓箭。

如今身為十六歲的凡人，臉上長滿了青春痘，穿著向別人借來的衣物，還有一個假名叫做萊斯特·巴帕多普洛斯，我哪有什麼獲勝的機會呢？謝謝喔，我才不要衝去希臘害自己被宰，特別是我現在既沒有太陽戰車，也沒有意念傳送的能力。很抱歉，天神才不要搭乘商業客機。

我努力思考該怎麼用冷靜、圓滑的方法向奇戎解釋這一切，才不會惹得他用力踩我的腳或尖叫。這時，遠方傳來一陣海螺號角聲，救了我一命。

「意思是晚餐要開始了。」半人馬勉強擠出微笑。「我們晚一點再聊，好嗎？現在呢，讓我們好好慶祝你抵達這裡。」

12

歌頌一熱狗
搭配蟲汁與薯片
唉，我好空虛

我實在沒有慶祝的心情。

特別是坐在野餐桌上吃著凡人食物。而且和凡人一起吃。

晚餐涼亭其實夠舒適了。即使是冬天，營區的魔法邊界把最惡劣的天氣擋在外面，坐在有火炬和火盆的溫暖戶外，我只感到微微涼意。長島海峽在月光下閃閃發亮。（哈囉，阿蒂蜜絲，不必特地來打招呼啦。）在混血之丘上，雅典娜．帕德嫩非常明亮，簡直像全世界最巨大的小夜燈。輕薄的銀色霧氣籠罩著松樹，連森林似乎也沒有那麼毛骨悚然。

然而，我的晚餐實在稱不上很有詩意，包含熱狗、洋芋片，還有一罐紅色液體，他們說那是「蟲汁」㊺。我不明白人類為何會吃蟲汁，也不曉得哪些種類的蟲子可以用來榨汁，不過這是整餐飯最好吃的東西，實在令人坐立難安啊。

我和我的孩子們坐在阿波羅桌，包括奧斯汀、凱拉和威爾，外加尼克．帝亞傑羅。在我看來，我這桌和其他天神的餐桌看起來沒兩樣；我的餐桌應該要比較耀眼、比較優雅吧，也應該要演奏音樂或朗誦詩歌，然而餐桌只是一塊石板，兩側設置了凳子。我覺得座位很不舒適，不過我的子孫們似乎不在意。

奧斯汀和凱拉對我傾倒了一大堆的問題，包括奧林帕斯山、與蓋婭的大戰，還有以前是天神、現在是人類到底有什麼樣的感覺。我知道他們不是故意要表現得很無禮，身爲我的孩子，他們天生就具有極其優雅的傾向；然而現在我被貶入凡間，他們的問題無疑是一種痛苦的提醒。

況且隨著時間流逝，我所記得的天神生活愈來愈少了。一想到我那宇宙無敵完美的神經連結竟然退化得那麼快，心中不免暗暗吃驚。在過去，每一段記憶就像一個個高解析度的影像檔，而現在，記憶則記錄在古代留聲機的蠟質圓筒上。相信我，我眞的記得蠟質圓筒，它們在高熱的太陽戰車上撐不了很久。

威爾和尼克並肩坐著，語氣溫和地取笑對方。他們在一起看起來好可愛，讓我更覺得自己遭到遺棄。他們觸動了我的一些記憶，我曾經與雅辛托斯共度幾個月的短暫美好時光，當時還沒有那些嫉妒，還沒有那個可怕事件……

「尼克，」我終於開口說：「你不是應該坐在黑帝斯那桌嗎？」

他聳聳肩。「嚴格來說，是的。但如果我單獨坐在那桌，就會發生怪事。地面會裂開，殭屍會爬出來，開始到處晃蕩。那是情緒問題，我沒辦法控制。我也是這樣告訴奇戎的。」

「那是眞的嗎？」我問。

尼克勉強擠出微笑。「我有醫師診斷書。」

威爾舉起手。「我就是他的醫師。」

㊺蟲汁（bug juice）是美國一種色彩繽紛的含糖果汁飲料。

「奇戎認爲這種事不值得爭辯，」尼克說：「只要我和其他人坐在同一桌，例如……嗯，像是這桌的傢伙……殭屍就不會來打擾，大家也比較愉快。」

威爾平靜地點點頭。「這眞的很奇怪。尼克又不是爲了自己的需要而濫用力量。」

「當然不是。」尼克附和道。

我望向整個晚餐涼亭。根據營區的傳統，梅格目前與荷米斯的孩子們坐在一起，畢竟還沒有確定她的天神父母身分。梅格似乎一點都不在意，她忙著自己一個人玩起「科尼島熱狗大胃王比賽」，同桌的其他兩個女孩茱莉亞和愛麗絲看著她，表情混雜了入迷和震驚。

她的同桌對面坐了一個瘦骨嶙峋、年紀稍大的男孩，留著一頭棕色鬈髮……我推測他是柯納·史托爾，但我一直無法分辨他和他哥哥崔維斯。儘管天色昏暗，柯納依舊戴著太陽眼鏡，無疑是不想讓別人盯著他看。我也注意到他很聰明，兩隻手都距離梅格的嘴巴遠遠的。

我在整個涼亭裡數到十九名學員。多數人單獨坐在各自的桌上，像是薛曼·楊坐在阿瑞斯桌，一個我不認識的女孩坐在阿芙蘿黛蒂[46]桌，另一個女孩坐在狄蜜特桌。而在妮琪[47]那桌，兩個黑髮的年輕女孩顯然是雙胞胎，正在討論一張作戰地圖。奇戎自己則又變成完整的半人馬形，站在主桌，一邊啜飲他的蟲汁，一邊與兩名羊男聊天，但他們顯得悶悶不樂。那兩個羊男一直看著我，然後咬咬他們的銀質餐具，羊男緊張的時候常會這樣。有六名容貌姣好的木精靈穿梭於餐桌間，端來食物和飲料，不過我非常專注，無法全心欣賞她們的美貌。更悲慘的是，我實在太害羞了，不敢與她們調情。我到底有什麼毛病啊？

我仔細觀察學員們，希望找到幾個有潛力的僕人……我是說新朋友啦。眾神總是喜歡培養幾位力量強大又有經驗的半神半人，以便把他們扔進戰場、派去執行危險的任務，或者幫我們挑出外袍的線頭剪掉。可惜晚餐會場沒有半個人吸引我的注意，成為可能的部下人選。我渴望找到更多人才。

「其他的那些……人，他們在哪裡？」我問威爾。

我本來想說那些「A咖」，但是心想那樣說恐怕不太好。

威爾咬了一口披薩。「你特別想要找某個人嗎？」

「曾經搭船去出任務的那些人呢？」

威爾和尼克互看一眼，意思像是說：「又來了！」我猜可能常常有人詢問那七位傳奇混血人的事，他們曾與眾神並肩作戰，對抗蓋婭手下的巨人族。一想到沒能再見到那些英雄，我就覺得心痛。每次歷經重大戰役後，我都很喜歡留下團體照，外加替他們的英勇事蹟譜寫史詩民謠的獨占權。

「這個嘛，」尼克開口說：「你見過波西了，他和安娜貝斯在紐約就讀高中的最後一年。海柔和法蘭克在朱比特營參與第十二軍團之類的事。」

「啊，是的。」朱比特營是羅馬人的領地，位於美國加州的柏克萊附近，我努力回想朱比特營的清晰樣貌，但細節顯得十分模糊。我只記得自己與屋大維的對話，他用諂媚和承諾把我唬得團團轉。那個蠢男孩……我會在這裡都是他的錯。

這時有個聲音在我腦海深處低語。這一次，我認為那可能是我的良心在說話：「蠢男孩是誰？才不是屋大維。」

㊻ 阿芙蘿黛蒂（Aphrodite），愛與美之神。即羅馬神話中的維納斯（Venus）。
㊼ 妮琪（Nike），希臘神話中的勝利女神。

「閉嘴啦。」我喃喃說著。

「什麼?」尼克問。

「沒什麼。繼續說。」

「傑生和派波在派波爸爸任教的洛杉磯學校念書，他們也把黑傑教練、蜜莉和小查克一起帶去。」

「嗯哼。」我不知道後面那三個名字是誰，因此認定他們可能不是重要的人。「那麼，第七個英雄……里歐．華德茲呢?」

尼克挑了挑眉毛。「你記得他的名字?」

「當然囉!他發明了華德茲琴耶。喔，眞是美妙的樂器啊!我還沒有時間好好研究它的大調音階演奏法，宙斯就把我從帕德嫩神殿射了出去。如果有人可以幫我，那個人一定是里歐．華德茲。」

尼克的表情顯得憤怒而緊繃。「嗯，里歐不在這裡。他死了。然後他又死而復生。假如我再看到他，我會殺了他。」

威爾用手肘頂頂他。「不，你不會啦。」他轉頭看我。「與蓋婭大戰期間，里歐和他的青銅巨龍非斯都在空中發生猛烈爆炸，然後就消失了。」

我聽了渾身發抖。我駕駛太陽戰車已經有那麼多個世紀，但是聽到「空中的猛烈爆炸」這種話還是覺得坐立難安。

我努力回想最後一次在提洛斯島見到里歐．華德茲的情景，當時他用華德茲琴向我交換的資訊……

「他要尋找醫生的解藥，」我想起來了，「可以讓某人死而復生的方法。我想，他從頭到尾都打算要犧牲自己囉？」

「是啊，」威爾說：「他用那場大爆炸消滅蓋婭，但是我們全都以爲他也死了。」

「因爲他眞的死了。」尼克說。

「接著，過了幾天之後，」威爾繼續說：「有個卷軸隨著風勢飄進混血營……」

「我還留著。」尼克伸手在短夾克口袋裡翻找。「每次想要生氣，我就看這東西一下。」

他拿出一個厚厚的羊皮紙卷。他剛把紙卷攤開在桌面上，表面就出現一個閃爍跳動的立體影像，是里歐．華德茲，和平常一樣看起來一臉頑皮，頂著細軟黑髮，面露淘氣的微笑，也同樣是個矮冬瓜。（當然啦，立體影像只有七、八公分高，不過即使在現實生活中，里歐也不會給人氣宇軒昂的印象。）他的牛仔褲、藍色工作上衣和工具腰帶全都噴濺了一點一點的機油痕跡。

「嘿，各位！」里歐伸出雙臂作勢擁抱。「很抱歉用那種方式離開大家。壞消息是：我死了。好消息是：我好多了！我得去救卡呂普索[48]啦，我們現在都很好，帶著非斯都要去……」影像突然搖曳不定，像是火焰受到強風吹襲，里歐的聲音也劈啪作響。「盡快回去……」靜電干擾。「做墨西哥夾餅，等到……」又有更多靜電干擾。「*Vaya con queso!* 愛你們喔！」影像熄滅了。

「我們只知道這樣，」尼克抱怨說：「而那是八月的事。我們既不知道他有什麼打算、現

[48] 卡呂普索（Calypso），擎天神阿特拉斯（Atlas）的女兒，住在海洋邊緣的奧吉吉亞島（Ogygia）上。

這還用說嗎？我心想。我的運氣憑什麼現在會變好？

奇戎用他的馬蹄用力跺地。「好啦，各位，坐下來！比賽將在明天下午展開。哈雷，謝謝你那麼努力……呃，準備各式各樣的危險驚喜。」

「喔耶！」哈雷衝回赫菲斯托斯桌找他的姊姊妮莎。

「接下來還有其他的新消息，」奇戎說：「你們可能也聽說了，今天有兩位特別的新人加入我們行列。首先，請歡迎天神阿波羅！」

一般來說，這就是提示我要站起來、張開雙臂、展露笑容，彷彿對著周遭放射光芒，而崇拜我的群眾會熱烈鼓掌，奮力拋擲花朵和巧克力糖到我腳邊。

但這一次，我沒有獲得任何掌聲，只看到一張張緊張的面孔。我突然萌生一股不尋常的奇怪衝動，很想滑到我的椅子底下，拉起外套蓋住頭。我花了極大的力氣才遏止這股衝動。

奇戎拚命維持臉上的微笑。「好的，我知道這很不尋常，」他說：「不過眾神確實偶爾會變成凡人，你們不應該太過驚慌。阿波羅出現在我們這裡可能是一種好兆頭，對我們來說是一種契機……」他似乎忘記自己的論點是什麼。「啊……做出正確行動的契機。我確信最好的行動方案一定會及時出現。至於現在，請讓阿波羅有賓至如歸的感覺，就像你們招呼其他新來的學員一樣招呼他。」

荷米斯桌的柯納．史托爾舉起手。「那樣的意思是說，阿瑞斯小屋的人應該把阿波羅的頭壓進廁所裡囉？」

阿瑞斯桌的薛曼．楊哼了一聲。「柯納，我們才不會對每個人都做那種事，只針對值得對付的菜鳥。」

薛曼瞥了梅格一眼，她忘了吃完最後一根熱狗，嘴角的小撮細毛現在和芥末黏成一團。柯納．史托爾對薛曼回以微笑……那是一種心領神會的表情，如果我沒看錯的話。就在這時，我注意到柯納腳邊有個打開的背包，從上方往下看，裡面的東西像是一張網子。

我明白其中的涵義：梅格曾經羞辱這兩個男孩，而他們準備報仇。就算我不是涅梅西絲[53]，也能夠理解復仇的強大誘惑力。可是……我感受到一種奇怪的渴望，很想要警告梅格。

我努力想迎上她的目光，但是她繼續專注於自己的晚餐。

「薛曼，謝謝你，」奇戎繼續說：「你不會讓掌管弓箭的天神攪進漩渦裡，知道這點實在太好了。至於其他人，我們會讓大家持續掌握這兩位客人的最新消息。我會派遣我們最優秀的兩位羊男，米勒德和赫伯特……」他指著自己左邊的羊男，「親自去紐約傳送訊息給瑞秋．戴爾。運氣好的話，她很快就能加入我們的行列，幫忙決定用什麼方法來協助阿波羅。」

有些人聽了這番話嘀咕起來，我隱約聽到「神諭」和「預言」這些詞。附近一張桌子有個女孩用義大利文喃喃自語：「瞎子帶瞎子走路，兩人都是大外行。」

我怒目看著她，不過那個年輕女孩長得相當漂亮。她也許比我大個兩歲（以凡人的話來說），留著俏麗的黑色短髮，一雙杏眼顯得非常凶狠。我可能臉紅了。

我連忙回頭看著自己的桌友。「呃，是啊，羊男。爲什麼不派其他羊男去，像是波西的那個朋友？」

「格羅佛嗎？」尼克問。「他在加州，整個偶蹄長老會議都去那裡了，針對乾旱問題商討

---

[53] 涅梅西絲（Nemesis），希臘神話中的報應女神，代表著憤怒、懲罰與天神的復仇。

對策。」

「喔。」我的心一沉。我記得格羅佛相當足智多謀，不過假如他忙著解決加州的天然災害問題，接下來的十年內他都不太可能回來了。

「最後，」奇戎說：「讓我們歡迎剛來營區的半神半人，梅格．麥卡弗瑞！」

她抹抹嘴巴站起來。

在她旁邊，宮澤愛麗絲說：「梅格，撐住啊。」

茱莉亞．費恩戈德笑起來。

阿瑞斯桌的薛曼．楊也站起來。「現在這一位呢……這一位值得用特殊的歡迎儀式。柯納，你有什麼想法？」

柯納伸手到他的背包裡。「我認爲也許可以去獨木舟湖。」

我才剛開口說：「梅格……」

接下來，一切都搞得亂七八糟。

薛曼．楊大步走向梅格，柯納．史托爾拿出一張金色網子，拋過去網住她的頭。梅格大吼大叫，拚命扭動身子想要掙脫，而同時有些學員反覆高喊：「把她……浸下去！把她……浸下去！」奇戎則是使盡全力對他們大喊：「喂，半神半人，等一下！」

一陣粗啞的嚎叫聲打斷整個行動。有一個渾身圓胖、長著葉狀翅膀、包裹亞麻尿布的模糊形影從列柱頂端猛衝而下，降落在薛曼．楊的背上，把他撞得臉朝下倒在石材地板上。桃子卡波伊站在地上大聲呼嚎，猛力搥打胸膛，雙眼放射憤怒的綠光。接著他撲向柯納．史托爾，用兩條胖嘟嘟的小短腿夾住那半神半人的脖子，並開始用爪子猛力拉扯柯納的頭髮。

「把他打掉！」柯納一邊哭喊，一邊繞著涼亭盲目亂打。「把他打掉！」

其他的半神半人漸漸從震驚中回過神來，好幾個人拔出自己的劍。

「有卡波伊！」義大利女孩用義大利文大喊。

「殺了他！」宮澤愛麗絲說。

「不！」我大叫。

一般來說，我一發出這樣的命令，應該會引發一場將犯人關入牢房的戲碼，然後所有凡人匍匐在地，等候我的進一步指令。唉，現在我是一介凡人，只能發出青少年的變聲嗓音。

我驚駭地看著自己的女兒凱拉搭箭上弓。

「桃子，放開他！」梅格尖聲叫道。她掙脫那張網子，把它扔到地上，接著衝向柯納。

卡波伊從柯納的脖子跳下，落在梅格腳邊，然後對其他學員露出獠牙，嘶聲威嚇，只見學員們大致圍成半圓形，個個武器在握。

「梅格，讓開，」尼克．帝亞傑羅說：「那東西很危險。」

「不！」梅格的聲音非常尖銳。「不要殺他！」

薛曼．楊翻過身，嘴裡不住呻吟。他的臉看起來比想像中還糟，前額有一道又深又長的傷口，流出來的血多得嚇人，但這番景象反倒使其他學員的決心更加堅定。凱拉使勁拉弓，茱莉亞．費恩戈德也從刀鞘拔出她的匕首。

「等一下！」我懇求說。

接下來發生的事，稍微笨拙的腦袋恐怕永遠也無法理解。

茱莉亞向前衝，凱拉也射出她的箭。

梅格用力推出兩隻手，於是有微弱的金光在她的指尖微微閃動。突然間，年輕的麥卡弗瑞握著兩把刀，兩把都有彎曲的刀刃，是古代色雷斯人所用的「西卡刀」，以帝國黃金打造而成。自從羅馬帝國覆滅後，我就再也沒有見過這種武器了。它們看似憑空冒出，但從我長久以來對魔法物件的見識和經驗得知，它們一定是從梅格手上戴的新月形戒指召喚而來。

梅格的兩把彎刀動作飛快。同一時間，她在空中砍斷凱拉的飛箭，也讓茱莉亞繳械，只見她的七首沿著地板滑到另一端。

「什麼鬼黑帝斯啊？」柯納質問說。他的頭髮被扯掉一大片，活像是遭到粗魯對待的洋娃娃。「這小孩到底是誰？」

桃子蹲在梅格身邊厲聲怒吼，而梅格緊緊握住她的兩把刀，提防著四周一臉困惑、怒氣沖沖的半神半人。

我的視覺能力肯定比一般凡人要好，因爲我率先看到那個閃閃發亮的記號，也就是梅格頭頂上的亮光。

我認出那個記號時，一顆心瞬間變成鉛塊。我一點都不喜歡自己看到的景象，但是覺得應該要指出來。「你們看。」

其他人似乎顯得很困惑。接著那光芒變得更亮了：一把立體的金色鐮刀搭配幾束小麥，就在梅格．麥卡弗瑞的頭頂上方不斷旋轉。

人群中有個男孩倒抽一口氣。「她是共產主義者[54]！」

有個本來坐在第四小屋那桌的女孩對他發出鄙夷的冷笑聲。「不，達米安，那是我媽媽的記號。」她的表情變得放鬆，因爲事實已水落石出。「嗯，這表示……那是她媽媽的記號。」

我感到暈頭轉向。我不想接受這個消息，不希望自己服侍一個有梅格家血統的半神半人。但現在，我終於弄懂梅格戒指上的新月形代表什麼意義了，那並不是月亮，而是鐮刀的刀刃形狀。身爲在場唯一的奧林帕斯天神，我覺得自己應該爲她指出正式的稱號。

「我的朋友不再無人認領了。」我高聲宣布。

其他的半神半人全都恭敬跪下，但有些人稍微不太情願。

「各位女士各位先生，」我說，語氣宛如奇戎沖泡的茶湯一樣苦澀，「敬請掌聲歡迎梅格・麥卡弗瑞，狄蜜特之女。」

---

54 二十世紀初期，俄國革命代表共產主義的標誌是鎚子和鐮刀，象徵工人和農人階級，有時周圍環繞著麥穗圖案。

14

你一定開玩……
嗯，人渣，到底怎樣？
我想不出字……

沒人知道該怎麼看待梅格。

我不怪他們。

現在這女孩對我的意義也降低了，自從我知道她的母親是誰之後。

沒錯，我曾經懷疑是這樣，但希望證明自己是錯的。那麼久以前就猜到了，實在是很可怕的負擔。

我爲何要害怕狄蜜特的小孩呢？

眞是好問題。

過去一天以來，我盡一切努力想把自己對那位女神的種種記憶拼湊起來。狄蜜特曾是我最喜歡的姑姑；要知道，第一代的天神是一群妄自尊大的傢伙（我說的是你們喔，希拉、黑帝斯、老爸），但狄蜜特向來親切又有愛心，只有一次想用瘟疫和饑荒毀滅人類，但每個人都有低潮的時候嘛。

後來我犯了錯，與她的一個女兒約會。我想，她的名字好像叫克律索忒彌斯，不過如果我記錯，你一定得原諒我；就算我還是天神時，也常常記不得所有前女友的名字。這位年輕女子在我的一場德爾菲慶典上吟唱收穫歌，她的歌聲實在太美妙，我立刻墜入愛河。沒錯，我與每一年的冠軍和亞軍都墜入愛河，但我能說什麼呢？我就是很容易受到優美聲音的吸引而上鉤。

狄蜜特不准我們交往。自從她的女兒泊瑟芬遭到冥王黑帝斯綁架後，她對於自己孩子與天神約會就變得有點敏感易怒。

總之，我和她有過一番爭執。我們把幾座山消滅成一堆碎石，也把幾座城邦破壞成一片廢墟；你也知道家人吵架會是什麼德性。最後，我們好不容易達成停戰協議，但自從那以後，我就堅決不再染指狄蜜特的孩子們。

如今我人在這裡，身為梅格．麥卡弗瑞的僕人，她可說是狄蜜特曾經搖晃鐮刀認領的孩子中衣衫最襤褸的女兒了。

我真想知道梅格的父親是誰，他竟然能吸引女神的青睞，畢竟狄蜜特極少與凡人墜入愛河。此外，梅格擁有很不尋常的巨大力量；狄蜜特的孩子多半只能種種農作物、不讓細菌黴菌靠近而已，至於能夠揮舞黃金雙刀護身並召喚卡波伊，那絕對是頂級密技。

這一切在我腦中一閃而過，而奇戎則是忙著趕開群眾，催促每個人放下手中的武器。由於首席指導員米蘭達．加汀納失蹤了，奇戎遂請狄蜜特小屋的唯一一位學員吳貝莉護送梅格去第四小屋。兩個女孩很快撤退，而桃子一路跟在她們後面，興奮得蹦蹦跳跳。梅格看了我一眼，眼神很憂慮。

我不確定還能做什麼，只對她豎起兩根大拇指。「明天見！」

她似乎沒有因此而受到鼓舞，就這樣消失在黑暗中。

威爾．索拉斯前去照料薛曼．楊的頭部傷勢，而凱拉和奧斯汀站在柯納身邊，爭論著是否需要幫他植髮。於是，我只能獨自一人回到「我的」阿波羅小屋。

我仰躺在房間正中央的病床上，瞪著天花板的橫梁。我再度想著，這裡簡陋到令人沮喪，眞是徹徹底底的凡人空間啊。我的孩子們怎麼能忍受呢？他們爲什麼沒有設立一座燦爛輝煌的祭壇，並用千錘百鍊的黃金浮雕來裝飾牆壁，以頌揚我的榮耀？

等我聽到威爾和其他學員回來的聲響，連忙閉上眼睛假裝睡著。我無法面對他們的疑問或關心，也無法忍受他們努力要讓我覺得在自己家裡一樣舒適。我顯然完全不屬於這裡。

他們進門時顯得很安靜。

「他還好嗎？」凱拉低聲說。

奧斯汀說：「如果你是他，你會很好嗎？」

一陣沉默。

「各位，盡量睡一下吧。」威爾建議說。

「這眞是既瘋狂又詭異，」凱拉說：「他看起來好像……人類。」

「我們會好好照顧他，」奧斯汀說：「他現在只有我們可以依靠了。」

我拚命忍住不哭出來。我無法承受他們的關懷；無法讓他們安心無憂，甚至無法反駁他們，這讓我覺得自己既卑微又渺小。

一張毯子蓋在我身上。

威爾說：「阿波羅，好好睡一覺吧。」

或許是因爲他的聲音很有說服力，也說不定我有好幾個世紀沒這麼疲累了。幾乎是立刻，我漸漸失去了意識。

多謝其餘的十一位奧林帕斯天神，我一夜無夢。

早晨醒來，我恢復得很好，感覺很不可思議。我的胸口不再疼痛，也不再覺得鼻子像一顆水球黏在臉上。在我的孩子們（其實是這間小屋的室友，我會稱他們為『屋友』）協助下，我努力學會關於淋浴、廁所和水槽等各方面晦澀難解的神祕之處。牙刷眞是讓我超震驚，上一次我變成凡人時根本沒有這種東西。還有腋下除臭劑，想到這個就覺得超可怕，我居然需要這種神奇的膏藥才能讓胳肢窩不發出惡臭！

等到終於完成早晨的沐浴儀式，穿上來自營區商店的乾淨衣物，包括運動鞋、牛仔褲、橘色的混血營T恤，還有一件舒適的法蘭絨冬天外套，我幾乎要變得樂觀起來了。也許我眞的能在這次人類體驗活動中存活下來。

等我發現有培根這種東西，精神更是大振。

喔，眾神……培根耶！我答應自己，等到再次擁有永生不死之身，我會集合九位謬思女神，大家共同創作一首頌歌、一篇讚美詩來頌揚培根的力量，那一定能讓上天感動落淚，在整個宇宙掀起一陣痴迷狂潮。

培根眞棒。

好耶……這可以當做歌名：〈培根眞棒〉。

早餐的座位不像晚餐那麼正式，大家沿著自助餐檯把餐盤裝滿，然後想坐哪裡就坐哪裡，我覺得這樣愉快多了。（噢，我全新的凡人心思發出這種評論還眞可悲，畢竟我本來可以號令城邦和國家的發展走向，現在光是發現座位開放就這麼興奮。）我拿著餐盤，發現梅格獨自坐在涼亭支撐壁的邊緣，兩隻腳搖來晃去，看著海邊的陣陣浪濤。

「你還好嗎？」我問。

梅格咬一小口鬆餅。「是啊。很好。」

「你是很有力量的半神半人，狄蜜特之女。」

「嗯哼。」

如果我能夠信賴自己對人類反應的理解，梅格似乎並不興奮。

「你的屋友，貝莉……她人還好嗎？」

「當然。全都很好。」

「還有桃子呢？」

她往旁邊斜瞄我一眼。「整個晚上不見蹤影。我猜只有我很危險的時候他才出現。」

「嗯，那麼他出現的時機還真恰當。」

「眞—恰—當—啊。」梅格每唸一個字，就戳戳正方形鬆餅的一角。「薛曼．楊的傷口得縫七針。」

我朝薛曼看了一眼，他隔著安全的距離坐在涼亭的另一端，對梅格亮出匕首。一道難看的紅色之字形傷口沿著他的側臉往下延伸。

「我不擔心那個，」我對梅格說：「阿瑞斯的孩子們很喜歡傷疤，更何況薛曼變成科學怪人的模樣還滿適合的。」

她的嘴角抽動一下，但是目光依舊望向遠方。「我們的小屋有玻璃地板，有點像是，綠色的玻璃吧。正中央有一棵巨大的橡樹，撐住天花板。」

「那樣不好嗎？」

「我會過敏。」

「啊……」我努力想像她小屋裡的大樹。很久很久以前，狄蜜特曾經擁有一片神聖的橡樹林。後來有一位凡人王子想要砍掉樹林時，我記得她相當生氣[55]。

一片神聖樹林……

突然之間，我胃裡的培根彷佛無限延伸，包裹住我的每一個器官。

梅格抓住我的手臂。她的聲音聽起來很像遙遠的嗡嗡聲，我只聽清楚最後一個最重要的名字：「……阿波羅？」

我回過神來。「怎樣？」

「你整個人呆掉了。」她沉下臉。「我叫你名字叫了六次。」

「眞的？」

「是啊。你怎麼了？」

我沒辦法解釋。我覺得自己好像站在一艘船的甲板上，突然有個巨大、黑暗、危險的形體從船身底下一閃而過，那形體幾乎無法辨識是什麼東西，然後就消失了。

「我……我不知道。好像和樹木有關……」

「樹木。」梅格說。

[55] 參見《波西傑克森：希臘天神報告》第九十二頁。

「可能沒什麼啦。」

不可能沒什麼。我甩不掉夢裡的景象：戴王冠的女子催促我去找大門。那個女子不是狄蜜特，至少，我認為不是。不過一想到神聖樹林，突然挑起我內心深處一個記憶……某種非常古老的事物，即使以我的標準來看都很古老。

我不想對梅格談這些，等到我有時間好好思考再說。她要擔心的事情已經夠多了，更何況經過昨天晚上以後，這位年輕新主人害我比以前更加憂心忡忡。

我瞥了一眼她兩隻中指戴的戒指。「所以，昨天……那兩把刀。別做那種事。」

梅格的眉毛皺成一團。「什麼事？」

「你閉嘴不談的那種事。你的臉變得像水泥一樣灰白。」

她氣呼呼地對我噘起嘴。「才沒有。我有那兩把刀，用它們打架。那又怎樣？」

「那麼，如果早一點知道就好了，就是我們和瘟疫鬼戰鬥的時候。」

「你自己也說了，那些瘟疫鬼是殺不死的。」

「你離題了。」這種招數我熟得很，已經耍了好幾個世紀之久。「你同時用兩把彎刀的那種打法，稱做『雙刀戰士』，那是羅馬帝國末期的一種戰士。即使在那個時代，雙刀戰士都很罕見，那可能是最難掌握的戰鬥方法，也是最厲害的打法之一。」

梅格聳聳肩。這聳肩的意思還滿清楚的，但沒有提供太多說明。

「你的兩把刀用帝國黃金打造，」我說：「顯示是由羅馬人訓練出來，也表示你去朱比特營大有前途，不過你的母親是狄蜜特，那是女神的希臘形態，而不是羅馬形態的席瑞絲。」

「你怎麼知道？」

「除了我以前是天神的事實以外嗎？狄蜜特在混血營這裡認領你啊，那並不是意外。況且，她那比較古老的希臘形態擁有比較強大的力量。你，梅格，擁有強大的力量。」

她的表情變得防衛心很重，我感覺到桃子立刻就要從空中俯衝而下，開始把我的頭髮一束一束扯下來。

「我從來沒見過我媽，」她說：「我不知道她是誰。」

「那麼，你那兩把刀子是從哪裡來的？你父親給你的嗎？」

梅格把她的鬆餅撕成很多小塊。「不是……我的繼父撫養我長大，這些戒指是他給的。」

「你的繼父。你繼父給你的戒指變成帝國黃金彎刀。什麼樣的人……」

「一個好人。」她厲聲說。

我注意到梅格的語氣宛如鋼鐵一般冷酷，於是先擱下這個主題。我感覺到她有一段相當悲慘的過往，而且我擔心如果窮追不捨地問下去，可能就會發現那兩把黃金彎刀架在我的脖子上。

「我很抱歉。」我說。

「嗯哼。」梅格把一小塊鬆餅扔向空中。有一隻負責清掃營區的鳥身女妖不知從哪裡冒出來，活像一隻百來公斤重的「神風特攻雞」俯衝而下，瞬間抓住那塊食物，然後飛走。

梅格繼續說著，彷彿剛才那段插曲根本沒有發生。「只要好好度過今天就行了。我們吃過午餐之後要參加比賽呢。」

一陣寒顫沿著我的脖子往下傳遞。我最不想做的事，就是和梅格一起困在迷宮裡，但也只好努力忍住不要尖叫出聲。

「別擔心那個啦，」我說：「我已經想好要怎麼贏得比賽了。」

她挑了挑眉毛。「是嗎？」

「或者應該這麼說，我今天下午一定會想出方法，只需要給我一點時間……」

我們背後突然傳來海螺號角聲。

「早上的新兵訓練營！」薛曼．楊大吼：「走吧，你們這些自以爲與眾不同的怪咖！到午餐之前，我要你們全都哭哭啼啼！」

15

練習會變強
哈哈哈，我才不信
別理我哭哭

眞希望我能拿到醫師診斷證明。我想找藉口不去上體育課。

坦白說，我永遠無法了解你們凡人。你們想盡辦法維持好的體態，像是做伏地挺身、仰臥起坐、慢跑十公里、障礙賽跑，還有其他汗流浹背的辛苦活動。其實，你們從頭到尾都知道這場比賽必輸無疑，那副臭皮囊既虛弱又有使用限制，到最後必定會退化、衰弱，冒出無數皺紋、鬆垂肥肉和老人口臭。

好可怕啊！如果我想要改變體態，或者年紀，或者性別，或甚至物種，我只要在心裡想像一番，然後「卡—砰！」，就會變成一隻年輕、巨大、雌性的三趾樹懶。做再多的伏地挺身都沒辦法達到這樣的成果。我實在不懂你們這樣苦苦掙扎的邏輯到底是什麼，運動只不過提醒你不是天神，讓你覺得愈來愈沮喪而已。

到了薛曼的新兵訓練營尾聲，我氣喘吁吁、滿身大汗，全身肌肉都像布丁那樣搖晃顫抖個不停。

我一點都不覺得自己是與眾不同的怪咖（不過我母親麗托總是向我擔保，我確實是怪咖一枚），因此很想對薛曼發出沉痛的控訴，要求他別再這樣對待我。

我向威爾嘀咕這件事，也詢問阿瑞斯小屋以前的首席指導員跑到哪裡了，我至少可以用燦爛的笑容迷倒克蕾莎．拉瑞。唉，威爾告訴我，她去亞利桑那大學讀書了。噢，眞正厲害的人幹嘛要去讀大學啊？

經歷過折磨之後，我跌跌撞撞回到小屋，又沖了一次澡。沖澡很棒。也許沒有像培根那麼棒，但是很棒。

早上第二節課也很痛苦，但理由不太一樣。我被指派去露天劇場上音樂課，一起上課的是名叫伍德羅的羊男。

看到我加入這個小小的班級，伍德羅顯得很緊張。也許他聽過那個傳說故事，關於羊男馬西亞斯曾在一場音樂比賽向我提出挑戰，後來我把他活生生剝了皮。（我早就說過了，剝皮那部分完全是假的，不過謠言確實有很驚人的持久力，特別是我也要爲散播謠言負起責任。）

伍德羅用他的排笛複習小調音階。奧斯汀在這方面沒什麼問題，不過他又勇敢挑戰拉小提琴，那實在不是他擅長的樂器。瓦倫提娜．迪亞茲是阿芙蘿黛蒂之女，她用盡全力控制單簧管的各個閥鈕，產生的聲音很像巴吉度獵犬在大雷雨中低聲吠叫。達米安．懷特是報應女神涅梅西絲之子，他沒有辜負自己的名字[56]，用一把不插電的吉他奮力發洩仇恨，力道之大把D弦都彈斷了。

「你殺了它！」琪亞拉．班凡努提說。她就是前一晚我特別注意到的漂亮義大利女孩，是幸運女神泰姬之女。「我需要用那把吉他耶！」

「閉嘴啦，『幸運』，」達米安喃喃說著：「現實世界總會發生意外，吉他弦有時候就是會斷掉。」

琪亞拉的嘴裡迸出連珠砲似的義大利文，我決定不要翻譯了。

「我可以彈彈看嗎？」我向吉他伸出手。

達米安很不情願地把它遞過來。我傾身靠向伍德羅腳邊的吉他盒，那個羊男嚇得跳到空中好幾十公分高。

奧斯汀笑起來。「伍德羅，放輕鬆啦，他只是要拿另一根弦。」

我得承認，那羊男的反應讓我覺得好滿足。如果我還能嚇倒羊男，也許表示我有希望恢復自己的一些往日榮耀。從這裡作爲起步，我可以從驚嚇畜牧動物開始，然後是半神半人、怪物，逐漸提升到次要的小神。

我兩三下就換好吉他弦，能夠做點這麼熟悉、簡單的事情，感覺眞的很好。我先調音，但隨即停下動作，因爲發現瓦倫提娜正在哭。

「好美妙啊！」她擦掉臉頰的一顆淚珠。「那是什麼歌？」

我眨眨眼。「這叫做調音。」

「是啊，瓦倫提娜，控制一下好不好？」達米安斥責說，雖然他的眼眶也紅了。「沒有那麼美妙吧。」

「對，」琪亞拉吸著鼻子說：「沒有。」

只有奧斯汀似乎不受影響，他眼神發亮，看起來一臉驕傲，雖然我不懂他爲什麼會有那種反應。

56 知名吉他品牌「Schecter」有一系列電吉他便叫做「達米安」（Damien）。

我彈了一個C小調音階，B弦降了半音。B弦老是這樣。自從三千年前我發明吉他（當時是與西臺人[57]一起混的狂野派對……說來話長），我還是搞不懂要怎麼讓B弦維持音準。

我又彈了另一個音階，很高興自己還記得怎麼彈奏。

「現在要彈的是呂底亞進行，」我說：「從第四個大音階開始。人們都說這名稱來自古老的呂底亞[58]王國，但事實上，我是用久遠以前的女朋友呂底亞幫它命名，她是我那一年交往的第四位女朋友，所以……」

我以中等速度的琶音起了頭。達米安和琪亞拉哭倒在彼此懷裡，兩人輕輕搥打對方，嘴裡喃喃咒罵著：「我恨你。我恨你。」

瓦倫提娜躺在露天劇場的凳子上，默默地發抖伍德羅則是把自己的排笛扯爛。

「我眞是一無是處！」他哭著說：「一無是處啊！」

就連奧斯汀的眼角也掛著一顆淚珠。他對我豎起兩隻大拇指。

我既興奮又激動，以前的一些技巧依舊保留完整，不過若把整堂音樂課的學員都變成重度憂鬱症，我想奇戎會很困擾。

我把D弦勾得升高半音……這是我常用的小技巧，以免崇拜我的粉絲在音樂會上太過痴迷而引發暴動。（我的意思是眞的引發暴動，像是一九六〇年代在美國舊金山費爾摩音樂廳的那些演唱會……嗯，我就饒了你們，不講那些恐怖的細節。）

我漫不經心彈奏一個和弦，而且故意走音。對我來說聽起來很嚇人，但學員們從悲傷中回過神來，紛紛坐直身子，抹掉臉上的淚水，以陶醉的表情看著我彈奏一個簡單的一—四—五和弦進行。

「對喔，老兄。」奧斯汀把他的小提琴放到臉頰下面夾起，開始即興演奏，他那抹了松香的琴弓在琴弦上飛舞。我和他定睛看著彼此，在這一刻，我們不只是家人，更是音樂上的夥伴，彼此溝通的層次只有天神和音樂家才能理解。

伍德羅打破了這一刻。

「太驚人了，」羊男哭著說：「應該由你們兩人來教音樂課才對。我到底在想什麼啊？拜託不要剝我的皮！」

「親愛的羊男，」我說：「我從來沒有……」

突然間，我的手指一陣抽搐。我驚訝地扔下吉他，只見那件樂器沿著露天劇場的石階往下滾去，一路發出乒鈴乓啷的聲音。

奧斯汀放下手上的琴弓。「你還好嗎？」

「我……是啊，當然。」

但是我一點都不好。有一小段時間，我確實體驗到過去輕鬆展露才華的喜樂感受，然而全新的凡人手指顯然跟不上那樣的困難指法。我的手部肌肉非常痠痛，指腹用力按著指板的地方留下深深的紅色線痕。我在很多其他方面也運用過度，像是肺部覺得整個塌縮、耗盡氧氣，即使我根本還沒開始唱歌。

「我……有點累。」我說，心裡很驚慌。

「嗯，是啊。」瓦倫提娜點點頭。「你那種彈法太不真實了！」

57 西臺帝國是小亞細亞地區的古國，存在期間約是公元前一千七百年到一千二百年，距今三千多年前。

58 呂底亞（Lydia），位於小亞細亞西方，今日土耳其境內，傳說當地曾有一隻巨大蛇龍肆虐作亂。

「阿波羅，沒關係，」奧斯汀說：「你會變得愈來愈強。半神半人運用他們的力量也是很快就累了，特別是剛開始的時候。」

「但我不是……」

我沒辦法把整句話說完。我不是半神半人。我不是天神。我甚至不是我自己。都已經知道自己是有缺陷的樂器，怎麼可能再次演奏音樂呢？每一個音符都不再有意義，只帶來痛苦和疲累。我的B弦再也無法調到正確的音準了。

悲傷必定完全寫在我的臉上。

達米安．懷特握緊雙拳。「阿波羅，你不要擔心。這不是你的錯，我會讓那把蠢吉他付出代價！」

他大步走下階梯時，我沒有阻止他。看到他用力猛踹那把吉他，到最後解體成一堆木頭和鐵線，我內心還是有種邪惡的滿足感。

琪亞拉氣呼呼大叫：「白痴！這樣一來我就再也沒機會了！」

伍德羅眨眨眼。「那麼，嗯……各位，感謝啦！很棒的一堂課！」

射箭課又更加拙劣。

如果我能夠再次成爲天神（不，不是如果；是等到那時候，到時候喔），我要做的第一件事，就是把曾經看到我在射箭課大出糗的每一個人的記憶都抹除。我有一次射中靶心；只有一次。同一回合另外幾次的結果則是爛透了，靶心只不過距離一百公尺遠，另外兩支箭居然射到邊緣黑圈的外面。我扔掉手上的弓，覺得太丟臉而哭了起來。

凱拉是我們這堂課的指導教練，但她的耐心和好意只讓我的心情更糟。她撿起我的弓，遞回來給我。

「阿波羅，」她說：「那幾箭射得很好啊，再多練習幾次就會……」

「我是掌管射箭的天神耶！」我哭著說：「我不練習的！」

妮琪的女兒們在我旁邊竊笑。

荷莉和蘿瑞兒．維克多，她們的名字都取得那麼恰當，眞令人難以忍受[59]。她們讓我想起那位莊嚴、凶猛又敏捷的非洲女神雅典娜，經常在崔萊頓湖[60]的湖畔四處流連。

「嘿，前任天神，」荷莉一邊說，一邊搭箭上弓，「進步的唯一方法就是練習。」她只射中七分的紅圈，但似乎一點也不沮喪。

「對你來說也許是這樣，」我說：「你是凡人啊！」

她的姊妹蘿瑞兒嗤之以鼻。「你現在也是凡人啊。認命吧。贏家不會抱怨的。」她射出一箭，正中她姊妹的箭旁邊，不過剛好落在紅圈的內側。「就是因爲這樣，我才會比荷莉優秀。她老是抱怨個不停。」

「是喔，對啦，」荷莉咆哮著說：「我只抱怨一件事，就是你實在太遜了。」

「哦，是嗎？」蘿瑞兒說：「那就來吧，就是現在，三箭取兩箭分數最高的，輸的人要刷

---

[59] Laurel（蘿瑞兒）這個字是月桂樹之意，古羅馬時代將月桂葉編織成冠戴在勝利者頭上。Victor（維克多）這個姓氏的字意就是勝利。

[60] 崔萊頓湖（Lake Tritonis）可能在北非的利比亞。在希臘神話中，雅典娜出生後不久，宙斯便送她去崔萊頓湖邊，與戰鬥技巧極為優秀的精靈住在一起。參見《波西傑克森：希臘天神報告》第二三七頁。

廁所一個月。」

「說定了！」

就這樣，她們忘了我的存在。她們絕對會是非常優秀的崔萊頓精靈。

凱拉拖著我的手臂走向靶場。「那兩個人啊，我敢說，大家讓她們一起當妮琪小屋的指導員，就是要讓她們彼此競爭；如果不那樣做，她們一定會立刻接管整個混血營，宣稱掌握獨裁的權力。」

我猜她是想讓我高興一點，但我並沒有覺得比較安慰。

我盯著自己的手指，此時不只因爲彈吉他而痠痛，更因爲射箭而起了水泡。不可能啊。令人心痛。

「凱拉，我眞的不行，」我喃喃說著：「我太老了，不可能再過一次十六歲的生活！」

凱拉伸手握住我的手。在亂蓬蓬的綠色頭髮下，她有著薑黃色的皮膚，很像是把奶油塗在銅質表面，赤褐色的光澤從她臉上和手臂的斑點隱隱透出來。她讓我非常鮮明地回想起她父親，加拿大射箭教練達倫．諾利斯。

我指的是她的另一位父親。而且，沒錯，半神半人小孩當然可能從這樣的關係蹦出來。爲什麼不行？宙斯都可以從他自己的大腿生出戴歐尼修斯了，雅典娜也曾經從一條手帕製造出一個小孩，這種事爲什麼還會驚嚇到你？我們天神能夠製造的奇蹟沒有極限。

凱拉深呼吸一口氣，彷彿準備射出重要一箭。「爸，你眞的可以。你已經很好了，非常好，只不過你的期待必須調整一下。要有耐心，勇敢一點。你會變得愈來愈好。」

我實在有點想笑。我怎麼可能習慣自己只是「很好」而已？我爲什麼要勉強自己只是變得更好，而不是像以前一樣「神聖」？

「不，」我語氣苦澀地說：「不，那樣太痛苦了。我對冥河發誓……除非我再次成爲天神，否則再也不使用弓箭，也不彈奏樂器！」

儘管責罵我吧。我知道這樣發誓眞的很蠢，只因爲一時的痛苦與自憐就這麼說。而且這是有約束力的，對冥河發誓如果沒有好好遵守，將會導致非常可怕的後果。

但是我不在乎。宙斯已經詛咒我，剝奪我的永生不死之身，我也不打算假裝一切都很正常。除非恢復成爲眞正的阿波羅，否則我再也不是阿波羅了。此刻，我只是名叫萊斯特·巴帕多普洛斯的愚蠢年輕人。也許我會浪費時間參與一些自己並不在乎的技能，像是練劍或打羽毛球……但我的音樂和箭術曾經那麼完美，我絕對不會玷汙那樣的記憶。

凱拉驚駭莫名地看著我。「爸，你不是認眞的。」

「我是認眞的！」

「把話收回去！你不能……」她瞥了我背後一眼。「他在幹嘛？」

我順著她的視線看去。

薛曼．楊似乎陷入催眠狀態，慢慢走進森林。

跟著他跑進去絕對是有勇無謀的魯莽行爲，等於是直闖營區內最危險的區域。

所以我和凱拉正是這樣做。

我們差一點就失敗了。才剛到達樹林邊緣，森林突然變暗，氣溫陡降，地平線往遠處延伸，彷彿透過放大鏡無盡彎曲。

有個女子在我耳邊低聲呢喃。這一次我清楚認出那聲音，它其實一直縈繞在我心頭，從未離去。「你這樣做是爲了我。來吧，再追我一次。」

恐懼在我肚子裡猛烈翻滾。

我想像著所有的樹枝都變成手臂，樹葉上下起伏宛如綠色手掌。

達芙妮，我心想。

即使經過這麼多個世紀，內疚感還是如排山倒海而來。我只要看到一棵樹就會想起她。森林令我緊張，每一棵樹的生命力似乎都以純然的恨意強壓在我身上，指控我好多好多的罪名……我很想跪倒在地，我很想懇求原諒。但現在不是時候。

我不能讓森林再一次把我搞得一團混亂，也不能讓其他人落入它的陷阱。

凱拉似乎不受影響。我抓住她的手，確保兩人不會走散。其實只要走個幾步就能追上薛曼．楊，但感覺上好像歷經一場新兵訓練跑步那麼漫長。

「薛曼。」我抓住他的手臂。

他努力想甩開我的手，幸好他顯得很遲鈍、茫然，否則我最後可能又會傷痕累累。凱拉幫我把他轉過身。

他的眼睛不斷抽搐，彷彿陷入某種半睡半醒的快速動眼期。「不。埃利斯。得去找他。米蘭達。我的女孩。」

我看著凱拉尋求解釋。

「埃利斯屬於阿瑞斯小屋，」她說：「他是失蹤者之一。」

「沒錯，但是米蘭達，他的女孩？」

「大概一星期之前，她和薛曼才剛開始約會。」

「啊。」

薛曼拚命想要掙脫。「找到她。」

「我的朋友，米蘭達就在這裡，」我騙他，「我們會帶你去找她。」

他不再掙扎，眼睛繼續翻動，到最後只能看見他的眼白。「就在……這裡？」

「是的。」

「埃利斯？」

「是的，我就是，」我說：「我是埃利斯。」

「我愛你，老兄。」薛曼啜泣起來。

然而，我們還是費盡全力才帶他走出森林。我回想起睡神希普諾斯曾經夢遊走進阿蒂蜜絲在奧林帕斯山的私人房間，我和赫菲斯托斯必須使勁全力才能把他搬回床上，當時我們每個人的背後都沒有像針墊一樣插滿銀箭還真是奇蹟。

我們帶著薛曼前往射箭場。一步步前進之間，他突然眨眨眼，終於回到正常狀態。他發現我們的手抓住他的手臂，連忙用力甩開。

「這是怎樣？」他質問著。

「你正要走進森林。」我說。

他對我們露出教育班長般的凶狠目光。「不，我才沒有。」

凱拉向他伸出手，接著顯然改變主意。萬一手指骨折就很難射箭了。「薛曼，你好像陷入某種催眠狀態，嘴裡喃喃唸著埃利斯和米蘭達的名字。」

薛曼臉頰上的之字形疤痕變成較深的古銅色。「我不記得了。」

「雖然你沒有提起另一位失蹤的學員，」我試著提醒他：「賽西爾？」

「我爲什麼要提起賽西爾？」薛曼咆哮著說：「我受不了那傢伙。而且我爲什麼要相信你們說的話？」

「那片森林控制住你，」我說：「那些樹把你拉進去。」

薛曼仔細端詳森林，但是樹木看起來又變得很正常，那些伸長的影子和搖晃的綠色手掌全都不見了。

「你知道嗎，」薛曼說：「我的頭受過傷，多虧你那個討厭的朋友梅格。假如我表現得很奇怪，原因一定是那樣。」

凱拉皺起眉頭。「可是……」

「夠了！」薛曼厲聲說：「如果你們有誰再提起這件事，我會逼你吞下你的箭筒。我不需要別人來質疑我的自制力，更何況我還有比賽的事情要想。」

他從我們旁邊擦身而過。

「薛曼。」我叫道。

他轉過身，雙手握緊拳頭。

「你記得的最後一件事，」我說：「就是你發現自己與我們在一起之前……那時候你在想什麼？」

有那麼短暫的一刻，他的臉上再次閃過茫然的神情。「想到米蘭達和埃利斯……就像你說的。我正在想……我想要知道他們在哪裡。」

「那時你就在問這個問題。」恐懼感宛如毯子般覆蓋在我身上。「你想知道相關訊息。」

「我……」

餐廳涼亭那邊吹響了海螺角。

薛曼的表情變得嚴厲。「無所謂。別管它了。現在先去吃午餐，然後我要在兩人三腳死亡競賽中把你們全部撂倒。」

我不是沒聽過更可怕的恐嚇內容，但是薛曼的語氣聽起來夠嚇人的了。他邁開大步走向涼亭。

凱拉轉過來看我。「剛才那是怎樣？」

「我想，現在我懂了，」我說：「我知道那些學員失蹤的原因到底是什麼。」

16

梅格緊相繫
我們可能去利馬
哈雷很邪惡

我提醒自己：企圖在兩人三腳死亡競賽之前透露重要資訊，恐怕不是好主意。沒有人會好好聽我說。

儘管昨天晚上學員們抱怨連連，現在大家倒是興奮地吱吱喳喳。吃午餐這段時間，每個人發狂似地整理武器、綁好盔甲繫帶，而且彼此竊竊私語，組成一些祕密聯盟。賽道是哈雷設計的，很多人都想拉攏他，希望得到一些線索，以便擬定最佳戰略。

哈雷很享受大家對他的注意。午餐快結束時，他的桌上堆滿了高高的貢品（意思是：賄賂），包括巧克力棒、巧克力花生糖、小熊軟糖和風火輪小汽車。哈雷一定能當個很厲害的天神。他收了禮物，嘀咕幾句客套話，但對那些進貢者一點幫助也沒有。

我想要與奇戎談談森林的危險性，不過他忙著處理比賽前最後一刻的準備工作，我光是站在旁邊就差點被他踩扁。他神情緊張，繞著涼亭跑來跑去，旁邊跟著一群擔任裁判的羊男和木精靈，他們一邊比對地圖，一邊發號施令。

「幾乎不可能追蹤每一個小隊。」他喃喃說著，整張臉埋在「迷宮」的示意圖裡。「而且地圖根本沒有涵蓋到D格部分。」

「可是，奇戎，」我說：「如果我可以先……」
「今天早上測試組最後到達祕魯，」他對那群羊男說：「我們不能再出現那種情況。」
「關於森林。」我說。
「是的，阿波羅，我很抱歉。我了解你很關心……」
「森林眞的會說話，」我說：「你還記得以前……」
一個木精靈跑到奇戎面前，她的衣裙冒出滾滾濃煙。「照明彈爆炸了！」
「眾神哪！」奇戎說：「那些是要給緊急情況用的！」
他匆匆踩過我的腳，後面還跟著他的一大群助理。
沒辦法，事情就是這樣。如果你是天神，整個世界都會仔細傾聽你說的每一句話。如果你是十六歲的小子……就沒什麼人會聽了。
我試著與哈雷聊聊，希望他能將比賽延後舉行，男孩卻拂袖而去，只簡單說了句「不」。
赫菲斯托斯的孩子們經常這樣，只見哈雷對某種機械裝置敲敲打打，很多彈簧和齒輪散落一地。我不是很在乎那東西到底是什麼，但還是詢問哈雷，希望能贏得男孩的善意回應。
「這是信標，」他一邊說著，一邊調整轉鈕，「用來找迷路的人。」
「你是指迷宮裡的小組？」
「不，你們要自己想辦法。這要用來找里歐。」
「里歐．華德茲。」
哈雷對那裝置瞇起眼睛。「有時候，如果你找不到回來的路，信標可以幫忙。只要找到正確的頻率就行。」

「那麼……這東西你做了多久？」

「自從他失蹤到現在。現在我得專心，不能讓比賽停下來。」他轉過身，背對我走開。

我盯著他的背影，滿心驚訝。男孩足足工作了六個月之久，想要做出一個信標，好幫助他失蹤的哥哥里歐。我眞好奇有沒有人會這麼拚命想帶我回到奧林帕斯山的家。我抱持高度的懷疑。

我孤零零站在涼亭一角，嘴裡吃著三明治，眼望冬日天空的黯淡陽光，心裡想著我的戰車，我那些可憐的馬兒被迫困在馬廄裡，沒有人帶牠們出去兜風。

即使沒有我出力，當然也會有其他力量讓整個宇宙穩定運轉。很多不同的信仰體系都能驅動行星和恆星等天體的運行，例如狼群依舊追逐蘇爾[61]飛越天空，拉[62]會繼續每天駕駛他的太陽船，托納蒂烏[63]會憑藉古代阿茲特克人獻祭的鮮血而持續運行；還有其他方面，像是科學，也仍然會產生重力和量子力學之類的力量。

然而，我依舊覺得自己沒有善盡職責，只能傻愣愣地站著，等待兩人三腳競賽開始進行。

就連凱拉和奧斯汀都太過忙亂，無暇和我說話。凱拉已經對奧斯汀描述我們從森林裡救出薛曼的經過，不過奧斯汀對於擦拭自己的薩克斯風比較感興趣。

「我們可以等到晚餐時間再與奇戎談談，」他嘴裡咬著簧片含糊說著：「除非比賽結束，否則不會有人要聽的，反正大家都會待在森林外。況且，如果我可以在迷宮裡吹奏正確的音調……」他的眼裡閃過一絲光芒。「噢。凱拉，過來這裡，我有個點子。」

他把凱拉推走，再度留下我獨自一人。

我當然能了解奧斯汀的熱切之情。他吹奏薩克斯風的技巧爐火純青，我很確定他會成爲這個世代第一流的爵士樂手，如果你以爲吹奏爵士薩克斯風很容易就能在YouTube得到五十萬次的點閱數，就再想想吧。然而，假如森林裡的力量摧毀了我們所有人，他的音樂生涯就不會有實現的一天。

我只能尋找梅格·麥卡弗瑞的身影，作爲最後的依靠（最最殿後的依靠）。

我看到她站在一個火盆旁邊，正與茱莉亞·費恩戈德和宮澤愛麗絲講話。或者應該說，是荷米斯小屋的女孩們正在講話，梅格則狼吞虎嚥地吃著漢堡。狄蜜特是掌管穀物、果實和蔬菜的女神，居然有這麼冥頑不化的肉食性女兒，我眞是看呆了。

話說回來，泊瑟芬也是如此。你一定聽過一些故事，關於這位春日女神長得多麼甜美、喜歡黃水仙、小口咬著石榴種子等，但我告訴你，那女孩對一大堆豬肋排發動攻擊時可是很恐怖的。

我大步走到梅格旁邊，荷米斯小屋的女孩們連忙往後退，活像我是玩蛇的人。發現有這種反應，我還滿樂的。

「哈囉，」我說：「在聊什麼啊？」

梅格用她的手背抹抹嘴巴。「這兩個想知道我們對比賽有什麼計畫。」

「我敢說她們的確想知道。」我從梅格的外套袖子裡拉出一個小型的磁性竊聽裝置，把它

---

61 北歐神話是由蘇爾（Sol）駕馭太陽，而名叫斯庫爾（Skoll）的狼一直在太陽車後面追著蘇爾，一旦追上就是日食。
62 拉（Ra）是古埃及人信奉的太陽神。
63 托納蒂烏（Tonatiuh）是古代阿茲特克人信奉的太陽神。

丟還給愛麗絲。

愛麗絲笑得很難爲情。「只是試試看，不能怪我們。」

「不，當然不會，」我說：「基於同樣的精神，希望你別介意我對你的鞋子動的手腳。祝你比賽順利！」

兩個女孩緊張兮兮地拖著腳走開，連忙查看她們運動鞋的鞋底。

梅格看著我，眼神有點像是尊敬。「你對她們動了什麼手腳？」

「什麼都沒有，」我說：「身爲天神，有一半的花招是要懂得如何吹牛。」

她哼了一聲。「那麼，我們的最高機密計畫是什麼呢？等一下，讓我猜猜看。你根本沒有計畫。」

「你學會了。坦白說，我本來要擬定一個計畫，但是有人讓我分心。我們有麻煩了。」

「確實是。」她從外套口袋內拿出兩個青銅環圈，很像用金屬絲編織而成的彈力帶。「你看過這個嗎？要纏繞在我們腿上，一旦纏上就拿不下來，直到比賽結束爲止，完全沒辦法拿下來。我痛恨受到束縛。」

「我同意。」我很想加上一句「特別是把我和一個名叫梅格的小孩綁在一起」，但我擅長外交手腕的天性勝出。「不過呢，我指的是不一樣的問題。」

我對她說明射箭課發生的事，當時薛曼差點受到誘惑而進入森林。

梅格取下她的貓眼眼鏡。少了鏡片的遮擋，她的深色虹膜看起來比較柔和溫暖，很像一小塊栽培植物的土壤。「你認爲森林裡有某種東西呼喚著人們？」

「我認爲森林裡有某種東西『回應著』人們。在古老的時代，有一種神諭……」

「嗯，你說過了，德爾菲。」

「不，是另一種神諭，比德爾菲更古老。那與樹木有關，是一整片會說話的樹木。」

「會說話的樹木喔。」梅格的嘴角抽動一下。「那種神諭叫什麼？」

「我……我想不起來。」我緊張地磨牙。「我應該知道才對。我應該要能立刻告訴你！可是這項訊息……簡直像是故意躲開我。」

「有時候就是會這樣，」梅格說：「你會想起來的。」

「可是我以前從來不會這樣！愚蠢的人類腦袋！不管怎麼說，我相信這種樹林就位在那片森林裡面某處。我不知道怎麼會這樣或者爲什麼，但那些低聲講話的聲音……就是來自這個祕密的神諭。神聖的樹木嘗試要訴說預言，於是去影響那些有問題亟需解決的人，吸引他們走進去。」

梅格重新戴上眼鏡。「你知道這些話聽起來很瘋狂，對吧？」

我努力不讓呼吸急促。我必須提醒自己，我再也不是天神了，所以得努力忍受凡人的羞辱，因爲再怎麼樣都沒辦法把他們炸成一團灰燼。

「只是覺得應該提高警覺。」我說。

「但比賽根本不會穿越森林啊。」

「不管怎麼說……大家都不安全。如果你可以召喚你的朋友桃子，我會很樂意有他作伴。」

「我告訴你喔，他有點像是自己想要出現的時候才出現，我不能……」

奇戎突然吹響打獵的號角聲，聲音大到我都出現雙重影像。我要再次發誓：等我再度成爲天神，一定要對這個營區降下指令，把所有的號角全部取走。

「各位半神半人！」半人馬說：「把你們的腳綁在一起，跟著我到達你們的起跑位置！」

大夥兒在一片草地上集合，那裡距離主屋大約一百公尺。這樣的距離沒有發生半件威脅性命的事件，算是小小的奇蹟。我的左腳與梅格的右腳綁在一起，感覺很像以前我和姊姊還在媽媽麗托的子宮裡快要出生的時候。是的，沒錯，那種感覺我記得很清楚，阿蒂蜜絲老是把我推擠到旁邊、用手肘頂住我的肋骨，根本就是子宮裡的惡霸[64]。

我在心裡默默祈禱，假如我能活著捱過這次比賽，一定會獻祭一頭公牛給我自己，甚至乾脆幫自己蓋一座新神廟。只要有公牛和神廟就能把我治得服服貼貼。

羊男指揮我們在草地上散開。

「起跑線在哪裡？」荷莉．維克多問，把肩膀擠到她姊妹的肩膀前面。「我想要最靠近起跑線。」

「我才想要最靠近，」蘿瑞兒糾正她：「你可以是第二靠近的。」

「別擔心！」羊男伍德羅的聲音聽起來非常擔心。「我們馬上就會仔細說明。只要等我，呃，搞清楚該怎麼說明。」

威爾．索拉斯嘆口氣。他呢，當然啦，與尼克綁在一起。他的手肘靠在尼克的肩膀上，彷彿黑帝斯之子是個方便的支撐架。「我想念格羅佛，他以前都會把這種事弄得一清二楚。」

「我勉強可以接受黑傑教練，」尼克推開威爾的手臂。「而且，不要講格羅佛講得這麼大聲，朱妮珀就在那裡。」

他指著一名木精靈……是個身穿淡綠色衣裳的漂亮女孩。

「格羅佛的女朋友，」威爾向我解釋：「她想念他。非常想念。」

「好啦，各位！」伍德羅大喊：「拜託，再散開一點！我們希望大家都有足夠的空間，所以，你們知道，如果有人死了，也才不會連累所有其他隊伍！」

威爾又嘆口氣。「我實在好興奮哪。」

他和尼克邊走邊跳離開了。來自荷米斯小屋的茱莉亞和愛麗絲再一次查看自己的鞋子，然後怒目瞪著我。柯納．史托爾與保羅．蒙提斯配對，保羅是巴西人，希碧之子，而他們兩人似乎都很不高興。

柯納看起來悶悶不樂，或許是因爲他的頭頂受傷，頭上塗了那麼多藥膏，看起來很像有隻貓吐了他滿頭滿臉。也說不定他只是很想念自己的哥哥崔維斯。

我和阿蒂蜜絲一出生，彼此就等不及保持一點距離。我們標示出自己的領域，你也知道那是什麼意思。但現在我願意付出一切代價，只求能見到她。我敢說宙斯曾經威脅她，假如她膽敢在我變成凡人期間企圖幫助我，就會受到嚴厲懲罰。但至少可以從奧林帕斯山送點救濟包裹給我吧，像是放件體面的外袍、一點魔法青春痘藥膏，也許再來些「錫拉65咖啡店」的蔓越莓神食司康餅。她們做的司康餅超好吃。

我稍微觀察一下其他隊伍。凱拉和奧斯汀綁在一起，分別帶著她的弓和他的薩克斯風，看起來很像超殺的街頭藝人二人組。琪亞拉，泰姬的可愛女兒，綁在與她有仇的達米安．懷特身上，他是……嗯，報應女神涅梅西絲之子。狄蜜特小屋的吳貝莉與瓦倫提娜．迪亞茲的

64 參見《波西傑克森：希臘天神報告》第三四一頁。

65 錫拉（Scylla）原本是海神波塞頓的女兒，因觸怒天神受到懲罰而變成海怪。

腳綁在一起，瓦倫提娜不停看著自己映照在貝莉銀色外套表面的影像，忙著補妝。瓦倫提娜似乎沒注意到自己的頭髮冒出兩根樹枝，活像小小的鹿角。

我判定最大的威脅會是馬肯．佩斯，面對雅典娜的孩子，你再怎麼小心提防都不夠。但令人意外的是，他居然與薛曼．楊配對，他們一點都不像天生的夥伴，除非馬肯心裡有什麼盤算。那些雅典娜的小孩總是有很多盤算，其中絕對不包括讓我贏得勝利。

沒有參加比賽的半神半人只有哈雷和妮莎，他們負責設置賽道。

等到羊男認爲所有人都分散得夠開，我們腳上的綁繩也經過重複檢查確認，哈雷便拍手要大家注意。

「好了！」他急切地跳上跳下，讓我回想起羅馬的孩子們在競技場上對執行死刑高聲歡呼的模樣。「規則是這樣的，每一個隊伍必須找到三顆金蘋果，然後活著回到這片草地來。」

半神半人之間冒出竊竊私語。

「金蘋果，」我說：「我討厭金蘋果，它們只會帶來麻煩。」

梅格聳聳肩。「我喜歡蘋果。」

我想起來了，她曾在巷子裡用爛蘋果打斷凱德的鼻梁。我不禁好奇想到，說不定她可以用金蘋果使出同樣的必殺絕技。也許我們終究還是有一點機會。

蘿瑞兒．維克多舉起手。「你的意思是說，最先回來的隊伍就贏得勝利？」

「只要能活著回來的隊伍就算勝利！」哈雷說。

「那太可笑了吧！」荷莉說：「贏家只能有一個，最先回來的隊伍才是贏家！」

哈雷聳聳肩。「隨便你。我唯一的規則就是要活著，而且不能彼此互殺。」

「什麼？」保羅開始用葡萄語大聲抱怨，害柯納非得摀住自己的左耳不可。

「好了，好了！」奇戎叫道。他的鞍袋裡裝滿了額外準備的急救包和緊急照明彈。「這項危險的挑戰絕不需要任何『幫助』，大家就辦一場乾淨順利的兩人三腳死亡競賽吧。學員們，還要提醒另一件事，考慮到今天早上我們測試組碰到的問題，請大家跟著我說：最後不要去祕魯。」

「最後不要去祕魯。」所有人跟著複誦一次。

薛曼・楊把指節扳動得劈啪作響。「那麼，起跑線在哪裡？」

「沒有起跑線，」哈雷興致高昂地說：「大家全都從你們現在的位置開始跑。」

學員們困惑地環顧四周。突然間地面開始搖晃，整片草地陷落，產生一條條黑色線條，形成巨大的綠色棋盤。

「玩得開心一點啊！」哈雷尖叫著說。

腳下的地面轟然裂開，然後我們全都掉進迷宮裡。

17 死亡保齡球　滾向我的敵人們　問題換換看

至少我們沒有掉進祕魯。

我的腳撞到了石頭，拐到腳踝。我們跌跌撞撞碰上一道牆壁，但是梅格剛好當我的防撞護墊。

我們發現自己身在一條黑漆漆的地道裡，地道以橡木橫梁支撐住。我們掉落下來的洞口已經消失了，取而代之的是泥土天花板，我沒有看見其他隊伍的行跡，但可以聽到頭頂上方隱隱傳來哈雷反覆喊著「加油！加油！加油！」的聲音。

「等我恢復自己的力量，」我說：「我會把哈雷變成一個星座，叫做『小屁孩座』。至少星座很安靜不會亂吵。」

梅格指著走道。「你看。」

等我的眼睛逐漸適應黑暗，這才發現地道裡有微弱的光線，是從大約三十公尺外的一顆發亮水果散發出來。

「一顆金蘋果耶。」我說。

梅格向前衝去，同時拉著我和她一起跑。

「等等！」我說：「可能有陷阱！」

像是要說明我的論點似的，只見柯納和保羅從走道另一端的暗處冒出來。保羅一把撈起金蘋果，嘴裡大喊：「巴西！」

柯納對我們咧嘴大笑。「太慢啦，冤大頭！」

他們頭頂上的天花板突然打開，像哈密瓜一樣大的鐵球嘩啦啦地落下。

柯納大叫：「快跑！」

他和保羅笨手笨腳地轉了一百八十度，跌跌撞撞逃走，後面還跟著一大批激烈滾動的炮彈，每一顆炮彈的引線都冒出火花。

聲音很快就平息了。失去那顆發亮的蘋果後，我們就身處於全然的黑暗。

「太好了。」梅格的聲音反覆迴盪。「現在怎麼辦？」

「我建議往反方向走。」

說起來容易，做起來難啊。伸手不見五指對梅格的影響似乎比我嚴重。多虧我的凡人爛身體，我已經變成跛腳，感官也遭到剝奪，但除此之外，我本來就不只仰賴視覺。音樂需要敏銳的聽覺，射箭則需要敏感的觸覺及感受風向的能力。（好吧，視覺也有幫助，但你懂我的意思。）

我們拖著蹣跚的步伐往前走，兩隻手臂拚命往前伸長探索。我努力聽著是否有可疑的喀答聲、劈啪聲或吱嘎聲，那也許顯示有大規模爆炸逐漸逼近；不過我懷疑，假如真的聽見任何令人擔心的徵兆，恐怕已經太遲了。

終於，我和梅格學會以綁住的腳同步走路。這並不容易。我有完美的韻律感，梅格則老是慢了或快了四分之一拍，這使得我們一直偏左或偏右，結果撞上牆壁。

我們跌跌撞撞走了可能有幾分鐘或幾天之久。在迷宮裡，時間會騙人。

記得奧斯汀曾對我說，自從創造迷宮的那個人過世以後，它感覺不太一樣。現在我開始慢慢了解他的意思。空氣似乎變得清新一點，彷彿迷宮沒有吞下那麼多屍體。牆壁沒有散發出以前那種可怕的高熱，而且就我的感覺來說，也沒有滲出血液或黏液了，這絕對是一大進步。回首過去，只要踏進代達羅斯的迷宮，你不可能感受不到它那橫掃一切的慾望：「我會摧毀你的心智和你的身體。」而現在，那種氛圍比較沉寂，傳達的訊息也沒有那麼充滿敵意，而是變成：「嘿，如果你死在這裡，那很酷啊。」

「我從來沒有喜歡過代達羅斯，」我嘀咕著：「那個老無賴不懂得何時該收手。他老是想要擁有最新科技，而且是最近更新的版本。我早就對他說過，不要讓他的迷宮擁有自我意識。『人工智慧會毀了我們啊，老兄。』我這樣說。可是不不不不不，他非得讓迷宮擁有邪惡的意識不可。」

「我不曉得你到底在說什麼，」梅格說：「不過我們在迷宮裡面的時候，也許你不該說迷宮的壞話。」

我一度停下腳步，因爲聽到奧斯汀的薩克斯風聲音。很微弱，迴盪穿越了那麼長的走道，我無法精確指出那聲音來自何處。接著，聲音消失了。我好希望他和凱拉已經找到他們的三顆金蘋果，而且安全逃出去。

最後，我和梅格到達走道裡的一個Y字形路口，我可以從氣流的方向和臉上的溫度變化判斷四周情況。

「我們爲什麼停下來?」梅格問。

「噓。」我專注聆聽。

右邊走道傳來一陣微弱的嘎嘎聲，很像鋸台的聲音。左邊走道很安靜，卻散發出一股微弱的氣味，有著令人不安的熟悉感……不是硫磺，這點可以肯定，但那是混合多種礦物質的蒸汽，從地底深處傳來。

「我什麼都沒聽到。」梅格抱怨說。

「右邊有鏈鋸的聲音，」我對她說：「而左邊，有不好的氣味。」

「我選不好的氣味。」

「你當然會這樣選。」

梅格對我扔來一顆她的招牌覆盆子，然後一跛一跛地往左邊走，拖著我和她一起前進。套在我腳上的銅質箍帶開始磨腳了。我可以從梅格的股動脈感覺到她的脈搏，那害我步調大亂。每當我感覺緊張的時候（那不常發生啦），我喜歡哼一首歌讓自己冷靜下來，通常是法國作曲家拉威爾的〈波麗露〉或古希臘時代的〈塞基洛斯之歌〉。但由於梅格的脈搏令我分心，這時我唯一能想起的曲調是〈小雞跳舞〉。

我們緩緩往前走。火山煙霧的氣味愈來愈強烈了，我的脈搏也失去原本的完美韻律，一顆心跟著〈小雞跳舞〉的每一個拍子「喀囉、喀囉、喀囉、喀囉」地猛撞胸膛。我恐怕知道我們身在何處了。我對自己說這是不可能的，我們不可能步行越過半個地球，不過這裡是迷宮，在下面這裡，距離是沒有意義的。迷宮很清楚該怎麼利用受害者的弱點，更糟的是，它有一種邪惡的幽默感。

「我看到光線了！」梅格說。

她說得對。全然的黑暗已經變成模糊的灰色。在我們前方，地道來到盡頭，進入一個狹窄的長形洞穴，很像火山的噴氣口。它看起來很像巨大的爪子揮過走道，在地底留下一個傷口。我曾在塔耳塔洛斯看過爪子那麼大的怪物，完全不想再看到一次。

「我們應該回頭。」我說。

「那很蠢耶，」梅格說：「你沒看到那個金色亮光嗎？那裡有一顆蘋果。」

我眼裡只看到裊裊飄升的煙灰和氣體。「那光線可能來自岩漿，」我說：「或者輻射線。或者眼睛。發亮的眼睛絕對很不妙。」

「那是蘋果，」梅格很堅持。「我可以聞到蘋果的氣味。」

「喔，這下子你的感官變得很敏銳囉？」

梅格舉步前進，讓我沒得選擇，只能跟著走。對一個小女孩來說，她還滿善於盛氣凌人逞威風。到了地道盡頭，我們發現自己位於一道狹窄的岩架上，對岸峭壁只有三公尺遠，但中間的裂隙似乎急墜而下延伸至無限遠。也許在我們上方三十公尺處就有鋸齒狀的噴氣口，通往另一個更大的空間。

感覺好像有巨大的冰塊沿著我的喉嚨往下移動，既討厭又痛苦。我從來不曾由下面觀看這種地方，但完全知道我們身在何處。我們站立的地方是「臍」，也就是古代世界的中央。

「你在發抖耶。」梅格說。

我試圖伸手摀住她的嘴巴，但她動作敏捷地作勢要咬。

「別碰我。」她厲聲說。

「拜託安靜點。」

「爲什麼？」

「因爲就在我們頭頂上方……」我的聲音啞啞的。「德爾菲。神諭的房間。」

梅格的鼻子像兔子那樣扭動。「不可能。」

「不，有可能。」我悄聲說：「而且如果這裡是德爾菲，那就表示……」

頭頂上方傳來一陣響亮的嘶嘶聲，聽起來活像是整個海洋湧到一個燒熱的鍋子裡，全部蒸發成大量的蒸汽煙霧。岩架爲之搖晃，小石頭宛如雨點般落下。上方有個怪物的身軀滑過裂隙，徹底覆蓋住整個開口。蛻落蛇皮的氣味燒灼我的鼻孔。

「匹松。」現在我的聲音比梅格的聲音還要高八度。「牠在這裡。」

18

野獸在呼喚
說我不在。躲起來
躲哪？垃圾。好

我曾有這麼害怕的經驗嗎？

以前泰風肆虐整個地球、眾神在他面前潰散奔逃的時候也許有吧。過去蓋婭把她的巨人族放出來、拆垮奧林帕斯山的時候也許有吧。或者我意外目睹阿瑞斯在健身房全身赤裸的時候也許有吧，那足以害我頭髮變白持續一個世紀之久。

但以前那些時候，我一直是天神。而現在，我是虛弱瘦小的凡人，在黑暗中簌簌發抖，只能祈禱我這位宿敵感受不到我的存在。在我漫長光榮的生涯裡，就只有這麼一次，我好想變成隱形人。

噢，迷宮為什麼把我帶到這裡來？

一想到這點，我忍不住斥責自己：它當然會把我帶來我最不想來的地方。奧斯汀對迷宮的看法是錯的，它還是很邪惡，意圖殺人，只不過現在的殺人手法稍微巧妙一點點。

梅格對我們面臨的危險似乎不以為意。即使有個永生不死的怪物位於頭頂上方三十公尺處，她依然勇氣十足，堅持要執行任務。她用手肘頂我，然後指著對面峭壁的一個小岩架，有個金蘋果在那裡與高采烈地發著光。

是哈雷把它放在那裡嗎？眞是難以想像。比較可能是那男孩就讓金蘋果隨意滾進各條走道，相信它們會找到最危險的地方停在那裡。我眞的開始討厭那個男孩了。

梅格低聲說：「跳過去很簡單。」

我看了她一眼，換做是不同的情況，這樣的一眼肯定會把她燒成灰。「太危險了。」

「蘋果。」她輕聲說。

「怪物！」我也輕聲回嘴。

「一。」

「不！」

「二。」

「不行！」

「三。」她跳了。

這表示我也得跳。我們跳上岩架，但腳跟把幾顆小石頭踢進深淵裡，幸好有我天生的協調感和優雅動作，我們才不至於往後摔落跌死。梅格撿起那顆蘋果。

在我們上方，怪物的聲音隆隆作響。「是誰來了？」

牠的聲音……天上眾神哪，我記得那個聲音，低沉且粗啞，彷彿牠呼吸的不是空氣而是氤氣。就我所知，牠確實是這樣。匹松眞的可以製造出不健康的氣體貢獻給大家。

怪物移動沉重的身軀，又有更多碎石噴灑進裂隙裡。

我完全靜立不動，緊貼著冰冷的岩壁，耳膜跟著每一記心跳怦怦震動。眞希望我能阻止梅格呼吸，眞希望我能阻止她眼鏡上的水鑽閃閃發亮。

匹松聽見我們的動靜了。我向所有天神祈禱，祈求怪物最終認定那個聲音其實沒什麼。牠只需要朝向地下裂隙噴一口氣，我們就死定了。牠的有毒氣體連躲都躲不掉，更別說從這麼近的距離，又是凡人之身。

接著，上方洞穴又傳來另一個聲音，音量比較小，而且比較像人類的聲音。「哈囉，我的爬行類朋友。」

我差點因爲鬆了一口氣而哭出來。我其實不知道這新來的人是誰，也不曉得他爲何這麼蠢，竟然向匹松大聲宣告自己的存在，但人類犧牲自己來救我的時候，我永遠都非常感激。一般的禮儀終究沒有消失！

匹松的刺耳笑聲令我的牙齒爲之震動。「嗯，我正在懷疑你到底會不會動身前來，野獸先生。」

「別那樣叫我，」男人厲聲說：「而且現在兩地往返相當簡單，迷宮重新開始運轉了。」

「我好高興啊。」匹松的語氣像玄武岩一樣乾。

我從那男人的聲音聽不出太多訊息，畢竟隔著數公噸的蛇肉顯得含糊不清，但如果是我和匹松談話，語氣可能不會像他這麼冷靜，情緒也無法掌控得這麼好。我曾聽過用「野獸」這個詞描述某個人，但如同以往，我的凡人腦力害我忘了。

要是能夠記住重要的資訊該有多好！然而我可以告訴你，我記得的只有第一次和米諾斯國王吃飯時的點心（香草蛋糕）；我也可以告訴你，以前我殺掉那些尼俄比⑥⑥之子時，他們穿的希臘長袍是什麼顏色（一種非常詭異的橘色調）。可是我不記得一些很基本的事，例如這個「野獸」究竟是摔角選手、電影明星或政治家？可能三者都是？

而在我旁邊，梅格沐浴在蘋果的金光下，簡直變得像是青銅雕像。她雙眼圓睜，充滿恐懼。這似乎來得晚了點，不過至少她安靜不說話了。要是不夠了解狀況，我可能會以為男人的聲音比怪物更讓她害怕。

「匹松，那麼，」男人繼續說：「有什麼預言可以與我分享嗎？」

「快了……陛下。」

最後那句話帶著戲謔的語氣，但我不確定別人是否聽得出來。除了我自己，很少有人聽過匹松的挖苦諷刺之後卻還能活著到外面說三道四。

「我需要的不只是你的保證，」男人說：「我們進行之前，必須讓所有的神諭都在我們掌控之下。」

所有的神諭。這些話害我差點跌下懸崖，但我還是想辦法讓身體維持平衡。

「快了，」匹松說：「正如我們的共識。我們靜待時機，已經等待這麼久，對吧？泰坦巨神猛攻紐約市的時候你沒有攤牌，我也沒有跟隨蓋婭的巨人族涉入戰爭。我們心裡都很清楚，取得勝利的時機還未到。你必須再多保持一點耐心。」

「你這條蛇，別對我說教。你休眠時，我可是忙著建立帝國。我花了好幾個世紀……」

「是啦，是啦。」那隻怪物輕輕吐氣，讓整片峭壁為之振動。「而且，假如真想讓你的帝國攤在陽光下，就必須先履行你那邊的承諾。你什麼時候要殺掉阿波羅？」

我拚命忍住不叫出來。他們談論我的時候，我不應該感到驚訝啊。數千年來，我一直認

⑥⑥ 尼俄比（Niobe），底比斯的王后。參見《波西傑克森：希臘天神報告》第三三三頁。

爲每個人都在談論我，我是這麼有趣的人，大家沒辦法忍住不聊。可是說到要殺了我，我一點都不喜歡。

我以前從沒看過梅格這麼害怕的樣子。我心想，她可能是爲了我才這麼擔心，但我有種預感，她其實同樣擔心她自己。不意外啦，半神半人老是搞不清楚事情的優先順序。

那男人走到比較靠近深淵的地方，他的聲音變得更清晰也更響亮。「別擔心阿波羅的事，他完全待在我希望他待的地方。他會幫我們達成目標，等到再也沒有用處的時候……」

他懶得花力氣把話說完。我好怕他這句話的最後不是「我們會給他一份很棒的禮物然後送他上路」。我不禁打了個寒顫，終於認出這聲音來自我夢中，就是那個身穿紫色西裝、哼哼冷笑的男人；而且我有一種預感，很久很久以前我聽過他唱歌，不過這實在說不通……我爲什麼要忍受一個身穿醜陋紫色西裝、稱自己是「野獸」的男人開演唱會？我根本不是死亡金屬波卡舞曲的粉絲啊！

匹松移動牠的龐大身軀，朝我們灑下更多小石頭。「那麼，你到底要怎麼說服他幫我們達成目標？」

野獸笑起來。「我在混血營裡有很稱職的幫手，那人會把阿波羅帶來給我們。而且，我把賭注提高了，阿波羅根本沒有選擇的餘地，他和那女孩會把大門打開。」

匹松噴出來的一縷煙氣飄過我的鼻子……這樣就足以害我頭暈目眩，但願還不足以讓我沒命。

「我相信你說得沒錯，」怪物說：「你以前的判斷已經……受到質疑，我很懷疑你這次選擇的工具到底正不正確。你有沒有從過去的錯誤記取教訓？」

男人低聲怒吼，我幾乎要相信他逐漸變成一頭野獸，這種情形我以前看多了。梅格在我旁邊低聲嗚咽。

「聽好，你這個肥腫的爬行類，」男人說：「我唯一的錯誤是燒死敵人的速度不夠快，次數也不夠頻繁。我向你保證，我比以前更強大了，我的組織遍布各地，我的同夥也都準備就緒。等到我們掌控全部四個神諭，就能控制命運本身！」

「而那會是多麼光輝的日子呀。」匹松的聲音透露出輕蔑之意。「不過在那之前，你必須毀掉『第五個』神諭，對吧？那是我唯一無法控制的部分。你必須放火燒掉那叢……」

「多多納。」我說。

這句話自顧自地脫口而出，穿越裂隙共鳴迴盪。在這麼蠢的時刻回想起那個記憶片段，也在這麼蠢的時刻將它大聲說出口……噢，萊斯特．巴帕多普洛斯的身體眞是可怕的棲身之所啊。

在我們上方，對話嘎然而止。

梅格輕聲對我說：「你白痴啊。」

野獸說：「那是什麼聲音？」

我們沒有回答「喔，只是我們啦」，而是做了更蠢的事。我們其中一人，梅格或我（就我個人來說，我會怪到她頭上），一定是踩到滑溜的小石頭，結果兩人一起從岩架滑下去，墜入下方的硫磺煙霧深處。

嘎吱。

迷宮眞是超有幽默感的，沒有讓我們撞上岩石地板而死，而是掉進一堆溼答答又裝得飽滿的垃圾袋。

如果你很注意計算，那麼自從我變成凡人以來，這是「第二次」摔進垃圾裡，比任何天神應該忍受的次數多了兩次。

我們兩人三腳激動亂踹，從垃圾堆滾下來，滿身髒汙掉到底部，但是，奇蹟發生了，我們還活著。

梅格坐起來，身上灑了一層咖啡渣。

我從頭上扯掉一塊香蕉皮，然後把它扔到旁邊。「你一直害我們掉在垃圾堆上到底是爲了什麼？」

「我？失去平衡的人是你耶！」梅格抹抹臉，但沒有變得比較好。她的另一隻手用顫抖的手指抓著金蘋果。

「你還好嗎？」我問。

「很好。」她厲聲說。

顯然不正確。她看起來好像剛剛穿越黑帝斯的鬼屋。（專業小建議：千萬不要去。）她的臉色一片慘白，而且用力咬著嘴唇，她的牙齒都讓鮮血染成粉紅色。我也察覺到微微的尿味，表示我們之中有一人因爲驚嚇過度而尿失禁，而我有百分之七十五的把握很確定那個人不是我。

「樓上那個男人，」我說：「你認得他的聲音？」

「閉嘴。這是命令！」

我想要回嘴。令人震驚的是，我發現自己無法回嘴。我的聲音竟然完全聽從梅格的命令，這可不是好兆頭。我決定暫時把關於「野獸」的問題放到一邊，等一下再說。

我環顧四周，這裡是陰暗的小型地下室，四面牆壁都有輸送垃圾的溝槽。就在我的注視下，又有一袋垃圾從右邊的溝槽滑下來，摔在垃圾堆上。氣味好強烈，假如牆壁的灰色空心磚塗了油漆，這氣味恐怕會把油漆灼燒掉，不過這還是比聞到匹松噴出的煙霧好多了。唯一看到的出口是一道金屬門，上面掛著生物危害標誌。

「我們在哪裡？」梅格問。

我看著她，默默等待。

「你現在可以講話了。」她補上一句。

「答案可能會嚇到你，」我說：「不過我們似乎在一個垃圾處理間。」

「可是在哪裡啊？」

「可能在任何地方。迷宮與全世界所有地底下的空間交織在一起。」

「像是德爾菲。」梅格惡狠狠地瞪著我，彷彿我們的希臘小旅行全是我的錯，而不是……嗯，只不過間接是我的錯。

「眞是沒想到，」我坦白說：「我們需要與奇戎談一談。」

「多多納是什麼？」

「我……我以後會完整說明。」我不想讓梅格再次叫我閉嘴，也不希望被困在迷宮裡的時候談論多多納。我起了雞皮疙瘩，而這顯然不是因爲全身滿是黏答答的汽水。「首先，我們得趕快離開這裡。」

梅格瞥了我背後一眼。「嗯，不完全都是垃圾。」她走到垃圾堆裡，拿出第二顆發亮的水果。「只剩下一顆蘋果要找了。」

「太好了。」我最不在乎的事情就是完成哈雷的荒謬比賽，但是比賽至少能讓梅格振作起來。「好啦，我們去瞧瞧那道門後面到底有什麼驚人的生物危害物質。」

19

他們失蹤了？
不，不，不，不，不，不，不，不，諸如此類

我們遇到的唯一一種生物危害物質是蔬菜杯子蛋糕。

我們走過好幾條以火炬照亮的走道後，闖進一間人潮洶湧的商店，根據菜單板上的內容看來是現代的麵包店，它有個意義不明的店名「第十級素食主義者」。我們身上的垃圾加火山氣體臭味很快就把客人嚇跑，大部分的人都擠向門口，也導致很多非乳製品、無麩質的烘焙商品掉到地上慘遭踐踏。我們躲到櫃檯後面，再衝過廚房門，發現自己置身於一座地下的圓形劇場，看起來有好幾世紀的歷史。

一層層石砌座位環繞著鋪設沙子的場地，大約是鬥劍比賽的場地大小。好幾十條粗鐵鍊從天花板垂下，我很想知道會有什麼恐怖的場面在這裡上演，但我們不能停留太久。

我們躡手躡腳走到對面，重新進入蜿蜒曲折的迷宮走道裡。

到了這時，我們的兩人三腳跑步技巧已經很純熟了。每次只要開始覺得疲累，我就在心裡想像匹松正在後面追趕，大噴有毒氣體。

最後，我們轉過一個彎，梅格突然大喊：「在那裡！」

走道的正中央放著第三顆金蘋果。

這一次，我實在太累了，根本懶得思考會不會有陷阱。我們一蹦一跳地向前走，直到梅格撈起那顆水果。

就在這時，我們正前方的天花板突然往下降，形成一道斜坡。新鮮空氣湧入我的肺。我們爬向斜坡頂端，但感覺卻不是興高采烈，我的內心突然變得像皮膚表面的垃圾汁液一樣冰冷。我們回到森林裡了。

「不要是這裡啊，」我喃喃說著：「天神啊，不要。」

梅格蹦蹦跳跳地繞了一整圈。「說不定這是另一座森林。」

然而並不是。我可以感覺到一棵棵樹木以怨恨的眼神看著我，地平線往四面八方延伸到遠處。開始有聲音喃喃低吟，顯然警覺到我們的存在。

「快跑。」我說。

簡直就像接到暗號一樣，我們腿上的綁帶猛然鬆開。兩人一起拔腿狂奔。

即使梅格的臂彎裡滿是蘋果，她依然跑得比較快。只見她在樹木之間不斷變換方向，一下往左、一下往右穿梭前進，彷彿跑在一條只有她看得見的跑道上。我的雙腿肌肉疼痛，胸口像是要燃燒起來，但我不敢落後太多。

前方有許多閃爍的亮點，漸漸分離成一支支火炬。最後，我們衝出森林，迎面而來的是一群學員和羊男。

奇戎連忙疾馳而來。「感謝天神！」

「不客氣。」我出於習慣脫口而出，其實喘得上氣不接下氣。「奇戎……我們得談一談。」

在火炬的亮光中，半人馬的臉龐彷彿從影子裡浮現出來。「好的，我的朋友，沒問題。然而首先要解決的是，我擔心還有一隊沒有現身……是你的孩子們，凱拉和奧斯汀。」

要不是奇戎強迫我們去淋浴並換掉衣服，我可能早就直接衝回森林了。

等到我梳洗完畢，凱拉和奧斯汀還是沒有回來。

奇戎已經派遣木精靈組成搜查隊進入森林，主要是假設木精靈在她們家園範圍內很安全，但他堅持不讓半神半人加入搜索行列。

「我們不能再讓其他人冒險，」他說：「凱拉、奧斯汀，還有……還有其他失蹤的人……他們也不希望那樣。」

現在有五名學員失蹤了。我可沒有心懷幻想，認為凱拉和奧斯汀會自己回來。野獸的話語還在我的耳裡反覆迴盪：「我把賭注提高了，阿波羅沒有選擇的餘地。」

他不知用什麼方法把目標鎖定在我的孩子們身上。他引誘我去找他們，然後找到那個祕密神諭的大門。其實我還有很多方面想不透，包括古老的多多納樹林怎麼會搬到這裡？那個「大門」究竟是什麼樣子？野獸為什麼認定我可以打開大門？他又是怎麼拐走凱拉和奧斯汀？不過有一件事我非常確定：野獸說得對，我沒有選擇的餘地。我必須找到自己的孩子……找到我的朋友們。

我本來不想理會奇戎的警告，正準備衝進森林裡，突然傳來威爾驚慌失措的喊叫聲：「阿波羅，我需要你幫忙！」

他已經在草地的另一端設立臨時醫院，有六名學員受了傷，躺在那裡的擔架上。他正發狂似地救治保羅．蒙提斯，而尼克奮力壓制不斷尖叫的傷者。

我跑到威爾身邊，眼前的景象令我嚇得身子一縮。保羅有一條腿差點被鋸斷。

「我把它接回去了，」威爾對我說，他因為極度疲累而聲音顫抖，臉上的短髭被噴濺得血跡斑斑。「我需要有人壓緊他。」

我指著森林。「可是……」

「我知道！」威爾厲聲說：「你不覺得我也想去那裡找人嗎？我們的醫療人手不夠啊，那個袋子裡有一些藥膏和神飲。快點！」

他的語氣讓我震驚不已。我明白他對凱拉和奧斯汀的關心程度與我不相上下，唯一的差別是，威爾很清楚他的職責所在，他必須先治好受傷的人，而且他需要我的幫忙。

「好……好的，」我說：「好的，當然好。」

我抓起補給袋，接手照料保羅，他已經因為劇痛而昏過去了。

威爾更換他的外科手套，同時看了森林一眼。「我們會找到他們，一定會找到他們。」

尼克．帝亞傑羅把水壺遞給他。「喝水。此時此刻，這裡是你需要待的地方。」

我看得出來，黑帝斯之子也很憤怒。他腳邊四周的青草都冒著煙，而且漸漸枯萎。

威爾嘆了一口氣。「你說得對。但這樣並沒有讓我的心情好過一點。現在我得把瓦倫提娜斷掉的手臂接回去，你想幫忙嗎？」

「聽起來好可怕，」尼克說：「動手吧。」

我負責照顧保羅．蒙提斯，直到確定他脫離險境為止，然後請兩位羊男把他的擔架抬到希碧小屋去。

我也盡力照顧其他人。琪亞拉有輕微腦震盪，吳貝莉染上愛爾蘭踢踏舞的毛病，荷莉和蘿瑞兒．維克多則須移除背上的炮彈碎片，這多虧她們近距離遇上一個會爆炸的鏈鋸飛盤。果眞如同預測，維克多雙胞胎拿到第一名，不過她們也要求得知誰的背上取出的炮彈碎片比較多，那人才能取得自吹自擂的權利。我叫她們安靜一點，否則再也不允許她們戴上勝利者的桂冠。（身爲擁有桂冠專利權的人，這點是我的特權。）

我發現自己的凡人治療技巧還算過得去。威爾．索拉斯比我出色太多，但這件事對我的打擊沒有像箭術和音樂方面那麼大，可能因爲我在治療方面本來就只是第二把交椅，我兒子阿思克勒庇俄斯[67]到了十五歲就成爲掌管醫藥的天神，我眞是再高興不過了，這讓我有時間發展其他的興趣。更何況，像這樣有個孩子長大成爲醫生，絕對是每一位天神的夢想。

我終於把所有炮彈碎片都取出來之後，哈雷拖著蹣跚步伐走過來，手裡拿著他的信標裝置。他的眼睛腫腫的，顯然剛哭過。

「都是我的錯，」他咕噥說著：「我害他們失蹤了。我……我很抱歉。」

他渾身發抖。我這才明白，這小男孩很怕我會採取什麼行動。

過去兩天以來，我很渴望再次讓凡人驚慌害怕。我的胃因爲怨恨和痛苦而激烈絞痛。我好希望能夠怪罪某人，要他爲了我的尷尬處境、爲了一個個失蹤事件、爲了我自己沒有能力改善現況而負起責任。

看著哈雷，我的憤怒突然消散殆盡，只覺得自己好空虛、好愚蠢、好丟臉。沒錯，我，

[67] 阿斯克勒庇俄斯（Asclepius），希臘神話中的醫療之神，是阿波羅的兒子。

阿波羅……眞是丟臉死了。說眞的，這是空前絕後的事件，應該會讓宇宙分崩離析才對。

「不會有事的。」我對他說。

他吸吸鼻子。「跑道延伸到森林裡，不該那樣安排的。他們失蹤了，而且……而且……」

「哈雷……」我伸手握住他的手。「我可以看看你的信標嗎？」

他眨眨眼擠掉眼淚。我猜他很怕我可能會摔爛他的玩意兒，但他還是讓我拿著。

「我不是發明家，」我一邊說著，一邊盡可能輕輕轉動那個裝置，「我不像你父親的手那麼巧，但我眞的很懂音樂，我相信機械裝置的E音頻最好調整成三二九．六赫茲，這樣就能與神界青銅達到最好的共鳴。如果你調整信號……」

「非斯都會聽到？」哈雷的眼睛睜得好大。「眞的嗎？」

「我不知道，」我坦白說：「就像你也不知道今天迷宮會有什麼反應。但那不表示我們應該停止嘗試。赫菲斯托斯之子，永遠不要停止發明東西。」

我把他的信標還給他。大約數到三的時間，哈雷一直以不可置信的表情看著我，然後他用力抱住我，差點又害我肋骨骨折，接著他匆匆忙忙離開了。

我繼續照顧最後一位傷者，這時鳥身女妖前來清理整個區域，把用過的繃帶、破損衣物和壞掉的武器全部撿走。她們把所有金蘋果集中在一個籃子裡，答應要烤幾個美味又閃亮的蘋果餡餅給我們當早餐吃。

在奇戎的催促下，其餘學員解散回到自己的小屋去。他答應大家，明天早上會決定接下來該採取什麼行動，可是我連一時半刻都無法等待。

等到其他人全都離開，我立刻轉身面對奇戎和梅格。

「我要去找凱拉和奧斯汀，」我對他們說：「你們可以選擇參加或不參加。」奇戎的表情很緊繃。「我的朋友，你累壞了，而且沒有準備好。回去你的小屋吧。那樣達不到目的……」

「不。」我揮手要他住口，一副我好像還是天神的樣子。這手勢出自一位十六歲的無名小卒，看起來可能很莽撞，但我一點都不在乎。「我非進行不可。」

半人馬低下頭。「比賽前我應該聽你的話。你企圖警告我。你……你到底發現什麼事？」

這個問題就像安全帶一樣，遏止了我的衝動。

歷經救回薛曼．楊、又在迷宮裡聽到匹松的聲音之後，我本來很確定自己知道眞正的答案。我還記得「多多納」那個名稱，還有關於會說話的樹林那些故事……

而現在又來了，我的腦袋再度變成一碗稀哩呼嚕的凡人漿糊。我想不起自己對什麼事感到興奮，也想不起本來打算做什麼事。

也許筋疲力竭和巨大壓力造成很大的影響吧。或者宙斯可能正在操控我的腦袋，引誘我稍微瞥見一點點實情，然後又把它們奪走，把我的「啊哈！」興奮發現時刻變成「啥？」的疑惑時刻。

我滿心挫折，忍不住大吼：「我想不起來啦！」

梅格和奇戎很緊張，彼此互看一眼。

「你不能去。」梅格很堅定地說。

「什麼？你不能……」

「那是命令，」她說：「除非我說可以，否則你不能進入森林。」

這命令害我打了個寒顫，從脖子一路顫抖到腳底。

我的指甲掐進手掌裡。「梅格．麥卡弗瑞，假如我的孩子們死了，只因爲你不讓我……」

「就像奇戎說的，你那樣只會害自己沒命。我們會等到天亮再採取行動。」

我不禁想著，如果能在正中午的時候把梅格從太陽戰車扔下去，該會感到多麼心滿意足啊。但另一方面，我心裡有某些理性的部分意識到她說得沒錯，我根本沒資格展開單人救援行動。想到這點又令我更加火大。

奇戎的尾巴左右掃動。「嗯，那麼……明天早上我再與你們碰面，我們一定會找到解決方法，我保證一定會。」

他最後又看了我一眼，彷彿很擔心我會開始繞圈跑、對著月亮狂吠。接著，他小跑步前往主屋。

我對梅格沉下臉。「今天晚上我會待在外面這裡，說不定凱拉和奧斯汀會回來。除非你也想禁止我這樣做。」

她只聳聳肩。就算只是聳肩，看了也令人超火大。

我衝向「我的」小屋，抓了幾件用品，包括手電筒、兩條毯子和一罐水。再稍微考慮一下，我又從威爾．索拉斯的書架上拿了幾本書。他保存了一些關於我的參考資料要給新來的學員看，這沒什麼好意外的。我心想，也許這些書有助於觸動我的記憶；如果不行，它們也可以當做生火的良好火種吧。

我回到森林邊緣時，梅格還在那裡。

我沒料到她會一直守在我旁邊。以她的身分，顯然認定最好的做法就是一直激怒我。

她坐在我旁邊的毯子上開始吃一顆金蘋果，原來她在外套底下藏了一顆。冬天的冷霧飄過林間，夜晚的微風吹動青草，宛如陣陣波浪。

如果不是身處於這種情況，我可能會把眼前景象寫成一首詩。如今在這種心理狀態下，我只能勉強譜出送葬的輓歌，而我一點都不願想到死亡。

我很想繼續生梅格的氣，但實在沒辦法。我想，她非常關心我最在意的事情……或者，至少還沒打算眼睜睜看著她的天神新僕人害自己送命。

她沒有試圖安撫我，也沒有提出任何問題，只是撿起幾顆小石頭扔進森林以此自娛。我對那並不在意，假如我有一整架投石機，也會很樂意借她玩。

夜晚緩慢進行，我讀著威爾那些書裡的我自己。

一般來說，這會是令人開心的差事，畢竟我是那麼迷人的主題。然而，這一次我從自己的光榮功績得不到半點滿足感，那些事全都好像誇大不實、謊話連篇，以及……嗯，像是神話傳說。不幸的是，我發現有一個章節談到神諭，那幾頁內容喚醒我的記憶，讓我最糟糕的懷疑得到確認。

我實在太氣憤了，以至於沒有感到害怕。我惡狠狠瞪著森林，想看那些低聲說話的聲音是否敢惹我。我心想，那就來啊，把我也帶走。森林維持沉默，凱拉和奧斯汀也沒有回來。

到了拂曉時分，開始下起雪來。梅格直到這時候才開口說話：「我們應該去室內。」

「然後拋棄他們？」

「別做蠢事啦。」雪花落在她冬天外套的兜帽上像是撒了鹽，她的臉隱藏在帽子底下，只露出鼻尖和眼鏡上水鑽的閃光。「你在這裡會凍僵。」

我注意到她沒有抱怨自己很冷。我很好奇她到底有沒有覺得不舒服，難道狄蜜特的力量會讓她安然挺過冬天？就像葉子落盡的樹木，或者土壤裡休眠的種子？

「他們本來是我的孩子啊。」說出「本來」這樣的話讓我很傷心，但凱拉和奧斯汀的失蹤感覺是無法挽回了。「我應該多保護他們的，應該預先想到我的敵人會以他們為目標，藉此來打擊我。」

梅格又對森林扔出另一顆石頭。「你有一大堆小孩耶，每一次他們有人惹上麻煩，你都會怪罪自己嗎？」

答案是「不會」。好幾千年來，我很少花力氣記住孩子們的名字，如果偶爾寄生日卡片或魔法笛子給他們，我就覺得自己眞的很棒了。有時候我根本不知道他們死了，直到幾十年後才發現。法國大革命期間，我很擔心自己的兒子「太陽王」路易十四，於是下凡去查看他的狀況，這才發現他早在七十五年前就過世了。

而現在，我有了凡人的良心，雖然壽命縮短了，罪惡感卻似乎擴大了。我沒辦法向梅格解釋這些事，她絕對無法理解，可能只會對我扔石頭吧。

「匹松奪回德爾菲都是我的錯，」我說：「牠重新出現的時候，我還是天神，如果當時殺了他，牠的力量絕對不會變得這麼強大，也絕對不會與那個……那個『野獸』結盟。」

梅格聽了低下頭。

「你認識他，」我猜測說：「在迷宮裡，你一聽到野獸的聲音也變得很害怕。」

我很擔心她可能又會命令我閉嘴，然而她什麼也沒說，只是摸著她那金戒指上的新月形。

「梅格，他想要毀滅我，」我說：「不知道為什麼，他隱身在這些失蹤事件的背後。我們對這個男人了解得愈多……」

「他住在紐約。」

我等了一下。你很難從梅格的兜帽頂上收集到太多資訊。

「好吧，」我說：「這樣讓搜尋範圍縮小到八百五十萬人了。還有什麼資訊？」

梅格摳著她手指上的硬繭。「如果你是在街頭討生活的半神半人，就會聽過『野獸』的名號。他吸收像我這樣的人。」

一片雪花在我的頸背慢慢融化。「吸收人們……爲什麼？」

「訓練他們，」梅格說：「利用他們，就像……僕人、士兵，我也不知道。」

「而你見過他。」

「拜託別問我……」

「梅格。」

「他殺了我爸。」

她說話的語氣好平靜，但那些話擊中我的力道比石頭打到我的臉還痛。「梅格，我……我很抱歉。怎麼會……？」

「我拒絕幫他做事，」她說：「我爸拚命要……」她握緊雙拳。「那時候我還很小，幾乎想不起來了。我逃走了，要不然野獸也會殺了我。我繼父收養我，他對我很好。你要問他爲什麼訓練我打鬥？爲什麼給我這些戒指？他希望我安全沒事，能夠保護我自己。」

「不受野獸的威脅。」

她低下頭。「成爲優秀的半神半人，努力訓練……那是避免落入野獸之手的唯一方法。現在你知道了。」

事實上，我的疑惑比以前更多了，不過也感覺到梅格現在沒有心情分享更多事。先前我們站在德爾菲房間底下的岩架上，我還記得她當時的表情……她認出野獸聲音時的表情是徹底的恐懼。並非所有的怪物都是三噸重的爬行類，而且會噴出有毒的臭氣。很多怪物都戴著人類的面具。

我瞥了森林深處一眼。在那裡面某處，有五位半神半人被當成誘餌，其中兩個是我的孩子。野獸要我去找他們，我一定會去，但絕不會讓他利用我。

「我在混血營裡有很稱職的幫手。」野獸曾經這麼說。

那句話讓我很困惑。

從過去的經驗來看，任何一位半神半人都有可能轉而對抗奧林帕斯山。以前坦塔羅斯[68]把自己兒子剁開來燉肉、企圖毒死我們眾神時，我就在宴會桌上。我曾經見證米特里達悌國王與波斯人結盟，屠殺了安納托利亞境內的每一個羅馬人。我曾目睹克呂泰涅斯特拉王后變成殺人凶手，殺了自己的丈夫阿卡門農，只因爲他把一個微不足道的人類獻祭給我。半神半人眞是一群難以預料的人啊。

我瞥了梅格一眼，很好奇她會不會對我說謊，或者會不會是某種間諜。似乎不太可能，她實在太固執、魯莽、討厭，不可能當稱職的間諜。更何況嚴格說來她是我的主人，不管下令要我去做什麼，我幾乎都得遵命。如果她企圖殺了我，我早就死翹翹了。

也許是達米安．懷特……選擇涅梅西絲之子來做卑鄙的陷害工作，似乎再自然不過了。

或者是柯納．史托爾、愛麗絲或茱莉亞……荷米斯的孩子最近曾幫助克羅諾斯而背叛眾神，很有可能故技重施。也說不定是漂亮的泰姬之女琪亞拉與野獸聯手，幸運女神的孩子是天生的賭徒。事實上，我根本一點頭緒也沒有。

天空由黑轉灰，我漸漸意識到遠方傳來「咚，咚，咚」的聲音，是一陣快速且連續的脈搏聲，變得愈來愈響亮。剛開始我很擔心那是我腦袋裡的血流聲，人類的大腦會因爲擔心太多事而爆炸嗎？然後我才意識到那是機械的聲音，從西邊傳來。顯然是現代旋轉葉片劃破空氣的聲音。

梅格抬起頭。「那是直升機嗎？」

我站起身。

機器現身了……是一架暗紅色的貝爾公司四一二型直升機，沿著海岸線從北方飛來。（像我這麼常飛越天空的人，對所有的飛行機都瞭若指掌。）直升機側邊塗裝了亮綠色的標誌，同時有「戴爾企業」字樣。

儘管滿心悲苦，我心裡還是燃起一絲希望。羊男米勒德和赫伯特一定是把我們的訊息成功傳遞出去了。

「那個，」我對梅格說：「是瑞秋·伊莉莎白·戴爾。我們去瞧瞧德爾菲的神諭怎麼說。」

---

68 坦塔羅斯（Tantalus），宙斯的兒子。他曾向人類洩漏天界的祕密，並將神飲偷去給凡人朋友，甚至為了測驗天神們是否真的無所不知，將自己的兒子烹煮後宴請天神，因此觸怒眾神，被流放到冥界的刑獄遭受永恆的刑罰。

20

別塗掉眾神
如果要重新裝修
那就像，常識

瑞秋．伊莉莎白．戴爾是我最喜歡的凡人之一。兩個夏天前，她才剛成爲神諭，立刻替這項工作帶來新的活力和刺激。

當然啦，前任神諭早已是行屍走肉，所以比較的標準或許有點低。不管怎樣，眼見「戴爾企業」的直升機降落在東邊山丘外側，剛好停在營區邊界之外，我還是異常興奮。我很想知道瑞秋怎麼說服她父親（他是超級富有的房地產大亨），才能順利借到一架直升機。我確信瑞秋說起話來很有說服力。

我跟著梅格跑步穿越山谷。我已經開始想像瑞秋出現在山頂上會是什麼模樣：一頭捲曲的紅髮，臉上掛著活潑笑容，上衣噴濺了點點油漆，搭配滿是塗鴉的牛仔褲。我好需要她的幽默、智慧和韌性。神諭會讓我們全部振作起來；最重要的是，她會讓我振作起來。

我沒有準備好面對現實。（還是一樣，太令人震驚了。一般來說，現實會自己準備好來面對「我」啊。）

瑞秋在山上她的洞穴入口附近與我們碰面。我過了一會兒才發現，奇戎派去傳遞訊息的兩名羊男並沒有和她一起來，於是很好奇他們不曉得怎麼樣了。

戴爾小姐看起來變瘦又變老，比較不像高中女生，而像古代的年輕農婦，因爲辛勤工作和食物短缺而滿面風霜又憔悴。她的一頭紅髮失去原本的彈性，變得好像暗紅色的簾幕框住她的臉龐。她的雀斑已經變淡成浮水印般，一雙綠眼睛不再炯炯有神，而且身穿連身裙……是白色的棉質連身裙，搭配白色披肩，外面套著銅綠色外套。瑞秋從來沒穿過連身裙。

「瑞秋？」我很擔心自己再說下去會說錯話。她完全變成另一個人了。

接著我才想起自己也一樣。

她仔細端詳我全新的凡人模樣，突然肩膀垮下去。「所以是眞的。」

我們下方傳來其他學員的聲音，直升機的聲響無疑把大家都吵醒了，他們衝出各自的小屋，聚集在山腳下。沒有人想要爬上山來找我們，也許他們感覺到一切都很不對勁。

直升機從混血之丘下方飛起來，然後轉朝長島海峽方向飛去，途中實在太靠近雅典娜·帕德嫩神像，我以爲它的起落橇會削斷女神那頂有翅膀的頭盔。

我轉身看著梅格。「你可以去對其他人說瑞秋需要一點空間嗎？還有去叫奇戎，他應該要上來。其他人則等一下。」

要求梅格聽從我的命令好像不太對，我有點預期她會踢我。然而，她緊張兮兮地看了瑞秋一眼，然後轉過身，拖著腳走下山丘。

「你的朋友嗎？」瑞秋問我。

「說來話長。」

「是喔，」她說：「我也有個說來話長的故事。」

「我們能去你的洞穴裡談談嗎？」

瑞秋癟著嘴。「你不會喜歡那裡。不過，沒錯，那裡可能是最安全的地方。」

洞穴不像我記憶中那麼舒適。

沙發翻倒在地，咖啡桌斷了一隻腳，地板上散落著畫架和畫布，就連瑞秋的三腳凳，也就是預言的座位本身，居然也側翻倒在一堆濺滿油漆的衣物上。

最令人不安的是牆壁的狀態。自從常駐在這裡以後，瑞秋一直在牆壁上作畫，如同以洞穴爲居所的神諭前輩們一樣。她花了很長時間繪製精細的壁畫，內容取材自過去的諸多事件、她所預見的未來景象、摘自書籍和音樂的名言佳句等，種種抽象的圖案畫得那麼美，就連知名的荷蘭版畫家埃歇爾看了都會覺得目眩神迷。藝術作品讓這個洞穴像是畫家工作室、迷幻藥癮君子住所、高架橋柱塗鴉的綜合體。我好愛。

但現在大多數的圖案已經被胡亂噴塗的白色油漆遮蓋住，旁邊有個刷漆滾筒塞在硬殼盒子裡。瑞秋顯然在幾個月前毀掉自己的作品，而且自從那之後還不曾回來這裡。

她對眼前的廢墟揮揮手，一臉無精打采的樣子。「我好沮喪。」

「你的作品……」我看著一片白漆，結結巴巴說不出話。「本來有一幅我的畫像畫得很好看……就在那裡。」

看到壁畫破壞成這樣，我心裡很不高興，特別是有些部分描繪我。

瑞秋看起來很羞愧。「我……我以爲一塊空白畫布可以幫助我好好思考。」從她的語氣聽得出來，把牆面塗白並沒有任何幫助。我可能也會對她說同樣的話。

我們兩人盡力清理環境，把沙發推回原位，這樣才有地方可以坐。瑞秋還是讓三腳凳躺在原地。

過了一會兒，梅格回來了。奇戎以完整的半人馬之姿跟在後面，他必須低下頭才能從洞口進來。他們發現我們坐在搖搖晃晃的咖啡桌邊，很像有文明教養的穴居人，一起喝著從神諭櫥櫃取出、有點微溫的亞利桑那罐裝茶，並吃些不新鮮的餅乾。

「瑞秋。」奇戎因爲放心而嘆氣。「米勒德和赫伯特在哪裡？」

她低下頭。「他們到我家的時候受了重傷。他們……他們沒有撐過去。」

也許是因爲奇戎背對晨曦逆光的關係，我總覺得他的鬍子又長出新的灰白鬍鬚。半人馬小跑步走過來，低下身子趴到地上，將四條腿收攏在身子底下。梅格則和我一起坐在沙發上。

瑞秋向前傾身，雙手合掌，每當她要述說預言的時候就會這樣。我有點希望德爾菲的靈氣會掌控她，但是沒有冒煙、沒有嘶嘶作響，也沒有發出神靈附身的粗啞聲音。實在令人有點失望。

「你們先說，」她對我們說：「告訴我，這裡發生了什麼事。」

我們讓她很快跟上進度，了解那些失蹤事件，以及我和梅格的連串遭遇。我詳細說明兩人三腳競賽，以及我們到德爾菲順道一遊的經歷。

奇戎的臉色好蒼白。「我都不知道這件事。你們去過德爾菲？」

瑞秋以不可置信的眼神瞪著我。「『那個』德爾菲。你看到匹松，而你……」

我有預感，她想說的是：「而你沒有殺了牠？」但她逼自己忍住，沒有說出口。

我好想跑去面壁思過。也許瑞秋可以幫我全身塗上白漆而隱形。比起面對這些過錯，隱形起來可能比較不會那麼痛苦。

「以目前的狀態，」我說：「我不可能打敗匹松。我實在太虛弱了，而且……嗯，第八十八條軍規。」

奇戎啜飲他那罐亞利桑那茶。「阿波羅的意思是說，如果沒有預言，我們不能派發任務，而沒有神諭就無法得到預言。」

瑞秋凝視著她那張翻倒的三腳凳。「而這個男人……就是『野獸』。你對他有什麼樣的了解呢？」

「了解不多。」我說明自己在夢中見到的情景，以及我和梅格在迷宮裡偷聽到的事。「野獸會在紐約綁架年輕的半神半人，顯然惡名昭彰。梅格說……」我突然結巴，因爲看到梅格的表情，顯然是要警告我別亂提她個人的過往情事。「呃，她和野獸有一些交手經驗。」

奇戎挑挑眉毛。「親愛的，你可以告訴我們一些可能有用的訊息嗎？」

梅格陷進沙發靠墊裡。「我曾和他狹路相逢。他很……他很可怕。那段記憶有點模糊。」

「模糊。」奇戎跟著唸一次。

梅格盯著她裙子上的餅乾屑，一副非常感興趣的樣子。

瑞秋對我露出詫異的眼神。我搖搖頭，盡力傳達警告之意：「心靈創傷。別問。可能遭到小桃兒的攻擊。」

瑞秋似乎接收到訊息了。「沒關係，梅格，」她說：「我有一些訊息可能有幫助。」她從外套口袋裡掏出手機。「別碰這個。你們可能也發現了，在半神半人周圍，手機功能變得比平常更加無法控制。嚴格來說我不是你們的一份子，但連我也沒辦法打電話，只剩下還能拍幾張照片。」她把螢幕轉過來對著我們。「奇戎，你認得這個地方嗎？」

照片是晚上拍的，顯示一棟玻璃帷幕住宅大樓的高樓層。從背景看來，它位於曼哈頓市中心某處。

「那是你去年夏天描述的大樓，」奇戎說：「就是你和羅馬人會談的地方。」

「沒錯，」瑞秋說：「那地方感覺不太對勁。我忍不住心想……羅馬人怎麼能取得這麼高級的曼哈頓房地產，卻幾乎沒有引起注意？擁有的人是誰？我試著聯絡蕾娜，想知道她能不能告訴我什麼訊息，但是……」

「通訊有問題？」奇戎猜測說。

「完全正確。我甚至送出實體信件，寄到朱比特營在柏克萊的投遞信箱。沒有回應。於是我請我爸的房地產律師探聽一下。」

梅格從她的眼鏡上方窺看。「你爸有律師？還有直升機？」

「好幾架直升機。」瑞秋嘆了口氣。「他超煩的。總之，那棟樓房的擁有者是一間空殼公司，它的擁有者又是另一間空殼公司，吧啦吧啦之類的。最後的母公司叫做什麼『三巨頭[69]控股公司』。」

我覺得好像有白色油漆沿著背後慢慢滴下。「三巨頭……」

梅格做了個鬼臉。「那是什麼意思？」

「三巨頭是由三個人組成的統治議會，」我說：「至少在古羅馬是這樣的意思。」

---

[69] 羅馬帝國有兩組著名的三巨頭（triumvirate），分別是公元前六十年由凱撒、龐貝和克拉蘇組成的「前三巨頭」，以及公元前四十三年由屋大維、雷必達和馬克・安東尼組成的「後三巨頭」，都是為了政治利益而組成的統治聯盟。

「很有趣喔，」瑞秋說：「因爲下面這張照片。」她輕觸手機螢幕。新的一張照片將畫面拉近，對準大樓的閣樓大陽台，那裡有三個幽暗的人影站在一起講話……三個男人都穿著西裝，只有公寓內的燈光微微照亮。我看不清楚他們的臉孔。

「這些人就是三巨頭控股公司的擁有人，」瑞秋說：「光是要拍這張照片就很不簡單。」她把垂到臉上的一綹鬈髮吹開。「我花了過去兩個月調查他們，結果連他們的名字都不知道。我不知道他們住在哪裡或來自何方。不過我可以告訴你們，他們擁有那麼多房地產、那麼多金錢，讓我爸的公司相形之下像是小孩子開的檸檬水路邊攤。」

我盯著照片中那三個模糊人影，幾乎可以看出左邊那個人就是野獸。他那懶散的姿態以及比例顯得過大的頭，在在讓我回想起夢中身穿紫色西裝的男人。

「野獸說，他的組織遍布各地，」我回憶著說：「他提過他有同夥。」

奇戎的尾巴揮來揮去，活像一支油漆刷在洞穴地板上刷來刷去。「半神半人的成年人？我無法想像他們會是希臘人，不過也許是羅馬人？假如他們出手幫忙屋大維打那場戰爭……」

「噢，他們出手了，」瑞秋說：「我找到一張紙本紀錄，訊息並不多，但你們記得屋大維要摧毀混血營而打造的那些攻城武器吧？」

「不記得。」梅格說。

我本來不想理她，但是瑞秋的心地比較善良。

她很有耐心地露出微笑。「抱歉，梅格，你在這裡就像待在家裡一樣，我都忘了你才剛來不久。基本上，羅馬的半神半人曾用巨大的投石機器攻擊這個營區，稱爲石弩。那完全是很大的誤會。總之，那些武器是由三巨頭控股公司出資打造。」

奇戎皺起眉頭。「那可不妙。」

「我甚至發現更令人不安的事，」瑞秋繼續說：「你們還記得在那之前，也就是泰坦巨神戰爭期間，路克．凱司特倫曾經提過他在凡人世界有靠山？他們有夠多的錢可以買遊輪、直升機和武器，甚至雇用凡人傭兵。」

「同樣不記得。」梅格說。

我翻了個白眼。「梅格，我們不能停下來向你解釋每一場重要大戰！路克．凱司特倫是荷米斯的孩子，他背叛這個營區，與泰坦巨神聯手攻擊紐約。大戰一場，我救了那一天，諸如此類。」

奇戎咳嗽一聲。「不管怎麼說，我確實記得路克宣稱他背後有很多人的支持，而我們從來沒有找出那些人到底是誰。」

「現在我們都知道了，」瑞秋說：「那艘遊輪，安朵美達公主號，就是三巨頭控股公司的資產。」

一陣令人不安的寒顫緊緊攫住我。關於這件事，我覺得自己應該知道點什麼，但這顆凡人腦袋再度背叛我。我比之前更加確定宙斯在玩弄我，害我的視覺和記憶都嚴重受限。然而我還記得屋大維曾經向我提出一些保證，包括他很容易就能贏得那場小小戰爭、爲我建立全新的神廟，以及他擁有多麼強力的奧援。

瑞秋的手機螢幕變暗了（我的腦袋未嘗不是），但那張顆粒很粗的照片依然在我的視網膜上熒熒燃燒。

「那些男人……」我撿起一管用完的赭褐色顏料。「我擔心他們不是現代的半神半人。」

瑞秋皺起眉頭。「你認為他們是穿過死亡之門而來的古代半神半人嗎，就像梅蒂亞，或米達斯？事實是，三巨頭控股公司自從蓋婭開始要覺醒之前就存在了，至少有數十年之久。」

「數個世紀，」我說：「野獸說，他的帝國已經建立了數個世紀之久。」

洞穴裡變得好安靜，我不禁想像匹松的嘶嘶聲，以及從地底深處緩緩冒出的煙氣。眞希望來點背景音樂把它掩蓋掉……爵士樂或古典音樂都好。死亡金屬波卡舞曲也勉強能接受。

瑞秋搖搖頭。「那麼是誰……？」

「我不知道，」我坦白說：「但是野獸……在我的夢中，他說我是他的祖先。他假定我會認出他，而如果我的天神記憶保持完整，應該會認得才對。他的舉止、他的口音、他的臉部特徵……我以前見過他，只不過不是在現代。」

梅格變得非常安靜，我明顯感覺到她超想躲進沙發靠墊裡面。一般來說，這種情形並不會讓我覺得困擾，但經過迷宮裡的經歷之後，每一次提到野獸，我都有罪惡感。一定是我那討厭的凡人良心跑出來搗蛋。

「『三巨頭』這個名稱……」我輕拍額頭，想從毫無頭緒的腦袋裡搖出幾許訊息。「我最後一次對付過的三巨頭包括雷必達、馬克．安東尼，以及我兒子，也就是最早的屋大維。三巨頭這個概念非常有羅馬人的風格……就像愛國、陰謀和暗殺一樣。」

奇戎撫摸著鬍子。「你認為這些男人是古代的羅馬人？怎麼可能呢？只要有靈魂從冥界逃跑，黑帝斯就會追捕他們啊，他不會讓三個男人從古代橫衝直撞逃進現代世界，還待了好幾個世紀之久。」

「還是一樣，我不知道。」說這種話對我的天神敏感度實在是莫大侮辱。我暗自決定等我回到奧林帕斯山，一定要用塔巴斯克辣醬口味的神飲努力漱口，把這些糟糕的話全部清掉。

「不過，這些人似乎從很久以前就密謀與我們作對。他們資助路克．凱司特倫的戰爭，也支援朱比特營的羅馬人進攻混血營，而且除了那兩場戰爭，三巨頭依舊存在，繼續暗中密謀。說不定這個公司是，呃，引發一切混亂的根基？」

奇戎看著我，活像是我正在挖掘他的墳墓。「這種想法實在太危險了，那三個男人真有這麼大的力量？」

我雙手一攤。「我的朋友，你活了那麼久，應該很清楚才對。天神、怪物、泰坦巨神……永遠都很危險。但對半神半人來說，最大的威脅永遠來自其他的半神半人。無論這個三巨頭到底是誰，我們都必須出手阻止，以免他們掌控那些神諭。」

瑞秋坐直身子。「你說什麼？神諭不只一個？」

「啊……我還是天神的時候沒有對你提過嗎？」

她眼裡的暗綠色變得更暗了一點。我很怕她正在想像一些方法，用她的美術用品施加痛苦在我身上。

「沒有，」她語氣平淡地說：「你沒有對我提過那些事。」

「喔……這個嘛，你也知道，我的凡人記憶有缺陷，我得讀一些書才能……」

「那些神諭，」她又說一次：「神諭不只一個。」

我深吸一口氣。我想要向她保證，其他那些神諭對我來說都沒有意義！瑞秋是最特別的！只可惜以她現在的處境恐怕聽不進去。我覺得最好還是坦誠以告。

「在古代的時候，」我說：「確實有很多個神諭。當然啦，德爾菲的名氣最響亮，但還有其他四個神諭，彼此力量相當。」

奇戎搖搖頭。「可是那些神諭在很久以前就遭到摧毀了。」

「我也這麼以為，」我表示同意。「現在我不確定。我相信三巨頭控股公司想要控制所有的古代神諭，而且我相信，其中最古老的神諭，也就是多多納樹林，根本就在混血營這裡。」

21

這是我職責
永遠要燒掉神諭
羅馬人超恨

我是非常戲劇化的天神。我認爲最後那句話說得太好了，感覺會讓大家倒抽一口氣，也許背景搭配一點莊嚴的管風琴音樂。也許我還來不及再說什麼，燈光就變暗了，而過一陣子之後，大家會發現我躺在地板上，身上插著一把刀，死了。那應該很刺激！

慢著。我現在是凡人，謀殺會要了我的命。當我沒說。

無論如何，剛才說的那些事都沒發生，我的三位同伴只是愣愣地看著我。

「四個其他的神諭，」瑞秋說：「你的意思是說，你還有另外四位匹提雅……」

「不，親愛的，匹提雅只有一位，就是你。德爾菲絕對是獨一無二的。」

瑞秋看來還是想拿十號硬毛筆插我鼻孔。「那另外四位『不獨一無二』的神諭……」

「嗯，一個是庫米的女先知。」我抹掉掌心的汗水。（凡人的掌心爲什麼會流汗啊？）「你也知道，她寫了《西卜林書》[70]，就是鳥身女妖艾拉記得的那些預言。」

梅格來來回回看著我們。「鳥身女妖……就像吃完午餐後清理餐桌的那些雞小姐嗎？」

---

[70]《西卜林書》（Sibylline Books），古羅馬時代的神諭集，包括許多先知代替上帝、神祇傳達的訊息，以及對於災難、戰爭、禍患的預言，目前僅小部分保留下來。

奇戎笑了。「梅格，艾拉是非常特別的鳥身女妖。好幾年前，她不知道爲什麼偶然間看到一本預言書，大家都以爲那些書早在羅馬帝國衰亡之前就全部燒掉了。而現在，我們朱比特營的朋友們正要以艾拉的記憶爲基礎，重現那些預言。」

瑞秋交叉雙臂。「那麼其他三個神諭呢？我很確定它們都沒有什麼年輕貌美的女祭司，你也不會讚美她們的談話……你們是怎麼說的？……『字字珠璣』？」

「啊……」不知道爲什麼，我覺得臉上的青春痘好像變成活生生的昆蟲，在我臉上爬來爬去。「嗯，根據我的廣泛研究……」

「他昨天晚上隨便翻了幾本書。」梅格幫忙澄清。

「嗯哼！有個神諭在歐律斯拉俄亞，另一個在特洛佛尼烏的洞穴。」

「天哪，」奇戎說：「我都忘了那兩個。」

我聳聳肩。我也幾乎什麼都不記得，它們可能是我比較不成功的預言分店吧。

「然後是第五個，」我說：「就是多多納樹林。」

「一片樹林，」梅格說：「就像很多樹的地方。」

「沒錯，梅格，很多樹的地方。樹林基本上是由樹木組成，而不是，呃，冰棒之類。多多納是一片神聖的橡樹林，是由母親女神在創世之初種下的。就連奧林帕斯眾神誕生的時候，它們都很古老了。」

「母親女神？」瑞秋在她的鏽綠色外套底下瑟瑟發抖。「拜託告訴我，你指的不是蓋婭。」

「不是，謝天謝地。我指的是瑞雅[71]，泰坦巨神的王后，第一代奧林帕斯眾神的母親。她的神聖樹林眞的可以說話，有時候它們會發布預言。」

「就是森林裡的那些聲音。」梅格猜測說。

「完全正確。我相信多多納樹林已經在混血營的森林裡自己重新生長出來。在我的夢境裡，我看到一個戴王冠的女人懇求我去找她的神諭，我相信那是瑞雅，只不過我還不明白她爲何配戴和平標誌，或者爲何使用『你瞭吧』那樣的詞彙。」

「和平標誌？」奇戎問。

「黃銅做的，很大一個。」我斬釘截鐵地說。

瑞秋的手指在沙發扶手上不停敲打。「如果瑞雅是泰坦巨神，那她不是很邪惡？」

「不是所有的泰坦巨神都很壞，」我說：「瑞雅是很溫和的人，泰坦巨神和天神第一次大戰時，她站在天神這邊。我認爲她希望我們得到勝利，她不希望自己的樹林落進我們敵人的手裡。」

奇戎用力揮動尾巴。「我的朋友，瑞雅已經有好幾千年不見蹤影，她的樹林在古早以前就燒掉了，狄奧多西大帝[72]又下令把僅剩的橡樹全部砍倒……」

「我知道。」我的眉心感到刺痛，只要有人提起狄奧多西就會這樣。我現在想起來了，那個惡霸把整個羅馬帝國的所有古代神廟全部關閉，基本上就是把我們這些奧林帕斯眾神驅逐出去。我以前經常在箭靶上貼著他的臉。「不過，還是有很多古代事物留存下來或重生了，例

[71] 瑞雅（Rhea），三大神的母親，克羅諾斯的妻子，也是泰坦巨神之一。她為了不讓克羅諾斯吃掉所有孩子都，偷偷將宙斯藏起來扶養長大。

[72] 狄奧多西大帝（Theodosius）是統一的羅馬帝國最後一位君主，最知名的事蹟是關閉整個帝國所有的古代神廟。

如迷宮就自己重建完成。那麼，一片神聖的樹林爲何不能在眼前這個山谷裡冒出來呢？」

梅格更加往椅墊裡面深陷進去。「這一切實在太詭異了。」年輕的麥卡弗瑞替我們的對話做了簡潔有力的總結。「所以，如果那些樹的聲音很神聖之類的，爲什麼它們要讓人失蹤？」

「你終於問了一個好問題。」希望這樣的讚美不會讓梅格產生大頭症。「在古時候，多多納的祭司會照顧那些樹，像是修剪啦、澆水啦，而且把風鈴懸掛在樹枝上面傳導聲音。」

「那有什麼用？」梅格問。

「我不知道，我又不是樹木祭司。不過如果照顧得當，那些樹可以預言未來。」

瑞秋撫平自己的衣裙。「那麼如果照顧得不好呢？」

「聲音會變得很散亂，」我說：「像是不和諧的瘋狂合唱。」我停下來，對自己最後一句話感到相當滿意。我希望有人能把它寫下來以便流傳後世，但沒有人動筆。「如果乏人照料，樹林絕對會把凡人逼瘋。」

奇戎皺起眉頭。「那麼，我們的失蹤學員就在樹林裡遊蕩，也許已經被那些聲音逼瘋了。」

「搞不好他們死了。」梅格加了一句。

「不。」我無法忍受這種想法。「不，他們還活著。野獸利用他們，試圖引誘我。」

「你是怎麼確定的？」瑞秋問：「而且爲什麼呢？假如匹松已經控制住德爾菲，爲什麼其他的神諭還這麼重要？」

我盯著牆壁上原本畫著我的優美肖像的地方，但刷白的牆面並沒有奇蹟似的浮現答案。

「我也不曉得。我相信敵人想要把可能發出預言的每一個來源都切斷，如果沒辦法看見命運、指導我們該怎麼做，我們會衰弱而死；只要與三巨頭作對，無論是天神和凡人，最後結局都一樣。」

梅格在沙發上轉成頭下腳上，還踢掉腳上的紅鞋。「他們要斬斷我們的主根。」她扭動腳趾作勢示範。

我回頭看著瑞秋，希望她能原諒我這位街頭頑童主人的不禮貌舉動。「至於多多納樹林爲何這麼重要，匹松提過，那是牠無法掌控的神諭。我並不了解眞正的原因，也許因爲多多納是唯一與我無關的神諭，它的力量來自瑞雅。所以，如果樹林正在發揮作用，而且不會受到匹松的影響，而且它就在混血營這裡……」

「它可以提供一些預言給我們。」奇戎眼神發亮。「讓我們有機會打敗敵人。」

我對瑞秋露出抱歉的笑容。「當然啦，我們寧可讓摯愛的德爾菲神諭恢復運作，最後一定會的。不過現在，多多納樹林是我們最大的希望。」

梅格的頭髮拂過地板，現在她的臉呈現出我的神聖牛隻的顏色。「預言不是全都很拐彎抹角、故做神祕又難以解釋，而人們拚死都想避開？」

「梅格，」我說：「你不能相信那些『評量我的神諭』網站的評論啦。舉例來說，『庫米女先知』的人氣指數完全掛零。我記得相當清楚。」

瑞秋用拳頭頂著下巴。「啊？眞的假的。」

「呃，我的意思是說，多多納樹林擁有慈悲的力量，它以前曾經幫助英雄。例如最初那艘阿爾戈號的桅頂就是用神聖樹木的樹幹雕刻而成，它能對阿爾戈英雄們說話，提供指引。」

「唔。」奇戎點點頭。「就是因爲這樣，那位神祕的野獸才會想要燒掉樹林。」

「顯然是，」我說：「也因爲這樣，我們必須救它。」

梅格往後翻滾到沙發下。她的腳撞翻三隻腳的咖啡桌，把我們的亞利桑那茶和餅乾都打翻了。「哎喲。」

我用力咬緊凡人牙齒。假如我一直陪伴在梅格左右，這牙齒可能撐不了一年。瑞秋和奇戎很明智，當做沒看到我年輕朋友展示的「梅格動作」。

「阿波羅……」老半人馬盯著茶水像瀑布一樣從桌邊往下流。「關於多多納，假如你說的是對的，我們要怎麼進行？我們已經人手不足了，如果要派搜索隊進入森林，其實不能保證他們一定會回來。」

梅格伸手撥開垂進眼睛的頭髮。「我們會去，就阿波羅和我。」

我的舌頭拚命想鑽進喉嚨深處躲起來。「我們……我們會去？」

「你說過你願意接受重重試煉或什麼的，證明你很有價值，對吧？這會是第一項試煉。」

我心裡有一部分知道她說得對，但其餘的天神自我非常抗拒這樣的想法。我從來沒有親自做過苦差事，寧可挑選一批很棒的英雄，派他們去赴死；或者，你也知道，派他們去取得光榮的勝利。

然而，瑞雅在我的夢中表達得很清楚：找到神諭是我的任務。而且多虧有宙斯的殘酷決定，無論我去哪裡，梅格就跟到哪裡。就我看來，宙斯很清楚野獸和他的計畫，才會特別派我來處理這個情況……想到這點，並沒有讓我比較想好好幫宙斯選條領帶、祝他父親節快樂。

我也記得夢境的其他部分：野獸穿著他的淡紫色西裝，慫恿我去尋找神諭，於是他才能燒掉樹林。其實我還有很多事情想不通，但現在必須行動了。奧斯汀和凱拉都靠我了。

瑞秋把手放在我的膝上，害我身子縮了一下。令人驚訝的是，她沒有給予我任何痛苦，她的眼神多的是誠摯而非憤怒。「阿波羅，你必須試試看。假如我們能夠稍微瞥見未來……嗯，那可能是讓一切恢復正常的唯一方法。」她以渴望的眼神看著她洞穴裡的空白牆壁。「我很希望能再度擁有未來。」

奇戎移動他的前腳。「老朋友，你需要我們做什麼？我們可以幫什麼忙？」

我瞥了梅格一眼。說來不幸，看得出來我們兩人有共識。我們無法擺脫彼此，也不能讓其他人冒險。

「梅格說得對，」我說：「我們必須親自執行任務。其實應該立刻出發，但是……」

「我們整晚都沒睡，」梅格說：「需要睡一下。」

太好了，我心想。現在梅格可以幫我把話說完。

這一次，我無法反駁她的理由。儘管急著想衝進森林裡去救我的孩子們，但也得小心行事。我不能搞砸這次的救援任務。而且我也愈來愈確定，目前野獸會讓他的俘虜好好活著，他需要利用他們把我騙進他的陷阱。

奇戎用前腳站起來。「那麼今天晚上就出發。我的英雄們，好好休息，準備一下。面對接下來的狀況，你們恐怕需要用盡所有的力氣和機智。」

22

武裝到眼球：戰鬥用烏克麗麗巴西魔頭巾

太陽神實在不擅長在大白天睡覺，但我總算斷斷續續小睡片刻。

等我醒來已經是傍晚，發現混血營處於激動不安的狀態。

凱拉和奧斯汀的失蹤成爲臨界點。到了這時，其他學員都很慌亂，沒有人能夠按照正常計畫行事了。我猜想，如果是每幾個星期有單獨一位半神半人失蹤，感覺像是正常的意外事故頻率，不過這次是營區認可的活動，卻有兩位半神半人失蹤……這表示每個人都不安全。

我們在洞穴裡開會的消息肯定傳開了。維克多雙胞胎已經在耳朵裡塞了棉花，以便阻隔神諭的聲音。茱莉亞和愛麗絲則爬上攀岩場岩漿壁的頂端，正在用雙筒望遠鏡掃視森林，無疑是想看到多多納樹林，但我懷疑她們看得到嗎？

無論我走到哪裡，每個人看到我都很不高興。達米安和琪亞拉一起坐在獨木舟碼頭上，對著我這個方向怒目而視。我想要與薛曼．楊聊聊，他卻揮手要我走開；他正忙著用手榴彈碎片和鮮豔閃亮的雙刃大劍裝飾阿瑞斯小屋，如果現在是農神節，他肯定會贏得「最暴力節慶裝飾比賽」的大獎。

就連雅典娜．帕德嫩雕像也露出譴責的眼光，從山頂往下射向我，彷彿是說：「這全都是你的錯。」

她是對的。假如我沒有讓匹松奪取德爾菲，假如我多花一點時間注意其他的古代神諭，假如我沒有失去神性……

「別再想了，阿波羅，」我在心裡責罵自己。「你好美，每個人都愛你。」

但愈來愈難相信這種話了。我的父親，宙斯，不愛我。混血營的半神半人不愛我。匹松和野獸還有他們的三巨頭控股公司合夥人不愛我。凡此種種幾乎足以讓我質疑自己的價值。

不，不。這樣說實在太蠢了。

到處都沒有看到奇戎和瑞秋的蹤影。妮莎・巴瑞拉通知我，他們在奇戎的辦公室裡，希望能用混血營唯一的網路連線，查詢三巨頭控股公司的更多資訊，而哈雷為他們提供技術支援。他們目前正在等待康卡斯特[73]顧客服務專線接聽電話，可能要再過好幾個小時才會現身，假如眞能撐過那種折磨而存活下來的話。

我在兵工廠找到梅格，她正在瀏覽各種戰鬥裝備。她已經在綠色連身裙外面繫上一件皮革胸甲，並在橘色內搭褲外面套上護脛套，看起來很像受到父母逼迫、心不甘情不願塞進戰鬥裝備裡的幼稚園小孩。

「也許再加個盾牌？」我建議說。

「才不要。」她秀出戒指給我看。「我一直都用兩把劍耶，更何況我得空出一隻手，你要笨的時候才能賞你一巴掌。」

---

[73] 康卡斯特（Comcast），美國有線電視、寬頻網路、IP電話服務供應商，是全美最大的有線電視公司，同時也是僅次於AT&T的第二大網際網路供應商。

我覺得很不自在，因爲感覺她是認眞的。

她從武器架拿下一把長弓，把它遞給我。

我倒退一步。「不要。」

「這是你最順手的武器。你是阿波羅啊。」

我差點吐出來，連忙用力嚥下凡人膽汁的強烈味道。「我發過誓。我再也不是掌管箭術或音樂的天神了，除非能夠理所當然使用弓箭或樂器，否則我不會再碰了。」

「發這種誓眞蠢。」她沒有打我巴掌，但看起來很想這麼做。「那你打算怎麼辦？我戰鬥的時候就只是站在旁邊大呼小叫嗎？」

我的確打算要那樣，但覺得現在坦白說出來很蠢。我隨意看看架上展示的武器，抓了一把劍。其實還沒拿起來的時候，我就知道它對我來說會太重，一定很難使劍，不過我還是將劍鞘繫到腰上。

「好了，」我說：「高興了嗎？」

梅格並沒有顯得很高興。無論如何，她還是將那把長弓放回原位。

「很好，」她說：「不過最好有我當你的靠背。」

我一直不懂這樣說是什麼意思，讓我回想起以前在節慶期間，阿蒂蜜絲總會在我的外袍貼上「踢我」的字樣。然而，我還是點點頭。「給你當靠背。」

我們走到森林邊緣，發現有個小型歡送會等著我們，包括威爾和尼克、保羅·蒙提斯、馬肯·佩斯以及吳貝莉，全都帶著嚴肅的表情。

「小心點，」威爾對我說：「還有這個。」

我來不及回絕，他就將一把烏克麗麗放到我手中。

我嘗試交還給他。「我不行。我發過誓……」

「是啊，我知道。你那樣很蠢耶。不過這是戰鬥用的烏克麗麗，需要的話，你可以用它去戰鬥。」

我更仔細查看手中的武器。它是用神界青銅打造而成，一層層金屬薄片用酸液蝕刻成橡木的金黃色紋理。這件樂器很輕，幾乎沒有重量，但我認爲它似乎堅不可摧。

「赫菲斯托斯的作品？」我問。

威爾搖搖頭。「哈雷的作品，他希望你帶著它。就掛在你背上吧，爲了我也爲了哈雷，那樣會讓我們覺得好過一點。」

我認定自己是被迫執行這項任務，不過我擁有一把烏克麗麗，應該很難讓誰覺得好過一點。別問我原因。我還是天神的時候，經常用烏克麗麗以驚人的高速彈奏滾石樂團的名曲〈滿足〉。

尼克交給我一些神食，用餐巾紙包住。

「我不能吃這個。」我提醒他。

「不是給你的。」他瞥了梅格一眼，眼神充滿不安與疑慮。我記得黑帝斯之子很有自己的一套，能夠感應未來，包含未來死亡的可能性。我打了個寒顫，然後把神食塞進外套口袋。梅格這麼衝動，我深感不安，覺得她很有可能受到傷害。我下定決心，絕不讓那種事發生。

馬肯給梅格看一張羊皮紙地圖，向她指出我們應該避開森林裡的一些地方。保羅做過腿部手術的地方看起來完全康復了，他站在馬肯旁邊，用葡萄牙語仔細且認眞提出評論，但沒人聽得懂。

等他們看完地圖，吳貝莉走到梅格身旁。

貝莉是個身材纖細的女孩，爲了彌補過於嬌小的身材，她學習韓國流行偶像的時尚感。她的冬季外套是鋁箔紙的色彩，一頭短髮染成藍綠色，臉上畫著金色彩妝。我完全贊成。事實上，如果能好好控制臉上的青春痘，我認爲自己打扮成那樣一定超讚。

貝莉拿了手電筒交給梅格，另外還有一小袋花朵的種子。

「只是以防萬一。」貝莉說。

梅格顯得不知所措的樣子。她給貝莉一個大大的擁抱。

我不明白那些種子有什麼用途，但是感覺很安心，因爲知道面臨極度緊急的狀況時，我可以用烏克麗麗猛砸敵人，而梅格可以種個幾株天竺葵。

馬肯·佩斯把他的羊皮紙地圖交給我。「不確定的時候，向右轉就對了，那在森林裡通常很管用，雖然不知道爲什麼。」

保羅給我一條綠色和金色相間的頭巾，算是巴西國旗圖案的大方巾。他當然解釋了一番，只不過我聽不懂。

尼克笑得很詭異。「那是保羅的幸運頭巾，我認爲他希望你戴著它，他相信那會讓你戰無不克。」

我對這點半信半疑，畢竟保羅似乎很容易受重傷，不過身爲天神，我已經學到千萬別拒絕別人的好意。「謝謝你。」

保羅緊緊抓住我的肩膀，親吻我的臉頰。我可能臉紅了吧。他如果沒有因爲斷手斷腳而流血，看起來實在滿帥的。

我伸手按著威爾的肩膀。「別擔心，我們天亮的時候就回來。」

他的嘴唇微微顫抖。「你怎麼能這麼確定？」

「我是太陽神啊，」我說，努力展現比實際上更大的自信。「只要天色一亮我就會現身。」

當然下雨了，爲什麼不會？

在奧林帕斯山上，宙斯一定對我的犧牲奉獻大大嘲笑一番。混血營理應受到保護，不會出現惡劣的天氣，但我父親無疑叫艾歐勒斯[74]竭盡全力吹送狂風。也有很多風精靈是遭我拋棄的前女友，她們有機會報一箭之仇，可能都很樂吧。

雨勢差不多達到凍雨的程度，雨水足夠浸溼衣裳，而冰粒又像玻璃碎片般猛刺我的臉。

我們蹣跚前行，從一棵樹踉蹌走向另一棵樹，尋找每一個可以躲避的地方。一堆堆舊雪在我腳底下吱嘎作響，而我那把烏克麗麗的響孔裝滿了雨水，變得愈來愈沉重。梅格的手電筒光束劃破暴風雨，像是三角形的黃色警告標誌。

我走在前面，並不是因爲我心中有清楚的目的地，而是因爲我很憤怒。我受夠了又冷又溼，受夠了被找碴。凡人經常開口閉口說整個世界與他們作對，但那太可笑了，凡人根本沒那麼重要。以我爲例，整個世界才眞的與我作對。面對這樣的虐待傷害，我拒絕投降妥協。我一定對抗到底！只是不太確定該怎麼做才好。

[74] 艾歐勒斯（Aeolus），掌管各種風的天神，曾試圖協助英雄奧德修斯返家。

我們不時聽到遠處傳來怪物的聲音，有古蛇龍的吼聲、雙頭狼宛如合唱般的嚎叫聲，可是全都不見蹤影。像這樣的一個夜晚，任何自重的怪物都會留在自己的巢穴內，那裡既溫暖又舒適。

似乎過了幾個小時之後，梅格悶聲尖叫。我充滿英雄氣概地跳到她旁邊，一隻手隨時準備拔劍。（我很想拔，但它實在太重，簡直像黏在劍鞘裡。）梅格的腳邊有個發亮的黑殼陷在泥巴裡，約莫有卵石那麼大。它從中間裂開，邊緣濺出噁心的黏糊東西。

「我差點踩到它。」梅格摀住嘴巴，彷彿隨時要嘔吐。

我再靠近一點看，那是一隻巨大昆蟲的碎裂甲殼，附近還有牠的一條斷腳，隱藏在樹根之間。

「那是邁爾米克，」我說：「或者該說本來是。」

梅格的眼睛藏在濺滿雨水的鏡片後面，很難看出眞正的眼神。「邁爾……邁爾……克？」

「一種巨大的螞蟻。森林裡不知何處一定有蟻巢。」

梅格幾乎說不出話。「我討厭蟲子。」

對於農業女神的女兒來說，這還滿合理的，但對我來說，這死掉的螞蟻似乎沒有比經常淹沒我們的垃圾堆更噁心。

「呃，別擔心，」我說：「這隻死了。無論是什麼東西殺了牠，一定都有強而有力的上下顎，才能咬碎那樣的甲殼。」

「完全沒有安慰到。那……那些東西很危險嗎？」

我笑起來。「喔，是啊。牠們體型最小的像狗，最大的比灰熊還大。有一次我目睹一群邁爾米克在印度攻擊一支希臘軍隊，實在很滑稽。牠們會噴出酸液，足以融穿青銅盔甲和……」

「阿波羅。」

我的笑容漸漸消失。我提醒自己，我再也不是旁觀者，這些螞蟻很可能輕而易舉就殺了我們。而且梅格很害怕。

「好吧，」我說：「嗯，下雨應該會讓邁爾米克留在牠們的地道內，我們只要讓自己不要成爲吸引螞蟻的目標就好，牠們喜歡閃亮亮的東西。」

「像是手電筒？」

「唔……」

梅格把手電筒遞給我。「阿波羅，你走前面。」

我覺得這樣很不公平，但我們繼續挺進。

又經過一個小時左右（森林絕對沒有這麼大），雨勢漸漸停了，地面開始冒出蒸汽。空氣變得愈來愈溫暖，溼度達到浴室的程度，濃密的蒸汽裊裊上升到枝椏高處。

「現在怎麼了？」梅格抹抹臉。「現在感覺好像熱帶雨林。」

我沒有答案。接著，我聽到一陣巨大的嘩啦聲響從頭頂上方傳來，很像水勢灌過管道的聲音……或者湧出裂隙的聲響。

我忍不住笑起來。「那是間歇泉。」

「間歇泉，」梅格跟著唸一次。「就像黃石公園的老忠實噴泉？」

「這是很棒的訊息，也許我們可以藉此找出方向。那些失蹤的半神半人說不定就在那裡找到避難的地方！」

「待在間歇泉那裡喔。」梅格說。

「不是啦，我的搞笑女孩，」我說：「待在間歇泉『天神』那裡啦。如果他們心情很好，那就太棒了。」

「而萬一他們心情不好呢？」

「那麼就要讓他們先高興起來，免得把我們煮熟。跟我來！」

23

從一到十分 您的死評價幾分？ 感謝您回饋

我竟然一股腦的衝向那些反覆噴發的大自然天神，完全不顧後果？拜託，事後批評自己的所作所爲根本不是我的天性，我從來不需要那種特質。

是沒錯，我對「帕利考」的記憶有點模糊。就我記憶所及，古代西西里島的間歇泉天神會爲逃跑的奴隸提供庇護所，因此他們一定是很和善的精靈。或許他們也會爲失蹤的半神半人提供庇護所，或者至少注意到何時有五個人經過他們的地盤，隨意透露一點訊息。更何況我是阿波羅！能夠遇到像我這麼重要的奧林帕斯天神，帕利考會覺得很榮幸吧！間歇泉經常激烈噴發，將滾燙的熱水柱噴到幾十公尺高，但是這樣的事實並沒有阻止我成爲他們的新粉絲……我是說新朋友啦。

在我們面前開展的空地很像一扇烤箱門，一堵熱牆從樹木間洶湧而來，沖刷過我的臉。我可以感覺到全身毛孔大開，吸進無數溼氣，眞希望這對我滿臉的青春痘會有點幫助。

我們眼前的景象與長島的冬天一點關係也沒有。樹枝上纏繞著發亮的藤蔓，熱帶花朵在森林地面恣意盛開，一隻紅色鸚鵡端坐在香蕉樹上，樹上滿是綠色串蕉。

空地的正中央有兩道間歇泉，地面出現兩個孔洞，周圍環繞著約莫八個灰色泥塘。噴發口不斷冒出氣泡且嘶嘶作響，但這時候並沒有噴發。我決定把這個情形視爲好預兆。

梅格的鞋子在泥巴裡發出吱嘎聲。「這安全嗎？」

「絕對不安全，」我說：「我們需要奉獻一點東西，也許像你口袋裡的種子？」

梅格用力搥打我的手臂。「那些種子有魔法，碰到生死攸關的緊急狀況才能用。那你的烏克麗麗呢？反正你不打算再彈奏了。」

「尊貴的男人絕對不會放棄他的烏克麗麗。」我振作精神。「不過等一下，你給了我一個主意。我會獻上一首詩給間歇泉天神！這我還辦得到，那不算音樂。」

梅格皺眉頭。「呃，我不曉得萬一……」

「梅格，別嫉妒啦，我等一下再爲你作首詩。這一定會讓間歇泉天神很開心的！」我走向前，伸展雙臂，開始即興創作：

噢，間歇泉，我的間歇泉，
那麼我們噴發吧，就你和我，
在這陰鬱的午夜，我們沉思之時
這些是誰的森林？
我們尚未溫順地進入這良夜，
卻已如浮雲孤獨飄泊。
我們渴望得知喪鐘為誰而敲，
於是我期盼，泉水永不枯竭，

我不想自我吹噓，但認爲這相當不賴，即使我確實從較早期的作品裡回收一點內容。我在寫詩這方面的天神技巧似乎徹底保持完整，不像音樂和箭術那麼慘。

我瞥了梅格一眼，希望能看到她臉上顯露出仰慕之情。這女孩開始欣賞我的高潮時刻到了。然而，她的嘴巴張得好大，完全驚呆。

「怎樣？」我質問說：「你在學校裡沒有學好詩歌欣賞嗎？這是一流的作品耶！」

梅格指向間歇泉，我這才明白她根本不是看著我。

「嗯，」一個粗啞的聲音說：「你吸引到我的注意了。」

其中一個帕利考懸浮在他的間歇泉上方。他的下半身只有蒸汽，而腰部以上或許有人類的兩倍大，肌肉健壯的手臂呈現火山岩漿的顏色，眼睛是白堊色，頭髮則像卡布奇諾咖啡的泡沫，活像剛用洗髮精激烈搓洗過，還留著滿頭的肥皂泡泡。他的結實胸膛塞進一件粉藍色的 polo 衫裡，胸口的口袋繡了一個標誌，由好幾棵樹構成。

「噢，偉大的帕利考！」我說：「我們懇求你……」

「剛才那是什麼？」精靈插嘴說：「你剛才唸的東西？」

---

[75] 從第二句開始，皆引自歷史上有名的文學詩句，分別是英國詩人艾略特（T. S. Eliot）、美國詩人愛倫坡（Edgar Allan Poe）、美國詩人佛洛斯特（Robert Lee Frost）、威爾斯詩人狄倫・托瑪斯（Dylan Thomas）、英國詩人華滋華斯（William Wordsworth）、英國詩人約翰・道恩（John Donne）、英國詩人亞歷山大・波普（Alexander Pope）以及英國作家路易斯・卡羅（Lewis Carroll）等人的作品。

「詩啊！」我說：「獻給你的！」

他輕敲自己泥灰色的下巴。「不。那不是詩。」

我不敢相信。難道再也沒有人欣賞語言之美嗎？「我的好精靈，」我說：「你也知道，詩不需要押韻的。」

「我指的不是押韻。我指的是讓人理解你要傳達的訊息。我們做了一大堆市場調查，而那對我們的活動不會有幫助。哎呀，奧斯卡梅耶維也納香腸歌[76]，那才是詩。那個廣告有五十歲了，而人們繼續傳唱。你認爲自己可以給我們像那樣的詩嗎？」

我看看梅格，想要確定這番對話不只是我的幻想。

「聽好了，」我對間歇泉天神說：「我身爲掌管詩歌的天神已經有四千年之久，我應當知道好的詩……」

帕利考揮揮手。「讓我們重新開始。我要排練一下我們的廣告詞，也許你可以給我一點建議。嗨，我是彼特，歡迎來到混血營森林！這次碰面之後，您願意接受簡短的顧客滿意度調查嗎？您的意見回饋非常重要。」

「呃……」

「很好，謝謝。」

彼特伸手在他的蒸汽部位搜尋一番，那裡應該是口袋的位置。他拿出一本亮閃閃的小冊子，開始朗誦。「森林這個地方應有盡有，充滿……唔，上面寫『樂趣』。我想我們改成『愉悅感』。看吧，你一定要小心選擇詞彙。如果保利在這裡……」彼特嘆口氣。「嗯，他的表演能力更優秀。總之，歡迎來到混血營森林！」

「你已經說過了。」我指出。

「喔，對啦。」彼特拿出一枝紅筆，開始編寫起來。

「嘿。」梅格用肩膀把我頂開。她敬畏得啞口無言已經持續了大概十二秒，這一定締造了新紀錄。「蒸汽泥巴先生，你有沒有碰到迷路的半神半人？」

「蒸汽泥巴先生！」彼特啪的一聲放下手中的小冊子。「那眞是簡潔有力的品牌描述啊！而且直指『迷路的半神半人』這個大重點。我們不能讓客人漫無目的地遊蕩，應該要在森林入口就遞上地圖。這裡有那麼多美好的事物可以參觀，但幾乎沒有人知道。等到保利回來，我會和他討論。」

梅格拿下滿是霧氣的眼鏡。「保利是誰？」

彼特指著第二道間歇泉。「我的夥伴。也許我們可以在這本小冊子裡面加上一張地圖，假如……」

「所以你到底有沒有看到迷路的半神半人？」我問。

「什麼？」彼特想要在他的小冊子上做記號，但蒸汽把小冊子弄得溼答答，他的紅筆一下筆就刺穿紙張。「噢，不。最近沒有。不過我們應該把指標做得好一點，舉例來說，你們根本不知道這裡有間歇泉吧？」

「不知道。」我坦白說。

「嗯，你看吧！兩道間歇泉，整個長島只有這裡有！但根本沒有人知道我們的存在。沒有

---

76 奧斯卡梅耶（Oscar Mayer）是美國著名的加工肉品公司，曾在一九六五年推出維也納香腸的廣告歌，非常深入人心，一直傳唱到現在。

推廣，沒有口耳相傳。就是因爲這樣，我們才說服董事會聘用我們！」

我和梅格面面相覷。我敢說，這是我們頭一次抱持完全相同的意見：徹底困惑。

「抱歉，」我說：「你剛才是說，森林有個董事會？」

「嗯，當然啦，」彼特說：「木精靈、其他的大自然精靈、有感情的怪物……我的意思是說，總得有人思考資產的價値、服務和公共關係等方面。要讓董事會同意雇用我們負責行銷可不簡單，假如我們搞砸這份工作……喔，那可好。」

梅格的鞋子在泥巴裡吱嘎作響。「我們可以走了嗎？我搞不懂這傢伙到底在說什麼。」

「而那正是問題所在！」彼特抱怨說：「我們要如何寫出清楚的廣告文案，傳達森林的正確形象？舉例來說，像我和保利這樣的帕利考本來都很有名！我們可是重要的觀光景點！人們會到我們這裡來締結誓約，逃跑的奴隸也會來這裡尋求庇護，而我們則得到牲禮、祭品、信徒……那很讚。但現在，什麼都沒有。」

我重重嘆口氣。「我很了解你的感覺。」

「兩位，」梅格說：「我們正在尋找失蹤的半神半人喔。」

「對喔，」我表示同意。「噢，偉大的……彼特，你知不知道我們迷路的朋友可能會去哪裡？也許你知道森林裡有一些祕密地點？」

彼特的白堊色眼睛突然一亮。「你知不知道赫菲斯托斯的孩子們在北邊有個祕密工廠，叫做『九號密庫』？」

「我知道，眞的。」我說。

「喔。」一道蒸汽從彼特的左邊鼻孔噴出來。「嗯，你知不知道迷宮已經自行重建完成？

有一個入口就在這座森林裡……」

「我們知道。」梅格說。

彼特看起來垂頭喪氣。

「但是說不定啊，」我說：「那是因爲你的行銷活動辦得很成功。」

「你認爲是這樣嗎？」彼特的泡沫頭髮開始旋轉。「沒錯，沒錯，可能眞的是喔！你有沒有剛好也看到我們的聚光燈？那是我的點子。」

「聚光燈？」梅格問。

兩道紅色光束從間歇泉迸射而出，然後掃過天空。由於光源位於彼特的正下方，他看起來像是全世界最嚇人的講鬼大師。

「只可惜吸引的對象是錯的。」彼特嘆口氣。「保利不常讓我用聚光燈。他建議改用飛船做廣告，或者說不定用巨大的充氣金剛……」

「那很酷啊，」梅格插嘴說：「不過，關於會講悄悄話的祕密樹林，你有沒有任何訊息可以告訴我們？」

我得承認，梅格對於把話題轉回正軌眞的很有一套。身爲詩人，我沒有建立直截了當的作風，但身爲弓箭手，我很欣賞直接命中的寶貴價值。

「喔。」彼特在他的蒸汽團中降低飄浮高度，於是聚光燈把他照耀成櫻桃汽水的顏色。「我不應該談論那片樹林。」

我那對曾是天神的耳朵突然嗡嗡作響。我努力克制想要尖叫「啊哈！」的衝動。「彼特，你爲什麼不能談論那片樹林？」

精靈不經意地揮動他那溼答答的小冊子。「保利說，那會嚇跑遊客。『談談巨龍啊，』他對我說：『談談狼群、巨蛇和古代的殺人機器，不過就是別提起樹林。』」

「古代的殺人機器？」梅格問。

「是啊，」彼特心不在焉地說：「我們把那個宣傳成有趣的家庭娛樂設備。但樹林……保利說，那是我們最糟糕的問題，這附近根本沒有劃定成發布神諭的地區。保利跑去那裡，想知道有沒有可能改變樹林的位置，可是……」

「他沒有回來。」我猜測說。

彼特傷心地點點頭。「我該怎麼完全靠自己運作行銷活動呢？是沒錯啦，我可以預先錄音來進行電話調查，不過還是有很多關係必須透過面對面的方式才能建立，而保利在那方面絕對比較擅長。」彼特的聲音變成斷續的啜泣。「我好想他。」

「說不定我們可以找到他，」梅格提議說：「而且帶他回來。」

彼特搖搖頭。「保利要我保證不會跟他去，而且不會把樹林的位置告訴別人。他很善於抵擋那些奇怪的聲音，不過你們這些人連一點機會也沒有。」

我很想附和他的說法，尋找古代的殺人機器聽起來還比較明智。接著，我想像凱拉和奧斯汀在古代樹林裡到處遊蕩、慢慢發瘋。他們需要我，而這就表示我需要知道他們的位置。

「彼特，很抱歉。」我對他露出最嚴厲的批判眼神；在百老匯舉辦試唱期間，我經常用這種眼神摧毀很有抱負的歌手。「我才不買帳。」

彼特的噴發口周圍冒出泥巴泡泡。「你這是什麼……什麼意思？」

「我認爲那個樹林根本不存在，」我說：「而且假如它眞的存在，我認爲你並不知道它的位置。」
彼特的間歇泉隆隆作響，蒸汽在他的聚光燈束中激烈旋轉。「我……我真的知道！它當然存在啊！」
「哦，眞的嗎？那爲什麼到處都沒看到它的廣告牌？也沒有專屬的網站？爲什麼我從來沒有在社群媒體看過多多納樹林的主題標籤？」
彼特怒目而視。「那些我全都建議過啊！保利堅決反對！」
「所以才要多推廣一下！」我質問道。「讓我們相信你的產品很有價值！讓我們看看那個樹林到底在哪裡！」
「我不行啦。唯一的入口……」他往我背後瞥了一眼，表情突然呆滯。「啊，要吐了。」
他的聚光燈驟然熄滅。
我轉過身。梅格怪叫一聲，甚至比她鞋子在泥巴裡發出的吱嘎聲更響亮。
我的眼睛花了一番功夫適應光線，卻看到空地邊緣有三隻黑色螞蟻，大小差不多有雪曼戰車77那麼大。
「彼特，」我說，語氣盡可能保持冷靜，「你之前說聚光燈吸引的對象是錯的……」
「我指的是邁爾米克，」他說：「希望這不會影響你在網路上對混血營森林的評價。」

77 雪曼戰車（Sherman tank），又稱M4中型戰車，名稱源於美國南北戰爭將軍謝爾曼（William Tecumseh Sherman），在一九四二至五五年參與了多場戰役。其總長近六公尺，重達三十公噸，擁有優異的速度與操控性。

24
我違背承諾 造成嚴重大慘敗 怪尼爾戴蒙

你應該把邁爾米克列在「不該惹的怪物」清單最前面。

牠們成群發動攻擊、噴出酸液，而且大顎可以咬斷神界青銅。

還有，牠們超醜。

三隻兵蟻向前逼近，三公尺長的觸角不斷揮舞，以令人迷惑的方式上下快速擺動，企圖讓我分心，因而沒注意到眞正危險的大顎。

牠們的頭長著嘴喙，讓我聯想到雞，有著呆滯黑眼睛和黑色裝甲臉孔的雞。牠們的六隻腳全都可以當做厲害的建築吊車，而且超大的腹部陣陣跳動、顫抖，很像不斷嗅聞食物氣味的鼻子。

我默默咒罵宙斯幹嘛發明螞蟻。我聽說是這樣，某個貪婪的男人老是偷鄰居的農作物，宙斯對他很火大，於是把他變成史上第一隻螞蟻，這個物種什麼都不會，只會吃腐爛食物、偷竊和繁殖。阿瑞斯很愛開一個玩笑，他說假如宙斯想要這樣的物種，其實只要讓人類保持原狀就好。我聽了常會笑起來。現在，我是人類的一員，再也不覺得那有什麼好笑了。

螞蟻走向我們，頭上的觸角扭來扭去。我想像牠們的思路可能是像這樣：閃亮嗎？好吃嗎？沒有防禦嗎？

「不要突然移動。」我對梅格說，她似乎連動都不敢動。事實上，她嚇得目瞪口呆。

「噢，彼特？」我叫道：「這些邁爾米克侵入你的地盤時，你都是怎麼處理的？」

「躲起來。」他說，然後就消失在間歇泉裡。

「完全幫不上忙。」我嘀咕著說。

「我們可以跳進去嗎？」梅格問。

「除非你超想在一大鍋滾燙的沸水裡煮熟而死。」

坦克螞蟻的大顎發出喀答聲，愈來愈逼近。

「我有個主意。」我把掛在背上的烏克麗麗拿下來。

「我以爲你發誓再也不彈琴了。」梅格說。

「我是啊。不過，假如我把這個亮晶晶的東西扔到旁邊，那麼螞蟻會……」

我正打算說「螞蟻會去追它，不再管我們」。

我沒考慮到手上拿著烏克麗麗，會讓我顯得更閃亮也更好吃。我還來不及扔出樂器，三隻兵蟻便朝我撲過來。我跌跌撞撞地向後退，直到肩胛骨開始冒出水泡、空氣中充滿阿波羅氣味的蒸汽，這才想起背後有間歇泉。

「嘿，蟲蟲！」梅格的雙手突然閃出兩把鐮刀，讓她變成空地上最閃亮的目標。

我們可以花一點篇幅感激梅格「故意」這樣做嗎？她很怕蟲子，大可一溜煙逃走，留下我被狼吞虎嚥嗑光。然而，她選擇冒著生命危險，企圖轉移三隻坦克螞蟻的注意。拿垃圾扔向街頭流氓是一回事，而眼前這樣……這根本是全新層次的愚蠢行爲。假如我活下來，可能會在下一屆「半神半人獎」提名梅格．麥卡弗瑞爭取最佳犧牲奉獻獎。

其中兩隻螞蟻撲向梅格，第三隻則繼續盯著我，不過牠轉頭的時間夠長了，足以讓我奮力跑開。

梅格從兩名對手中間跑過去，手上的兩把黃金鐮刀分別割斷牠們的一隻腳。那兩隻兵蟻的大顎朝空氣猛咬，用剩餘的五隻腳搖晃前進，努力想轉彎，兩顆頭卻撞個正著。

在此同時，第三隻螞蟻衝向我。驚慌之餘，我把戰鬥烏克麗麗扔出去，正好打中螞蟻的額頭，發出刺耳的「咚」一聲。

我把劍從劍鞘裡拔出來。我向來很討厭用劍，這武器超不優雅，還得近身搏鬥，多不明智啊，畢竟你可以從世界的另一端對你的敵人射箭！

螞蟻噴出酸液，我奮力擋開那黏糊糊的東西。

也許這不是最機靈的對策，我經常把揮劍和打網球搞混。至少有一些酸液噴進螞蟻的眼睛裡，幫我爭取到幾秒鐘的時間。我英勇無畏地向後撤退，手上高舉著劍，這才發現劍刃早已遭到腐蝕，除了冒煙的劍柄以外什麼都不剩。

「噢，梅格？」我無助地大叫。

她可是忙得團團轉。她的彎刀旋轉成破壞力十足的金色弧線，先砍斷螞蟻的腳節，再削斷觸角。我從沒見過戰鬥技巧這麼高超的雙刀戰士，但最厲害的劍客我全都見識過。可惜她的刀刃碰到螞蟻最厚實的身體甲殼只濺出火花，斜劈或砍切完全傷不了牠。即使像梅格那麼厲害，螞蟻還是有比較多隻腳、噸位比較驚人、動作比較殘暴，而且噴濺酸液的能力也稍微好一點。

我自己的對手對我猛咬過來。我奮力躲開大顎，但牠的裝甲臉撞到了我的頭側。我跌跌撞撞倒下，一隻耳朵的耳道彷彿塞滿了熔鐵。

我的視線變得模糊。在空地的另一端，其他兩隻螞蟻從左右兩邊包夾梅格，用酸液將她逼進森林。她躲到一棵樹後面，然後只拿著一把彎刀跳出來，奮力刺向最靠近的那隻螞蟻，但交叉的酸液火力迫使她向後退。她的內搭褲開始冒煙，褲子遍布著小洞，表情也因爲疼痛而緊繃。

「桃子，」我自言自語嘀咕著：「我們有需要的時候，那個穿尿布的蠢惡魔在哪裡？」

卡波伊並沒有現身。也許是這裡有間歇泉天神或森林裡的其他力量讓他退避三舍。也說不定董事會訂定規則不准寵物進入。

第三隻螞蟻向我逼近，牠的大顎嚼著綠色唾液泡沫，噴出的口氣聞起來比赫菲斯托斯的工作服還臭。

我接下來的決定可以把責任推給頭部的傷勢。我大可對你說我的腦袋無法清楚思考，但那不是眞的。其實我很絕望，而且非常害怕。我很想幫助梅格，但更重要的是我想救自己一命。我想不出其他的選擇，於是撲過去抓住我的烏克麗麗。

我知道，我曾對冥河發誓再也不彈奏音樂，直到再度成爲天神爲止。然而，如果面前有巨大的螞蟻準備熔掉你的臉，即使是那樣的毒誓似乎都不重要了。

我抓起樂器，翻身躺在地上，奮力彈出〈甜美的卡洛琳〉[78]。

---

[78]〈甜美的卡洛琳〉（Sweet Caroline）是美國歌手尼爾．戴蒙（Neil Diamond）的名曲。波士頓紅襪隊主場芬威球場會在第八局攻守交換時播放這首歌，作為紅襪隊的幸運歌曲，卻也激怒對手的球迷。

在極度緊急的狀況下，就算不曾發誓，我也只能彈出這樣的曲子。一旦唱起這首歌，雙方會互相毀滅的機率實在太高了，但我想不出其他選項。我使盡全力彈奏，將我從一九七〇年代所學、太過甜膩感傷的樂風全部灌注其中。

那隻巨蟻甩甩頭，觸角顫抖起來。我連忙站起，只見那怪物像喝醉酒一樣搖搖晃晃爬向我。我轉身背對間歇泉，開始奮力彈奏副歌部分。

「達！達！達！」的旋律起了作用。螞蟻因爲厭惡和憤怒而變得盲目，一個勁兒向前衝，我連忙滾向旁邊，眼看著怪物的衝力帶著牠的身軀向前，直直衝進泥濘的大熱鍋。

相信我，比赫菲斯托斯的工作服更臭的唯一一種東西，就是邁爾米克在自己的甲殼裡煮熟的臭氣。

梅格在我背後某處尖叫。我連忙轉身，剛好看到她的第二把彎刀從手中飛出去。一隻邁爾米克的大顎咬住她，她立刻渾身癱軟。

「不！」我放聲尖叫。

螞蟻沒有將她咬成兩半，只是含住她那軟綿綿且失去意識的身子。

「梅格！」我再度大吼，滿心絕望，只能漫不經心地彈奏烏克麗麗。「甜美的卡洛琳！」可是我完全失聲了。打敗一隻螞蟻已經耗盡我所有的力氣。（我想，我從沒寫過比上面這句話更悲傷的句子吧。）我想要跑去救梅格，但踉蹌走了幾步就跌倒。整個世界變成淡淡的黃色，我趴在地上，拱著背猛烈嘔吐。

我想，這應該是腦震盪，但完全不曉得該怎麼辦。我身爲掌管醫療的天神似乎是非常久遠以前的事了。

我在泥巴裡可能躺了好幾分鐘或好幾個小時之久，然後才覺得大腦似乎慢慢回歸到頭殼裡的定位。等到終於站起來的時候，那兩隻螞蟻已經不見了。

周圍完全沒有梅格．麥卡弗瑞的半點蹤跡。

25

我交了好運 煮沸，燃燒，也吐了獅子？嘿，好喔！

我跌跌撞撞穿越林間空地，大聲喊著梅格的名字。我明知這樣沒有意義，但大吼大叫的感覺很好。我努力尋找折斷樹枝或踩踏地面的跡象，那兩隻螞蟻像戰車那麼大，總會留下我可以跟隨的痕跡吧；但我不是阿蒂蜜絲，我沒有姊姊那麼厲害的追蹤技巧，完全不曉得牠們把我的朋友帶往哪個方向。

我從泥巴裡拔出梅格的彎刀。才剛拔出來，它們立刻變成兩枚金戒指……那麼小、那麼容易失去，就像凡人的生命。我好想大哭一場，好想折斷那把荒謬可笑的戰鬥烏克麗麗，但用神界青銅打造的樂器奮力抗拒著。最後我猛力扯出A弦，用它穿過梅格的兩枚戒指，然後繫在我的脖子上。

「梅格，我會找到你的。」我喃喃說著。

她會遭到劫持完全是我的錯，這點我很確定。我爲了救自己而彈奏音樂，等於違背了先前對冥河發出的誓言。宙斯或命運三女神或甚至全部眾神沒有直接懲罰我，反而將他們的天譴降臨在梅格．麥卡弗瑞身上。

我怎會這麼蠢呢？每次我槓上其他天神，與我最親近的天神就會遭到打擊。我之所以失去達芙妮，就是因爲對厄洛斯[79]的無心批評；我失去美好的雅辛托斯，也是因爲與澤佛羅斯爭吵。而現在，我違背自己的誓言，付出的代價是梅格的性命。

「不，」我對自己說：「我不准這種事情發生。」

我實在好想吐，幾乎無法走路，感覺好像有人在我腦袋裡放了一顆脹大的氣球。不過我還是奮力跌跌撞撞地走到彼特間歇泉的邊緣。

「彼特！」我大喊：「出來啊，你這懦弱的電話推銷員！」

水柱射向空中，發出的聲音很像空氣從管風琴的最低音管猛然衝出。蒸汽激烈旋轉，那個帕利考現身了，他那泥巴灰的臉孔因爲氣憤而僵硬。

「你竟然叫我『電話推銷員』？」他質問道。「我們的公司提供完整的公關服務耶！」

我彎下腰，對著他的坑口猛烈嘔吐，這似乎是相當恰當的回應。

「別吐了！」彼特抱怨說。

「我得找到梅格。」我用顫抖的手抹抹嘴巴。「那些邁爾米克會怎麼對付她？」

「我不知道！」

「老實招來，否則我絕對不會完整答覆你的顧客滿意度調查表。」

彼特驚嚇得倒抽一口氣。「那太糟了！你的回饋很重要耶！」他往我這邊飄下來。「噢，親愛的……你的頭看起來不太妙，頭皮有一道很深的傷口，而且流血了。一定是因爲那樣，所以沒辦法清楚思考。」

---

[79] 厄洛斯（Eros），希臘神話中的小愛神，常被描述成有一對翅膀、手拿弓箭調皮亂射的形象。但最為人所熟知的是他的羅馬名字，即丘比特（Cupid）。

「我才不管！」我大吼，但這樣只是讓腦袋裡的咚咚撞擊更加嚴重。「邁爾米克的巢穴到底在哪裡？」

彼特用力扭著兩隻蒸汽手。「這個嘛，我們剛才談過了啊。保利也是去那裡，巢穴是唯一的入口。」

「通往哪裡的入口？」

「通往多多納樹林。」

我的肚子突然變得像一整袋冰塊一樣硬，這實在不公平，因為我的頭好需要一袋冰塊。「螞蟻巢穴……就是通往樹林的路徑？」

「嘿，你需要去看醫生。我早就對保利說過，我們應該幫遊客設置急救站。」他在看似不存在的口袋裡翻找了一會兒。「我幫你標示出阿波羅小屋的位置……」

「如果你敢拿出小冊子，」我警告說：「我就叫你把它吞下去。快點，解釋一下巢穴怎麼會通往樹林。」

彼特的臉脹成黃色，也說不定只是因為我的視力變差了。「保利什麼事都不告訴我。反正就是有一片樹林，樹木長得很濃密，沒有人進得去。我的意思是說，就連從上方看，枝葉還是很像……」他甩動自己的泥巴手指，然後讓手指變成溼淋淋的且融合在一起，這還滿能解釋他想說的事。

「總而言之……」他又把所有手指拉開。「樹林在那裡面。它可能沉睡了好幾個世紀，甚至連董事會的人都不曉得有那片樹林。然後，突然間，所有的樹木都開始碎碎唸。保利認為一定是那些該死的螞蟻從底下挖地道到樹林裡，把樹林喚醒了。」

我努力弄懂整個來龍去脈。腫脹的腦袋實在很難思考。「巢穴要往哪邊走？」

「從這裡往北邊，」彼特說：「距離八百公尺遠。可是，老兄，你簡直不成人形……」

「我一定要去！梅格需要我！」

彼特抓住我的手臂，他的抓握感覺很像一條潮溼溫暖的止血帶。「她還有時間。假如牠們把她完整帶走，那就表示她還沒死。」

「她很快就會死了！」

「不。保利……保利失蹤前，曾經去那個巢穴好幾次，想要尋找通往樹林的地道。他對我說，那些邁爾米克喜歡用黏液把受害者包裹起來，讓他們，呃，熟成，直到變得夠軟，能夠讓剛孵出的小螞蟻把他們吃掉。」

我忍不住發出一點都不像天神的尖叫聲。如果我的胃裡還有東西，一定會全部吐出來。

「她還有多少時間？」

「二十四小時，差不多是這樣。然後，她就會開始……呃，變軟。」

實在很難想像梅格．麥卡弗瑞在那種環境慢慢變軟的樣子，不過我可以想像她很孤單、害怕，渾身包裹著昆蟲的黏液，整個人被塞進螞蟻巢穴的某種屍體儲藏室裡。對一個痛恨蟲子的女孩來說……噢，狄蜜特恨我眞是恨對了，她叫孩子們離我遠一點果然沒錯。我是個超爛的天神！

「去找些幫手，」彼特敦促我。「阿波羅小屋的人可以治好頭上的傷口。如果你在她後面追著跑，結果害自己被殺，那樣對她一點好處也沒有。」

「你幹嘛關心我們會怎樣？」

間歇泉天神看起來有點傷心。「遊客的滿意度永遠是我們最重視的優先事項啊！況且，假如你在那裡面找到保利……」

我努力想繼續對帕利考生氣，但他臉上的孤單和憂慮映照出我自己的心情。「保利有沒有解釋該怎樣找到螞蟻的巢穴？」

彼特搖搖頭。「就像我之前說的，他不希望我跟著他。那些邁爾米克已經夠危險了，假如還有其他傢伙繼續在附近閒晃……」

「其他傢伙？」

彼特皺起眉頭。「我沒提過嗎？是喔。保利看到三個人類，都是全副武裝。他們也在尋找樹林。」

我的左腿開始緊張地跳動，彷彿很想念兩人三腳比賽的另一條夥伴腿。「保利怎麼知道他們在找什麼？」

「他聽到他們用拉丁語交談。」

「拉丁語？他們是學員嗎？」

彼特雙手一攤。「我……我不曉得。保利描述他們的樣子像是成年人，他說其中一個是帶頭的，另外兩人稱呼他爲『凱旋將軍』。」

整個地球似乎爲之傾斜。「凱旋將軍。」

「是啊，你也知道，就像在羅馬……」

「對，我知道。」突然間，太多事情都說得通了。一塊塊拼圖全都飛過來拼組在一起，形成一幅巨大的圖像，迎面擊中我的臉。野獸……三巨頭控股公司……完全沒人察覺到的成年半神半人。

我只能盡量控制自己不要向前摔進間歇泉裡。梅格從來沒有像現在這麼需要我。但我非做出正確決定不可，我非小心不可，甚至比每一年讓那些火熱的太陽馬去接種疫苗還要更加小心。

「彼特，」我說：「你還負責監督神聖的誓言嗎？」

「嗯，有啦，可是……」

「那麼，請聆聽我鄭重發誓！」

「呃，重點是，你之所以面臨這種狀況，似乎就是因爲違背了神聖的誓言，也許你以前對冥河發過誓？而假如你對我另外發誓，後來又違背了……」

「我發誓，我一定會救出梅格．麥卡弗瑞。我會運用自己能用的每一種工具，把她從螞蟻巢穴裡安全救出來，而這個誓言的重要程度完全取代我之前的所有誓言。我對你的超級神聖熱水鄭重發誓！」

彼特瞇起眼睛。「嗯，好吧，這樣就完成了。不過要記住，如果你沒有遵守誓言，如果梅格死了，即使那不是你的錯……你還是得面對後果。」

「我已經因爲違背先前的誓言而遭到詛咒了！那有什麼大不了的。」

「是啦，不過你知道嗎，對冥河發出的那些誓言可能要拖好幾年才會毀掉你，就像癌症一樣。至於對我發出的誓言……」彼特聳聳肩。「假如你違背了，我可沒辦法阻止你要面對的懲罰，無論你在哪裡，你的腳邊都會有一道間歇泉立刻從地面噴出來，把你活生生煮熟。」

「啊……」我拚命想讓兩腳膝蓋不要再叩叩互撞。「是啊，我當然知道。我會遵守誓言。」

「你現在沒有選擇餘地了。」

「好。我想，我要先……我要先去治療一下。」

我搖搖晃晃地離開了。

「混血營在反方向喔。」彼特說。

我連忙轉身。

「記得要填完我們的線上調查表！」彼特在我背後大叫。「只是好奇問一下，如果整體滿意度從一分到十分，你會幫混血營森林打幾分？」

我沒有回答。我跌跌撞撞走進黑暗中，心裡忙著仔細評估，如果痛苦的數值從一分到十分，那麼在即將到達的未來，我必須忍受的痛苦會是幾分？

我根本沒力氣回到混血營。我走得愈遠，這狀況就愈明確。我的關節像布丁般癱軟，感覺自己好像是一具提線木偶；以前我很樂於從天上操控凡人，現在卻一點都不喜歡身在提線的另一端。

我的防禦力是零級，恐怕連體型最小的惡鬼或飛龍都可以把偉大的阿波羅當成大餐，輕輕鬆鬆吃掉。假如有哪隻激動的獾來找麻煩，我可能就死定了。

我靠著一棵樹喘口氣。那棵樹似乎把我推開，我記得好清楚那呢喃的聲音：「繼續前進啊，阿波羅，你不能在這裡休息。」

「我愛你。」我喃喃地說。

我內心有一部分知道自己是精神衰弱，只因爲深受衝擊而胡思亂想；但我發誓眞的看到摯愛的達芙妮，她的臉龐從我經過的每一棵樹幹浮現出來，她的模樣從樹皮底下漸漸浮現，宛如樹木的海市蜃樓……她那微微彎勾的鼻子，她那有點斜斜的綠眼睛，那雙嘴唇我從來不曾親吻過，卻也從來不曾停止思念。

「每一位漂亮女孩你都愛，」她責罵說：「還有每一位漂亮男孩，真要說的話。」

「你不一樣啊，」我哭著說：「你是我第一次的真愛。噢，達芙妮！」

「戴上我的桂冠，」她說：「然後真心懺悔。」

我回想著追逐她的情景，她在微風中的紫丁香氣息，她的飄逸形影輕快穿越森林的斑斕光影。我彷彿追了她好幾年之久。說不定真的有那麼久。

那之後的好幾個世紀，我把責任歸咎於厄洛斯。

在一個無心而莽撞的時刻，我嘲笑厄洛斯的射箭技術。於是他出於惡意，用一支黃金箭射中我，讓我的滿腔愛意全都湧向漂亮的達芙妮；但這還不是最糟的，他也用一支鉛箭射中達芙妮的心，把她原本可能給我的全部愛意吸榨殆盡。

人們可能不了解：愛神厄洛斯的箭並不會無中生有召喚出情感，只能加強已經存在的潛藏感情。我和達芙妮本來會是完美的一對。她是我的真愛，也可以回應我的愛，但是多虧厄洛斯，我的愛情指數瞬間飆高到百分百，然而達芙妮的情感變成徹底厭惡（愛情的反面當然就是這樣）。沒有什麼事比這更悲劇的了，你打從靈魂深處愛戀一個人，卻知道她既不能也不會回應你的愛戀。

神話故事都說我追求她只是一時興起，她只不過是另一個漂亮女孩而已。那些故事是錯的。當她懇求蓋婭把她變成一棵月桂樹以便逃離我的追逐時，我的心有一部分也隨之變硬成樹皮。我發明了月桂冠以紀念我的挫敗，懲罰我害自己的摯愛走上這樣的命運。每次有某位英雄贏得月桂冠，都會讓我想起自己永遠無法贏得的那位女孩。

經歷達芙妮的事件後，我發誓永遠不結婚。有時我這樣聲稱是因爲我無法在九位謬思女神之間做抉擇，因此這樣講還滿方便的。九位謬思女神經常與我作伴，她們每一位都有各自的個性美，但從來不像達芙妮一樣擄獲我的心。只有另外一個人曾經讓我深深動心，就是完美的雅辛托斯，而他呢，也一樣，被迫離開我身邊。

這種種想法全都在我挫傷的腦中喧騰翻滾。我從一棵樹跌撞走到另一棵樹，無力地倚著樹幹，像是抓著欄杆一樣緊緊抓住最低矮的樹枝。

「你不能死在這裡，」達芙妮低聲說：「你有任務要進行。你發過誓的。」

是啊，我的誓言。梅格需要我。我必須……

我面朝下地摔進冰冷的護根泥土裡。

我不確定自己在那裡躺了多久。

有個溫暖的口鼻對著我的耳朵呼氣，粗粗的舌頭舔舐我的臉。我還以爲自己死了，地獄犬色柏洛斯[80]發現我躺在冥界的大門口。

接著，那隻野獸推著我翻身仰躺。空中交織著黑暗的樹枝，我還在森林裡。一頭獅子的金色臉龐出現在我上方，牠的琥珀色眼睛既美麗又致命。牠舔舔我的臉，也許正要決定我是不是美味的一餐。

「噗。」我吐出嘴裡的鬃毛。

「醒來吧，」一個女子的聲音說，似乎從我的右邊傳來。那不是達芙妮的聲音，但感覺有點熟悉。

我努力抬起頭。旁邊有第二頭獅子坐在一名女子的腳邊，那女子戴著染色鏡片眼鏡，髮辮上戴著金銀頭飾，蠟染衣裳有糾結纏繞的蕨葉圖像，兩隻手臂和雙手滿是印度指甲花彩繪刺青。她看起來與我夢中的模樣完全不同，但我認得她。

「瑞雅。」我啞著嗓子說。

她微微點頭。「和平，阿波羅。我不想讓你難過，但我們需要談一談。」

80 色柏洛斯（Cerberus），負責看守冥界大門的三頭狗，體型巨大且凶猛無比。除了有三個頭，每個頭又都以蛇為毛鬚，長長的尾巴有倒鉤。

26 有凱旋將軍？塞給我和平標誌不妙喔，媽媽

我頭上的傷口嘗起來一定像日本和牛一樣美味。

那頭獅子繼續舔舐我的側臉，害我的頭髮變得又溼又黏。說也奇怪，這似乎讓我的思緒變得清晰。也許獅子的口水具有治療功效吧。我猜自己本來應該知道，畢竟以前曾身爲掌管醫療的天神，但如果我沒有針對每一種動物的口水反覆進行臨床試驗，你得原諒我。

我費盡千辛萬苦才坐起來，面對泰坦巨神王后。

瑞雅斜倚著一輛福斯狩獵客貨車的側邊，車身畫著糾結纏繞的黑色蕨葉圖案，就像她的衣裙一樣。我隱約想起，黑色蕨葉似乎是瑞雅的其中一種象徵標誌，但是想不起原因。在眾神之中，瑞雅總是帶了一點神祕感，就連最了解她的宙斯都不常提起她。

她的額頭戴著六角形王冠，像是亮晶晶的鐵軌軌道。她低頭看著我時，染色眼鏡從橘色變成紫色。她的腰際繫著一條編織腰帶，脖子上的項鍊掛著黃銅和平標誌。

她面露微笑。「很高興你醒了。老兄，我很擔心啊。」

我眞的很希望大家不要再叫我「老兄」了。「你爲什麼……你這麼多個世紀以來都到哪裡去了？」

「紐約州北部。」她搔搔獅子的耳朵。「參加胡士托音樂節之後，我在那裡逗留一陣子，設立一個陶藝工作室。」

「你……什麼？」

她微微歪著頭。「那是上個星期還是上個千年的事？我有點失去時間感了。」

「我……我相信你說的是一九六〇年代。那是上個世紀。」

「噢，討厭。」瑞雅嘆口氣。「經過那麼多年，我都搞混了。」

「我能體諒。」

「我離開克羅諾斯之後……嗯，那個男人太古板、太方正了，你碰到他的稜角都會割傷，你懂我的意思吧？他完全是一九五〇年代的典型老爸，希望我們就像奧茲和哈莉葉、露西和里奇[81]那些家庭劇裡的模範夫妻。」

「他……他把自己的小孩活生生吞下肚耶。」

「是啊。」瑞雅伸手撥開臉上的頭髮。「他的業障太重了。總之，我離開他了。那時候離婚可不是什麼好事，你就是不能離婚。但是我呢，我把『胸帶』燒掉了，也就得到解放和自由。一群水精靈和庫瑞忒斯幫我的忙，在一個小地方把宙斯撫養長大，吃了大量的小麥胚芽和神飲。那孩子長大成人，帶有強大的寶瓶座氣質。」

我很確定瑞雅把她那些年的事情記錯了，但我心想，指出那些錯誤恐怕很不禮貌。

「看到你讓我想起伊麗絲，」我說：「她在好幾十年前變成有機素食主義者。」

---

[81] 奧茲和哈莉葉是美國長壽家庭劇《奧茲和哈莉葉大冒險》（*The Adventures of Ozzie and Harriet*）的主角夫妻，露西和里奇是情境喜劇《我愛露西》（*I Love Lucy*）的主角夫妻。

瑞雅露出一種表情，只有一絲絲的不贊成，然後立刻恢復原本業力平衡的神情。「伊麗絲是好人，我喜歡她。不過你知道嗎，那些年輕的女神啊，她們不會爲了革命而戰。她們對很多事都不了解，像是你的老伴吃掉你的孩子、你不能做眞正的工作、泰坦巨神沙文主義者只要你待在家裡煮飯打掃、生下更多奧林匹亞寶寶等。而說到伊麗絲……」

瑞雅伸手摸摸額頭。「等一下，我們本來就是要談伊麗絲嗎？還是我產生幻覺？」

「我眞的不知道。」

「喔，我現在想起來了。她是眾神的傳訊者，對吧？再加上荷米斯，還有另一位思想超開放的時髦小妞……聖女貞德嗎？」

「呃，最後那一位我不確定。」

「嗯，總之，老兄，通訊線路斷了，一切都無法運作。彩虹訊息、飛行卷軸、荷米斯快遞……全部失控了。」

「這我們知道，但不曉得原因是什麼。」

「因爲『他們』。是他們造成的。」

「誰？」

她往兩旁瞄了幾眼。「老兄，那些老兄啊。老大哥。穿西裝的。凱旋將軍。」

我本來期待她會說出其他的事，像是巨人族、泰坦巨神、古代殺人機器、外星人之類的。我還比較希望能與塔耳塔洛斯、烏拉諾斯或最原始的「混沌」本尊糾纏在一起。我本來希望關於螞蟻巢穴裡的凱旋將軍那回事，其實是間歇泉彼特誤解了他兄弟說的話。

現在，我已經確定自己的心意，我好想偷走瑞雅的狩獵客貨兩用車，開著車遠走高飛，溜去遙不可及的紐約州北部。

「三巨頭控股公司。」我說。

「是啊，」瑞雅表示同意。「那是他們新設立的軍事工業集團。我覺得眞是糟透了。」

獅子不再舔我的臉，可能因爲我的血變苦了吧。「這怎麼可能？他們是怎麼回來的？」

「他們從沒離開過，」瑞雅說：「你也知道，他們完全是爲了自己，想要讓自己成爲天神，但從來不曾順利達成。他們自從很久以前便躲藏起來，暗中影響歷史發展。他們像是困在一種陰暗的人生裡，既不能死，也不能眞正活著。」

「可是，我們怎麼可能一點都不知情呢？」我質問道。「我們是天神啊！」

瑞雅的笑聲讓我聯想到患有氣喘的小豬。「阿波羅，我的孫子，漂亮的孩子啊……難道身爲天神就能阻止某人不會變蠢嗎？」

她眞是正中要害。這當然不是針對我個人，我可以告訴你關於其他奧林帕斯眾神的好多故事……

「羅馬的那些皇帝，」我努力讓自己回到正題。「他們不可能全都變成永生不死吧。」

「沒錯，」瑞雅說：「只有其中最糟糕、最惡名昭彰的那些人。老兄，他們活在人類記憶裡，就是那樣讓他們活著。我們不也是如此？老兄，他們緊緊依附著西方文明的發展，即使這整個概念其實是帝國主義兼歐洲中心論者的宣傳伎倆。就像我的導師會這樣告訴你……」

「瑞雅……」我用雙手按住陣陣抽痛的太陽穴。「我們可以一次講一個問題就好嗎？」

「好啊，沒問題。我不是故意要讓你腦袋爆炸。」

「但他們怎麼能影響我們的通訊線路？他們的力量怎能這麼強大？」

「阿波羅，他們醞釀了好幾個世紀。好幾個世紀喔。這麼長時間以來，不斷策畫戰爭、掀起戰爭，建立他們的資本帝國，一直等待你變成凡人這個契機，因爲這時候神諭非常脆弱，容易讓敵方接手掌控。就是這麼邪惡。他們冷酷到爆，完全不顧後果。」

「我以爲那是比較現代的用語。」

「邪惡？」

「不是啦，『冷酷到爆』。當我沒說。那個野獸……他是帶頭的嗎？」

「恐怕是。他就像其他人一樣扭曲，不過他最聰明，人格也最穩定，這是指有殺人傾向的反社會人格方面。你知道他是誰……應該說他以前是誰，對吧？」

說來不幸，我眞的知道。我記得曾在哪裡看過他那嘻皮笑臉的醜陋臉孔，聽得見他的鼻音響徹整個競技場，號令執行幾百人的死刑，而四周揚起群眾的歡呼聲。我好想問瑞雅，他在三巨頭控股公司的另外兩位合夥人是誰，但隨即覺得此刻我無法承受這樣的訊息。這樣的選擇一點都不好，但得知他們的名字恐怕會帶來更深沉的絕望，遠超過我所能負荷。

「所以那是眞的囉，」我說：「其他的神諭依然存在，那些皇帝把它們全部掌控住？」

「他們正朝著這個目標邁進。匹松掌握了德爾菲，那是最大的問題所在，但是你根本沒有力氣向牠正面迎戰。你最好先想辦法讓牠們無法染指次要的神諭，削弱牠們的力量。爲了達到目的，你必須爲混血營找到新的預言來源，也就是比較古老而且獨立運作的神諭。」

「多多納，」我說：「你那片會說悄悄話的樹林。」

「喔耶，」瑞雅說：「我以爲那片樹林永遠消失了，不過後來，我也不知道怎麼回事，那些橡樹又在這片森林深處自己長回來了。你必須找到那片樹林，而且好好保護它。」

「我正在努力啊。」我伸手摸摸側臉的黏答答傷口。「可是我的朋友梅格……」

「是啊，你碰到一些挫敗。不過呢，阿波羅，挫敗是難免的。我和麗茲．斯坦頓[82]在胡士托市主辦第一次女權會議的時候……」

「我覺得你說的是塞內卡瀑布市？」

瑞雅皺起眉頭。「那件事不是發生在六〇年代嗎？」

「四〇年代，」我說：「而且是一八四〇年代，假如記憶可靠的話。」

「那麼……吉米．罕醉克斯[83]沒有在那裡？」

「不大可能。」

瑞雅不經意撥弄她的和平標誌。「那麼，誰放火燒了那把吉他？啊，隨便啦。重點是，你一定要堅持下去。有時候，好機會要花好幾個世紀慢慢等待。」

「只不過我現在是凡人，」我說：「我沒有好幾個世紀可以等。」

「可是你有意志力，」瑞雅說：「你擁有凡人的幹勁和堅持，眾神經常缺乏那樣的特質。」

她身旁的獅子狂吼一聲。

「我該閃人了，」瑞雅說：「假如那些凱旋將軍追蹤到我的下落……老兄，那可不妙啊。」

---

[82] 全名是伊麗莎白．卡迪．斯坦頓（Elizabeth Cady Stanton, 1815-1902），美國最早的女權運動領袖之一，第一次女權會議是在紐約州塞內卡瀑布市（Seneca Falls）舉辦。胡士托（Woodstock）則是曾經舉行著名音樂節的地點，同樣在紐約州。

[83] 吉米．罕醉克斯（Jimi Hendrix, 1942-1970），美國知名吉他手和音樂人，主要音樂生涯只持續四年就因用藥不慎而過世，一般公認他是音樂史上最偉大的電吉他手。

我退出江湖太久，現在可不打算再度捲進這種家族內的習慣性壓迫。反正就是找到多多納樹林，這是你的第一項試煉。」

「那麼，假如野獸先找到樹林會怎樣？」

「喔，他已經找到大門了，但如果沒有你和那女孩，他永遠不可能在樹林裡通行無阻。」

「我……我不懂。」

「那很酷喔。只要深呼吸，找到你的中心，啓迪必然由心而生。」

這也太像我會給膜拜者的忠告了吧。我實在很想用瑞雅自己編織的腰帶把她勒昏，但恐怕沒有那種力氣。更何況她有兩頭獅子。「可是我該怎麼辦呢？我該怎麼救梅格？」

「首先，先治好傷口，休息一下。然後……嗯，該怎麼救梅格當然由你自己決定，過程遠比結果重要多了，你懂吧？」

她伸出一隻手，手指上掛著一串風鈴……那是一組中空的黃銅管子和墜飾，上面雕刻著古希臘和克里特島的象徵符號。「把這個掛在最巨大的古老橡樹上，那會幫助你專心聆聽神諭的聲音。如果你得到一項預言，就太棒了。那只是開頭而已，但如果沒有多多納樹林，其他的一切都不可能辦到。皇帝們將會阻礙我們的未來發展，讓整個世界無端分裂。你唯一的機會是打敗匹松，才能要求恢復你在奧林帕斯山的合法地位。我的兒子，宙斯……他弄出這整個『愛之深責之切』的紀律問題，你瞭吧？所以，你想要博取他的歡心，唯一的方法就是取回德爾菲的主導權。」

「我……我就怕你會這樣說。」

「還有另外一件事，」她警告說：「野獸正打算對你們混血營展開某種攻勢，我不知道詳情是什麼，但規模會很大。呃，甚至比汽油彈更嚴重。你得趕快去警告你的朋友們。」

我旁邊的獅子輕輕推我。我伸出雙臂抱住牠的脖子，讓牠拉著我站起來。我努力想要站穩，但是受到這麼徹底的驚嚇，我的雙腿好僵硬。這是我頭一次領悟到眼前真的有試煉在等著我。我知道自己必須面對那些敵人。我需要的不只是風鈴和啓迪而已，我需要的是奇蹟。而身爲天神，我可以告訴你，奇蹟絕對不可能輕輕鬆鬆就得到。

「阿波羅，祝你好運。」泰坦巨神王后把風鈴放到我手中。「我得趕快回去查看陶窯，免得陶器燒裂了。繼續努力，要救那些樹喔！」

森林全部消失了，我發現自己站在混血營的中央草地上，剛好與琪亞拉·班凡努提大眼瞪小眼，她見狀嚇得倒彈三步。「阿波羅？」

我擠出微笑。「嗨，女孩。」我兩眼一翻，於是這個星期第二次，我在她面前以迷死人的動作昏倒在地。

27

我衷心致歉
差不多對每件事
哇，我是好人

「醒醒。」有個聲音說。

我睜開雙眼，看到一個鬼魂，他的臉孔對我來說就像達芙妮一樣珍貴。我熟知他的古銅色肌膚、他的親切微笑、他的深色鬈髮，還有一雙如同元老院議員長袍的紫色眼睛。

「雅辛托斯，」我哭起來。「我很抱歉……」

他別過臉對著陽光，顯露出左耳上方的醜陋凹陷痕跡，那是鐵餅砸中他的地方。我自己受傷的臉也因爲同情而陣陣刺痛。

「找到洞穴，」他說：「在藍色泉水附近。噢，阿波羅……你的神智將被奪走，但是不要……」

他的形影變得模糊，然後轉身離開。我從病床上爬起來，追上前去抓住他的肩膀。「不要怎樣？求求你不要再離開我！」

我的視線突然變得清晰，發現自己站在第七小屋的窗邊，抓著一只紫色陶瓶，裡面插著紅色的風信子花朵84。威爾和尼克站在旁邊，眼神顯得非常憂慮，一副隨時要抓住我的樣子。

「他對著花朵講話，」尼克表示：「那樣正常嗎？」

「阿波羅，」威爾說：「你有腦震盪，我把你治好了，但是……」

「這些風信子，」我質問道：「它們一直放在這裡嗎？」

威爾皺起眉頭。「坦白說，我不曉得它們是從哪裡來，可是……」他接過我手上的花瓶，把它放回窗台上。「先來擔心你的狀況，好嗎？」

通常這是很好的建議，不過我現在只能呆呆盯著那束風信子，心裡疑惑那會不會是某種訊息。看著這些花，感覺好殘酷；這些花是我親手創造的，以紀念我死去的愛人，羽毛狀的花瓣染著紅色，就像他的鮮血，或者紫色的花朵也像他的眼睛。它們在窗邊綻放得這麼生氣勃勃，讓我回想起已經失去的歡樂時光。

尼克伸手搭在威爾的肩膀上。「阿波羅，我們很擔心。威爾又特別擔心。」

看到他們兩人在一起，彼此互相扶持，讓我的心情更加沉重。在我神智不清期間，過去的兩名摯愛都曾來找我，而現在，我又是徹底孤單一人了。

然而，我有個任務必須完成，有個朋友需要我伸出援手。

「梅格有麻煩了，」我說：「我失去意識多久？」

威爾和尼克彼此互看一眼。

「現在大概是中午，」威爾說：「你是今天早上大約六點時出現在草坪上，當時梅格沒有和你一起回來，我們想要去森林找她，但奇戎不讓我們去。」

「奇戎的做法完全正確，」我說：「我不會讓其他人去冒生命危險。不過我得快點才行，

---

84 阿波羅和西風風神澤佛羅斯同時愛上雅辛托斯（Hyacinthus），嫉妒的澤佛羅斯讓一陣風吹起鐵餅砸死了雅辛托斯，後來阿波羅將雅辛托斯變成一種花，以他為名，稱為風信子（hyacinth）。

梅格最多只能撐到今天晚上。」

「然後會怎樣？」尼克問。

我說不出口，甚至光是想起來就可能會發瘋。我低下頭。除了保羅的巴西國旗頭巾和我的烏克麗麗琴弦項鍊，我身上只穿了一條拳擊短褲，噁心的鬆軟肥肉展示給每個人看，但我再也不在乎了。（嗯，沒那麼在乎了，隨便啦。）「我得穿上衣服。」

我踉蹌走回床鋪，在零星幾樣裝備中胡亂摸索，找到波西．傑克森的齊柏林飛船T恤。我套上T恤，感覺似乎比以前更適合我了。

威爾在旁邊走來走去。「阿波羅，聽好，我認為你沒有回到百分之百的健康狀態。」

「我沒事，」我穿上牛仔褲。「我得去救梅格。」

「我們幫你，」尼克說：「告訴我們她在哪裡，我可以影子旅行……」

「不行！」我厲聲說：「不行，你們必須待在這裡保護混血營。」

看到威爾的表情，讓我回想起對他母親娜歐咪的鮮明記憶，每次她要登上舞台之前，總會露出同樣驚慌不安的表情。「如果不保護混血營會怎樣？」

「我……我不確定。你得告訴奇戎說皇帝們回來了，或者應該說，他們從來都沒有離開。他們一直暗中籌畫建立他們的資源，已經有好幾個世紀之久。」

尼克閃爍著小心翼翼的眼神。「你說皇帝們……」

「我指的是羅馬的那些皇帝。」

威爾往後退。「你是說，古羅馬時代那些皇帝還活著？怎麼會？死亡之門嗎？」

「不是。」我差點沒辦法說話，因為嘴裡有膽汁的苦味。「那些皇帝讓自己成為天神，他們擁有自己的神廟和祭壇，也鼓勵人們前去膜拜。」

「不過那只是宣傳伎倆吧，」尼克說：「他們沒有眞的變成天神。」

我苦笑一下。「黑帝斯之子，天神就是受到膜拜才得以維持。他們之所以持續存在，是因爲集合了文化的記憶。奧林帕斯眾神確實如此，而皇帝們也是這樣。不知道爲什麼，權力最大的皇帝們都留存下來，這麼多個世紀以來，他們緊抓著半條命不放，暗中躲藏，等待重新掌權的時機。」

威爾搖搖頭。「那是不可能的吧。怎麼會……？」

「我不知道！」我努力讓呼吸慢下來。「告訴瑞秋，三巨頭控股公司的幕後推手都是以前的羅馬皇帝，他們一直密謀對抗我們，而我們天神一直很盲目。眞的很盲目。」

我穿上外套。尼克昨天給我的神食還放在左邊口袋裡，而瑞雅的風鈴在右邊口袋裡叮咚作響，雖然我完全不曉得它怎麼會在那裡。

「野獸正在計畫以某種方式攻擊混血營，」我說：「我不知道會怎麼進行，也不曉得什麼時候發生，但是告訴奇戎，你們一定要準備好。我得走了。」

「等一下！」我走到門邊時威爾說：「野獸是誰？我們要對付的是哪一個皇帝？」

「我最糟糕的後代子孫。」我的手指用力扳住門框。「基督徒稱他『野獸』，是因爲他把人們活生生燒死。我們的敵人是尼祿皇帝。」

他們一定是太震驚了，沒有跟著我走出來。

我跑向兵工廠，好幾個學員用奇怪的眼神看著我。有些人在背後叫我，似乎想要幫忙，但我沒有理他們。我只想到梅格孤孤單單待在邁爾米克的巢穴裡，以及之前見到達芙妮、瑞雅和雅辛托斯的景象，他們全都催促我趕快行動，叫我用這副不夠格的凡人形體去達成不可能的任務。

我到達兵工廠，掃視放置弓箭的架子。我的手抖個不停，拿起梅格昨天就想交給我的武器；它是用山月桂的木材雕刻而成，難堪的諷刺意味正合我意。

我曾經發誓，除非再度成為天神，否則就不使用弓箭。不過我也曾發誓不再彈奏音樂，結果已經彈奏了尼爾．戴蒙的音樂，等於用最糟糕的方式打破誓言。

冥河的詛咒可能會用慢性癌症的方式殺了我，宙斯也可能對我天打雷劈，但我得先實踐誓言，把梅格．麥卡弗瑞救回來才行。

我抬起臉仰望天空。「父親，如果你想要懲罰我，請別客氣，但你有種就直接傷害我，不要傷害我的凡人夥伴。當個眞男人吧！」

出乎我意料之外，天空竟然靜悄悄，沒有閃電把我蒸發掉。宙斯可能太驚訝了，一時無法反應，不過我知道他絕對不會忽視這樣的羞辱。

叫他下塔耳塔洛斯啦。我有重要事情得做。

我抓了一個箭筒，把所有找得到的飛箭全部塞進去，接著跑向森林，梅格的兩枚戒指在臨時項鍊上叮噹作響。這時才想到已經太遲，我忘了拿那把戰鬥烏克麗麗，可是沒時間回去拿了。我的歌聲應該夠用吧。

我不曉得該怎麼找到巢穴。

也許森林只是允許我走進去，它知道我正邁向自己的死亡結局。一個人要尋找危險時，找起來絕對不會太困難，我已經有這樣的覺悟。

過沒多久，我就蹲在一棵倒木後面，仔細研究前方空地上的邁爾米克巢穴。把那地方稱爲蟻丘，就像把凡爾賽宮稱爲獨棟住宅一樣。泥上堆成的壁壘高高聳立，幾乎達到周圍樹木的樹梢處，至少有三十公尺高，而且它的圓周大到可以容納一整個羅馬競技場。兵蟻和雄蟻川流不息地進出蟻丘，有些搬運倒木，還有一隻竟然拖著一輛一九六七年份的雪佛蘭羚羊老爺車，眞是令人費解。

我會面對多少隻螞蟻呢？實在一點概念也沒有。如果你面對的數字是「不可能估算」，再要估算就沒意義了。

我搭箭上弓，走進空地裡。

最靠近的邁爾米克一看到我，立刻扔下牠的雪佛蘭轎車。牠看著我靠近，觸角快速擺動。我沒理牠，逕自從牠旁邊大步走過，直直朝著最近的地道入口走去。這舉動又讓牠更加困惑。

還有好幾隻螞蟻也聚過來查看狀況。

我已經學會一招，假如你表現得像是有明確目標，大部分人（或螞蟻）都不會阻攔你。對天神阿波羅來說，表現得很有自信通常不是什麼問題，而且天神不管要去哪裡都可以。但對異乎尋常的笨蛋青少年萊斯特·巴帕多普洛斯來說，這就有點艱辛了，不過我還是一路走到巢邊，沒有遭受挑戰。

我鑽進去，然後開始唱歌。

這一次我不需要烏克麗麗，也不需要沉思冥想尋求靈感。我回想達芙妮浮現在樹上的臉龐。我回想雅辛托斯轉身離開的情景，他的致命傷口在頭蓋骨上閃爍發亮。我的聲音充滿極大的痛苦，吟唱出深刻的悲傷和心碎。結果，我沒有因爲自己的絕望而崩潰，反而將情緒投射出去。

地道把我的聲音放大了，而且傳遞聲音穿越巢穴，讓整個蟻丘都變成我的樂器。

每一次經過一隻螞蟻旁邊，牠就屈起所有的腳、額頭觸地，而且觸角跟著我聲音的振動而顫抖。

我以前是天神的時候，歌聲的力量更強大，但現在這樣也夠了。人類的聲音竟能傳達這麼悲傷的情感，連我都覺得很驚奇。

我繼續朝著蟻丘深處走去，完全不曉得自己走向何方，直到看見一株天竺葵在地道的地面上兀自綻放。

我的歌聲顫抖起來。

梅格。她一定是恢復意識了，於是扔下其中一顆緊急用的種子，讓我有跡可循。天竺葵的紫色花朵全都面對一條較小的地道，那條地道向左邊延伸而去。

「聰明的女孩。」我說，選擇那條地道而行。

一陣喀啦聲警告我有邁爾米克靠近。

我轉過身，舉起手上的弓。這隻昆蟲沒有受到我聲音的魅惑，撲上前來，嘴巴還吐著酸液泡沫。我拉弓射箭，飛箭深深埋進螞蟻的額頭，只剩箭尾的羽毛露在外面。

那生物轟然倒下，後腳抽搐著死前的掙扎。我試著取回箭，但箭桿在我手中應聲折斷，斷掉的尾端滿是冒煙的腐蝕性黏液。所以，這種彈藥別想回收使用了。

我大叫：「梅格！」

唯一的回應是有更多的巨型螞蟻喀啦聲往我這邊移動過來，於是我又開始吟唱。現在我愈來愈渴望找到梅格，但這樣要喚起適量的愁緒就很困難。我遇到的螞蟻不再緊張兮兮，牠們緩慢移動，動作不太規則，但還是發動攻擊。我不得不持續射出一支又一支的箭。

我經過一個洞穴，裡面滿是閃閃發亮的寶藏，但此刻我對亮晶晶的東西不感興趣，於是繼續往前移動。

到了下一個路口，另一株天竺葵從地上冒出來，所有的花朵都面向右邊。我轉往那個方向，再度叫喚梅格的名字，然後又恢復唱我的歌。

隨著精神漸漸振作起來，我唱的歌就比較沒有效果，螞蟻也變得更具攻擊性。殺了十幾隻螞蟻後，我的箭筒變得很輕，這樣很危險。

我必須傳遞出比較深層的絕望情緒，我必須完完全全進入憂鬱狀態。

這是四千年來頭一次，我吟唱著自己的缺點。

我吐露自己對達芙妮之死的內疚，是我的自我吹噓、嫉妒心和無盡的慾望造成她的殞滅。她逃離我身邊時，我應該讓她走才對，但是我反而無止盡地追逐她。我渴望她，而且我想要擁有她，因為如此，我讓達芙妮沒有選擇的餘地。為了逃開我，她犧牲自己的生命，變身成一棵樹，讓我的心留下永難抹滅的傷痕……然而那全是我的錯。我在歌曲中聲聲道歉，懇求達芙妮的原諒。

我也歌頌雅辛托斯，世上最英俊的男人。西風澤佛羅斯同樣愛上他，但是我連一時半刻都不想與別人分享雅辛托斯的時光。我嫉妒心起，對澤佛羅斯語帶威脅，嗆他膽敢介入就試試看。

我吟唱著我和雅辛托斯在田野裡擲鐵餅那一天，以及西風如何把我的鐵餅吹離原本的飛行軌跡，最後直直射進雅辛斯基的頭部側邊。

為了讓雅辛托斯永遠留在他所歸屬的陽光下，我用他的鮮血創造出風信子這種花。我指控澤佛羅斯要為這場悲劇負起責任，但其實是我自己肚量狹小的貪婪之心造成雅辛托斯之死。我盡情傾訴內心的悲痛，我把所有的罪過都攬在自己身上。

我吟唱著自己的種種失敗，以及永恆的心碎與孤獨。我是最差勁的天神，罪惡最多也最不專一。我不能把自己託付給一位愛人，甚至無法好好選擇天神的專長，老是從一項技藝換成另一項……既不能集中心思也永遠不滿足。

我的黃金人生根本是一場騙局。我的酷勁充滿虛假，我的心根本是鐵石心腸。

在我四周，邁爾米克全部倒下了，連蟻穴本身也因為悲傷而顫抖。

我發現第三株天竺葵，然後又找到第四株。

最後在兩段歌詞間的停頓時刻，我聽見前方傳來一個細小聲音，是女孩子哭泣的聲音。

「梅格！」我不再唱歌，連忙衝上前去。

她躺在一個洞穴狀食物儲藏室的正中央，完全如同我的想像。她的周圍堆滿各式各樣的動物屍體，有牛、鹿和馬，全都裹在硬化的黏液裡，正在慢慢腐爛分解，蜂擁而來的氣味簡直像雪崩一樣衝擊我的鼻道。

梅格也被裹住，但她正在用天竺葵的力量奮力抵抗。一片片葉子從繭囊最薄的地方冒出來，而且她的脖子周圍長出一圈花朵，讓黏液不會接觸到她的臉。她甚至已經有一隻手臂掙脫出來，多虧有一朵粉紅色的天竺葵從她的左邊腋窩綻放開來。

她的雙眼都哭腫了，我猜她非常害怕，也可能疼痛難耐，不過我在她旁邊跪下時，她脫口而出的第一句話是：「我很抱歉。」

我抹掉她鼻尖的一滴淚珠。「親愛的梅格，為什麼這樣說？你沒做錯事。是我害了你。」

她的喉嚨裡哽著嗚咽聲。「你不懂。你剛才唱的歌。喔，眾神哪……阿波羅，如果我早點知道……」

「噓，現在別說話。」我的喉嚨好痛，差點說不出話。剛才唱歌幾乎讓我完全失聲。「你的反應只是因為音樂裡的悲傷情緒。趕快讓你脫困吧。」

我正在考慮該怎麼做，這時梅格的眼睛突然睜得好大，忍不住哀叫一聲。

我頸背的毛髮都豎起來了。「我背後有一些螞蟻，對吧？」我問。

梅格點點頭。

我轉過頭，看見四隻螞蟻進入洞穴。我伸手探向箭筒，但裡面只剩下一支箭。

28

教養的建議：媽媽們，別讓蛆蛆長大成螞蟻

梅格在她的黏液牢籠裡奮力扭動。「把我弄出去！」

「我沒有刀子啊！」我的手指摸到脖子上的烏克麗麗琴弦。「其實我有你的刀子，我是說你的戒指……」

「你不用幫我割開，螞蟻把我丟在這裡時，我的整包種子掉下去了。應該很近。」

她說得對，我看到那個皺皺的袋子在她腳邊。

我一步步走過去，同時緊盯著那些螞蟻。牠們在門口擠成一團，似乎猶豫著要不要再靠近一點。也許一整排死螞蟻引導牠們來到這個房間，讓牠們爲之卻步。

「乖螞蟻，」我說：「超棒超鎮定的螞蟻。」

我蹲下去撿起袋子。我很快往裡面看一眼，得知還剩下六顆種子。「梅格，然後呢？」

「把它們撒在黏液上。」梅格說。

我指著她脖子上和腋窩綻放的天竺葵花朵。「那些用了多少種子？」

「一顆。」

「嗯，這麼多顆會害你窒息而死吧。我在乎的人已經有太多人被我變成花朵了。梅格，我

不能……」

「照做就是了！」

螞蟻並不喜歡她的語氣，牠們步步進逼，大顎猛咬個不停。我把天竺葵種子遍撒在梅格的繭囊上面，接著搭箭上弓。殺掉其中一隻螞蟻根本沒用，因爲其他三隻還是會把我們撕爛，於是我選擇另一個目標。我把箭射向洞穴的天花板，剛好在螞蟻的頭頂上方。

這是孤注一擲，但我以前確實曾用箭射倒建築物。我在公元前四六四年引發一場地震，摧毀了大半個斯巴達，方法是用正確的角度射中一條斷層線。（我向來不太喜歡斯巴達人。）

這一次的運氣就沒那麼好了，飛箭發出鈍鈍的「噗」一聲，插入緊實的泥土中。那些螞蟻再向前進逼一步，酸液不斷從牠們口中滴落。而在我背後，梅格拚命想從她的繭囊中掙脫出來，現在繭囊表面胡亂分布一片紫色花朵。

她需要更多時間。

我無計可施，只能從脖子扯下巴西國旗頭巾，發瘋似地奮力揮舞，努力把我內心像保羅的部分施展出來。

「退後，你們這些可惡的螞蟻！」我大吼：「巴西啊！」

那些螞蟻有點猶豫，也許是因爲頭巾的閃亮色彩，或者我的聲音，或者我突然表現出荒唐愚蠢的自信。就在牠們顯得遲疑的時候，我的箭射中的地方迸出裂縫，沿著天花板延伸開來，接著有數千公噸的土方崩落在那些邁爾米克的頭頂上。

等到塵埃漸漸落定，大半個房間不見了，螞蟻同樣也不見蹤影。

我看著手上的頭巾。「我會被冥河詛咒。這還眞的有魔法力量。絕對不能告訴保羅，不然他會得意忘形。」

「注意這邊！」梅格大喊。

我轉過身，又有一隻邁爾米克爬到一大堆屍體上面，顯然這噁心的食物儲藏室後面還有第二個出口，我之前沒有注意到。

我還來不及想出對策，這時梅格突然大吼一聲，從她的牢籠裡掙脫出來，天竺葵花朵也往四面八方飛散出去。她大喊：「我的戒指！」

我把它們從脖子上扯下，扔向空中。梅格一把抓住它們，瞬間金光一閃，她的雙手便握著兩把彎刀。

邁爾米克幾乎還來不及心想「喔哦」，梅格就撲過去了。她砍掉螞蟻的裝甲頭，只見牠的身體癱倒在地，變成一堆冒煙的零件。

梅格轉身看我。她的表情混合了強烈的內疚、悲慘和痛苦。我好怕她會用那兩把彎刀對付我。

「阿波羅，我……」她講到一半停下來。

我心想，她還受到我剛才唱歌的影響吧。她好像打從心底渾身顫抖。我在心裡暗暗提醒自己，以後如果有凡人可能會聽到，我絕對不要那麼掏心掏肺地唱歌。

「梅格，沒事了，」我說：「我才應該向你道歉，把你扯進這團混亂裡的人是我。」

梅格搖搖頭。「你不懂。我……」

一陣憤怒的尖叫聲響徹整個房間，撼動了岌岌可危的天花板，泥土塊如雨點般落在我們頭上。那尖叫聲的音調讓我回想起希拉，每當她沿著奧林帕斯山的走廊橫衝直撞，便對我大吼大叫，叫我從天神的馬桶上滾開。

「那是蟻后，」我猜測說：「我們得趕快離開。」

梅格用彎刀指向房間唯一剩下的出口。「但聲音從那邊傳來，我們要往牠那裡走去。」

「完全正確。所以或許我們別再互相賠罪了，好嗎？等一下可能還是會害對方被殺。」

我們發現蟻后了。

歡呼。

所有的走道一定都通往蟻后那裡，就像早晨金星的燦亮光芒都從她的房間向外輻射出去。蟻后陛下的體型足足有最巨大兵蟻的三倍大，黑色的幾丁質和有刺的附肢宛如高塔般聳立，而透明的卵圓形翅膀收攏在背上。她的眼睛像是透明的縞瑪瑙游泳池，腹部有個陣陣跳動的透明囊袋，裡面裝滿亮晶晶的蟻卵。看到這幅景象，讓我很後悔以前發明出膠囊藥物。

她的臃腫腹部可能會拖慢打鬥動作，不過她那麼巨大，我們還沒走到最近的出口，可能就會被她攔住。那對大顎會把我們咬成兩半，就像咬斷乾細樹枝一樣輕鬆簡單。

「梅格，」我說：「你覺得有機會用雙刀法對付這位女士嗎？」

梅格看起來好像嚇破膽。「她是快要生產的母親耶。」

「是啦……但她是昆蟲，你最討厭昆蟲了。而且她的孩子們正打算把你當成美味晚餐。」

梅格皺起眉頭。「可是……我就是覺得不太對。」

蟻后發出嘶嘶聲，一種很像噴殺蟲劑的單調聲音。我想，要不是擔心會對幼蟲造成長期的腐蝕性影響，她早就用酸液把我們噴倒了吧。在這段關鍵時期，蟻后必須非常小心。

「你有其他點子嗎？」我問梅格：「可以免於一死的更好點子？」

她指著蟻后抱住的蟻卵正後方，那裡有一條地道。「我們得從那裡走，那會通往樹林。」

「你怎麼知道？」

梅格歪著頭。「樹木啊。就像是……我可以聽到它們生長的聲音。」

這讓我回想起謬思女神以前說過的一件事，用墨水把詩句寫在新紙上，她們眞的可以聽見墨水逐漸乾燥的聲音。我心想，狄蜜特之女能聽見植物生長的聲音也是很合理的。此外，我們得要走的地道是最危險、最難靠近的一條，這一點都不讓我感到訝異。

「唱歌吧，」梅格對我說：「就像之前一樣唱歌。」

「我……我不行，我差不多失聲了。」

更何況，我心想，我不想再冒著失去你的風險了。

我已經救出梅格，所以說不定我對閰歇泉天神彼特的誓言已經實現了。然而，由於唱歌又射箭，我已經打破對冥河發的誓，況且不是一次而是兩次。再唱歌恐怕只會顯得更加藐視誓言。無論會有什麼樣天崩地裂的懲罰等著我，我都不希望連累梅格。

蟻后陛下對我們猛咬一下，那是警告般的一擊，告訴我們退後。如果她再靠近一、兩公尺，我的頭可能就在地上滾動了。

我突然開口唱歌，或者應該說，我用僅剩的沙啞聲音盡力而爲。我開始運用「蹦—恰卡恰卡」的節奏唱唸饒舌歌，也使出我和九位謬思女神在蓋婭戰爭之前研究的舞步。

蟻后弓起背部。我想，她完全沒有預期到今天有人會對她唱唸饒舌歌。

我對梅格使個眼色，意思顯然是：幫幫我啊！

她搖搖頭。給了那女孩兩把彎刀，結果她是個瘋子。只是要求她幫忙打個簡單的拍子，她竟然臨陣怯場。

很好，我心想。我自己來。

我開始唱跳納斯的〈跳舞〉[85]，我得說，在我啓發藝術家所寫出的作品中，這是最能頌揚母親、最令人感動的歌曲之一。（納斯，不客氣啦。）我任意改動了歌詞，把「天使」改成「孵卵的母親」，把「女人」改成「昆蟲」，但依舊保留歌曲的情感。我對懷孕的蟻后吟唱情歌，將我對自己親愛母親麗托的情感灌注其中。等我唱到只願自己終有一天能與這麼好的女人（或昆蟲）結婚，我是真的心碎了。我永遠無法擁有那樣的伴侶，我沒有那樣的命運。

蟻后的觸角微微顫抖。牠的頭來回上下搖動，腹部持續產卵，那景象讓我很難專心，但我堅持不懈。

等到終於唱完，我單膝跪下，伸出雙臂表示敬意，並等待蟻后的裁決。她有可能殺我，也可能不會。我筋疲力竭。我把所有的一切灌注到歌曲裡，再多一句都唱不出來。

梅格在我旁邊站著一動也不動，雙手緊握住她的兩把彎刀。

蟻后陛下渾身顫抖。牠的頭往後一撇，發出尖厲的叫聲，那聲音比較像是傷心而非憤怒。牠低下身子，輕輕碰觸我的胸口，推著我走向我們必須前進的地道。

「謝謝你，」我啞著聲音說：「我……我殺了那些螞蟻實在很抱歉。」

蟻后發出嗚嗚聲和喀答聲，然後又多產下幾顆卵，意思彷彿是說：「別擔心，我永遠可

[85] 納斯（Nas），美國著名嘻哈饒舌歌手，〈跳舞〉（Dance）是專輯《上帝之子》（*God's Son*）裡的一首歌。

以多生幾隻。」

我拍拍蟻后的額頭。「我可以稱你為『媽媽』嗎？」

牠的嘴巴吐出一些泡泡，似乎很樂意的樣子。

「阿波羅，」梅格催促著說：「趁牠改變心意之前，我們趕快走吧。」

我也不曉得「媽媽」會不會改變心意。我有種感覺，牠已經接受我的效忠，接納我們成為牠的後代。但梅格說得對，我們得快點才行。「媽媽」看著我們繞過牠孵育的蟻卵。

我們衝進那條地道，看見我們上方閃耀著燦爛日光。

29

火炬的惡夢
和穿紫衣的男人
但那不夠糟

我從來沒有因爲看到殺戮戰場而這麼高興。

我們闖進一片林間空地，地上遍布著骨頭。大部分都是森林裡的動物，少數看起來是人類。我猜我們已經發現邁爾米克的垃圾場，而牠們顯然沒有定期清運垃圾。

空地周圍生長了濃密糾結的樹木，感覺根本不可能穿越。枝葉在我們頭頂上方交織成圓頂狀，只容陽光灑下，不容其他東西通過。從森林上方飛過時，絕對不可能看出樹冠層下方竟然有這麼開闊的空間。

空地的遠端豎立著一排物體，很像美式足球練習擒抱用的假人，是六個白色繭囊，固定在高聳的木桿上，排列於兩棵巨大橡樹的兩旁。那兩棵樹至少二十五公尺高，生長得非常靠近，巨大的樹幹幾乎黏在一起。我得到一種很鮮明的印象，覺得自己看著一組活生生的門。

「這就是大門，」，我說：「通往多多納樹林。」

梅格的利刃縮回去，又變成她雙手中指上的金戒指。「我們不是在樹林裡了嗎？」

「不……」我盯著空地對面的白色繭囊棒棒冰。距離實在太遠，沒辦法看得很清楚，但似乎透露出熟悉的邪惡感和令人厭惡的感覺。我想要靠近一點，又想要保持距離。

「我想這裡比較像是某種接待廳，」我說：「樹林本身是在這些樹木的後面。」

梅格謹慎注視空地的另一端。「我沒有聽到半點聲音。」

這是眞的。整座森林徹底安靜，所有樹木似乎都屏住呼吸。

「樹林知道我們在這裡，」我猜測說：「它等著看我們有什麼反應。」

「那麼，我們最好採取一點行動。」梅格的語氣聽起來沒有比我興奮，不過她還是舉步向前，骨頭在她腳下吱嘎作響。

我眞希望身上不只有一把弓、一個空箭筒和一副沙啞嗓子能防衛自己的安全，但我依舊跟上前去，努力不讓肋骨和鹿角絆倒。大約跨越一半的空地時，梅格發出刺耳的呼氣聲。

她直直瞪著樹木大門兩側的桿子。

剛開始，我不太能確認自己看到的景象，每根桿子大約是十字架的高度，也就是以前羅馬人沿著路邊設立的那種十字架，很像廣告牌，向大家宣傳罪犯的未來命運。（就我個人來說，我發現現代的廣告牌美觀多了。）每根桿子的上半部都用白布裹成不規則的厚厚一團，而每個繭囊的最頂端露出很像人頭的東西。

我的胃激烈翻騰。那些還眞的是人頭。我們正前方那一整排就是失蹤的半神半人，全都被緊緊捆綁在上面。我瞪大眼睛看著，整個人呆若木雞，直到察覺他們胸口的纏布顯現出最微小的伸展和收縮。他們還有呼吸！不省人事，但沒有死。感謝眾神。

左邊三位青少年我不認識，不過我猜他們一定是賽西爾、埃利斯和米蘭達。右邊有一名消瘦憔悴、膚色灰白且留著白髮的男子，毫無疑問是間歇泉天神保利。他旁邊則懸掛著我的孩子們……奧斯汀和凱拉。

我渾身劇烈顫抖，腳邊的骨頭喀啦作響。我辨認出囚犯身上纏布飄來的氣味，有硫磺、油漬、石灰粉和液態的希臘火藥，都是最危險的材料。狂怒和憎惡在我喉嚨裡打架，搶著要我激烈嘔吐。

「噢，太殘忍了，」我說：「我們得立刻把他們放下來。」

「他……他們到底怎麼了？」梅格結結巴巴地說。

我實在說不出口。我以前看過這種處決方式，那正是操之於野獸之手，當時我就期盼再也不要看到這種景象。

我跑向奧斯汀的桿子，用盡全力想把它推倒，但桿子文風不動，底部插到泥土中非常深的地方。我想要扯開纏布，卻只是弄得滿手沾上硫磺黏液，整團纏布甚至比邁爾米克的黏液更厚也更堅硬。

「梅格，你的彎刀！」我不確定兩把刀究竟有沒有用，但也想不出其他可以嘗試的方法。

就在這時，我們頭頂上傳來熟悉的咆哮聲。

樹枝窸窣作響。桃子卡波伊從樹冠層掉下來，翻了個筋斗，然後落在梅格的腳邊。他的模樣好像歷經千辛萬苦才到達這裡，兩隻手臂都割傷了，不斷滴著桃子神飲；他的雙腿遍布著點點瘀青，連尿布的鬆垂程度也顯得有點危險。

「感謝眾神！」我說。平常我看到穀物精靈應該不會有這種反應，但他的牙齒和爪子剛好可以用來釋放那些半神半人。「梅格，快點！命令你的朋友……」

「阿波羅。」她的語氣很沉重。她指著剛才我們走出的地道。

有兩個人從蟻穴裡走出來，那是我所見過最巨大的人類，兩個人的身高都有兩百一十公分左右，體重說不定將近一百五十公斤，健壯的肌肉都要撐爆馬革盔甲了。他們的閃亮金髮幾乎像是銀絲，寶石耳環在鬍子裡閃閃發亮。兩個男人各帶著橢圓形盾牌和長矛，只不過我懷疑他們還需要武器才能殺人嗎？他們看起來光是徒手就能劈裂炮彈。

我從他們身上的刺青和盾牌上的圓形圖徽認出身分。這樣的武士要忘記也難。

「日耳曼人，」我出於直覺擋在梅格面前。在古羅馬時代，這些羅馬帝國的菁英衛兵曾是冷酷無情的死刑劊子手，而經過這些世紀以來，我猜他們應該沒有變得比較親切和藹。

那兩個男人對我怒目而視。他們有蛇形刺青纏繞在脖子上，就像在紐約時跳到我身上的兩個流氓也有同樣的刺青。兩名日耳曼人往兩旁分開，然後他們的主人從地道裡爬出來。

經過這一千九百年來，尼祿的模樣沒什麼改變，看起來頂多只有三十歲，不過這三十年過得很「用力」，整張臉顯得很憔悴，而且因爲開了太多派對而挺了大肚子。他的嘴巴好像定了形，永遠露出輕蔑的冷笑；他的一頭鬈髮留長到脖子附近，簡直像鬍鬚環繞脖子一圈；他的下巴好短，我都想替他發起募款活動，幫他買一副比較漂亮的下巴。

爲了彌補醜陋的容貌，他穿了一套昂貴的義大利紫色毛料西裝，灰色襯衫釦子打開，露出配戴的金項鍊。他的皮鞋也是手工打造，絕對不是穿來踩踏蟻丘的那種鞋子。如同以往，尼祿的品味總是既昂貴又超乎現實，那或許是我唯一羨慕他的地方吧。

「尼祿皇帝，」我說：「野獸。」

他癟起嘴唇。「叫我尼祿就好。很高興見到你，我榮耀的祖先。過去幾千年來很抱歉，我一直疏於奉獻祭品，不過……」他聳聳肩。「我根本不需要你。我靠自己還過得比較好。」

我握緊雙拳，眞想用一道高熱的閃光把這個挺著大肚子的皇帝劈倒在地。只不過我根本沒有高熱的閃光、沒有箭，也沒有聲音可以唱歌。面對尼祿和他那兩名身高兩百一十公分的保鑣，我只有一條巴西頭巾、一袋神食，還有一串黃銅風鈴。

「你要的人是我，」我說：「把那些半神半人從桿子上放下來，讓他們和梅格一起離開。他們和你一點關係也沒有。」

尼祿笑起來。「只要我們達成協議，我很樂意讓他們離開。至於梅格嘛……」他對梅格微笑。「親愛的，你好不好啊？」

梅格什麼話都沒說，她的表情就像間歇泉天神一樣僵硬灰白。桃子在她腳旁一邊怒聲咆哮，一邊激烈拍動他的葉子翅膀。

尼祿的一名保鑣對他附耳說了些話。

那皇帝點點頭。「很快就好。」

他又把注意力轉回我身上。「哎呀，眞是不好意思。讓我介紹我的右手，文修斯，還有我的左手，蓋琉斯。」

那兩名保鑣互相指著對方。

「啊，抱歉，」尼祿更正說：「我的右手，蓋琉斯，還有我的左手，文修斯。我不會唸他們的巴達維語名字，這是用羅馬字母拼出的唸法。通常我只叫他們文斯和蓋瑞，男孩們，打聲招呼啊。」

文斯和蓋瑞對我怒目而視。

「他們有蛇紋刺青，」我指出，「你派來攻擊我的街頭流氓也有。」

尼祿聳聳肩。「我有很多僕人。凱德和麥基在薪資表上的位階相當低，他們唯一的任務只是讓你稍微嚇一跳，歡迎你來到我的城市。」

「『你的』城市啊。」在我看來，尼祿這就像是把顯然歸我管轄的重要大都會地區整個捧走。「而這兩位紳士……他們真的是從古代來的日耳曼人？怎麼可能？」

尼祿從鼻子後面悶聲一哼，發出卑鄙邪惡的低沉吼聲。我都忘了自己有多厭惡他的笑聲。

「拜託，阿波羅陛下，」他說：「早在蓋婭霸占死亡之門之前，鬼魂就一直可以從厄瑞玻斯[86]溜出來啊。透過那個管道，像我這樣的天神皇帝很容易就把追隨者召喚回來。」

「天神皇帝？」我咆哮著說：「你指的是騙人的前任皇帝吧？」

尼祿挑挑眉毛。「阿波羅，以前你還是天神的時候……什麼因素讓你成為天神呢？難道不是因為你名字的力量、你對信徒的支配與影響？我也一樣啊。」他瞥了左邊一眼。「文斯，請用你的長矛刺自己。」

文斯毫不遲疑，立刻將他的長矛尾端插到地上，然後將矛尖抵在自己胸口下面。

「停，」尼祿說：「我改變主意了。」

文斯沒有顯露出鬆口氣的模樣。事實上，他的眼神非常緊繃，透露出微微的失望之情。他重新把長矛放回身側。

尼祿對我咧嘴笑。「看見沒？我掌握膜拜者的生死大權，所有正統的天神也該像這樣。」

我覺得活像吞下一堆膠囊蛆蟲一樣噁心。「日耳曼人老是瘋瘋癲癲的，和你很像。」

尼祿舉起一隻手按住胸口。「我好傷心！我的這些野蠻朋友對尤里安王朝[87]忠心耿耿啊！而且，阿波羅陛下，我們當然全都是你的後代。」

我不需要提醒。我本來對於原本叫屋大維、後來改叫凱撒・奧古斯都的這個兒子引以為榮。他過世之後，後代變得愈來愈傲慢自大、反覆無常（我把這個狀況怪罪給他們的凡人DNA，他們那些特質肯定不是來自我的血脈）。尼祿是尤里安家系的最後一位，他死的時候我沒有哭泣。而現在他人在這裡，就像以前一樣長相怪異且沒有下巴。

梅格站到我旁邊。「尼祿，你……你想要怎樣？」

考慮到梅格面對的是殺死自己父親的男人，她的聲音聽起來異常冷靜。我很感激她出力幫忙，讓我很慶幸有老練的雙刀戰士和餓鬼似的小桃兒站在我這邊，但我還是很不喜歡與兩名日耳曼人為敵。

尼祿眼神發亮。「我直接說重點吧。梅格，我一直很羨慕你。我說眞的，理由很簡單，你和阿波羅將為我打開多多納的大門。然後這六位……」他作勢指著綁在桿子上的那些囚犯。「將會獲得釋放。」

我搖搖頭。「你會摧毀整片樹林，然後你會殺了我們。」

皇帝再度發出那種可怕的吼聲。「除非你逼我才會。阿波羅，我是很通情達理的天神皇帝！如果多多納樹林可以被操控，我很希望它受到我的控制，但我絕對不能允許你使用它。你有機會成為神諭的守護者，但失敗得一塌塗地。現在，這是我的職責。我的職責……還有我的合夥人。」

---

86 厄瑞玻斯（Erebos），黑暗之神，象徵陰陽界中的絕對黑暗。在晚期神話中，厄瑞玻斯也是冥界的代稱，或代表冥界最黑暗的空間。

87 尤里安王朝（Julian dynasty），又稱尤里安．克勞狄王朝（Julio-Claudian Dynasty），是羅馬帝國的第一個王朝，由屋大維建立，存在時間為公元前二十七年到公元後六十八年。

「另外兩位皇帝，」我說：「他們是誰？」

尼祿聳聳肩。「優秀的羅馬人……男人，他們像我一樣，擁有強大的意志力，能夠完成非完成不可的事。」

「三巨頭永遠行不通，絕對會引發內訌。」

他面露微笑，彷彿這番話一點都沒有讓他感到困擾。「我們三個人早就達成協議。我們會瓜分整個新帝國……我是指北美洲。等我們掌控了神諭，就可以擴張勢力，施展羅馬人向來最擅長的行動：征服整個世界。」

我只能直直盯著他。「你還眞的沒有從過去的統治經驗裡學到半點教訓。」

「噢，我有啊！我已經花了好幾個世紀慢慢思考、規畫和準備。身爲天神皇帝，這種死不了卻又不能好好活著的感覺有多糟，你到底懂不懂啊？中世紀大概有三百年的期間，世人幾乎忘了我的名字，我連海市蜃樓都不如！多虧有了文藝復興時期，世人開始回憶我們古典時代的偉大與崇高。然後是網際網路時代。噢，眾神哪，我超愛網際網路！現在我完全不可能銷聲匿跡了，我在維基百科是永生不死的！」

我皺起眉頭。現在我完全相信尼祿是徹底發瘋。維基百科永遠把我的事情寫錯。

他搖搖手。「是啊，是啊，你認爲我瘋了。換成其他時候，我大可解釋自己的計畫，而且證明給你看，不過今天我有很多事要做。我需要你和梅格打開大門。我盡了全力，它們抵抗到底，但結合你們兩人的力量就辦得到。阿波羅，你和神諭有很密切的關係，梅格則是與樹木關係密切。快去吧，拜託，也謝謝你們。」

「我們寧可去死，」我說：「梅格，對吧？」

沒有回答。

我轉頭瞥一眼。梅格的臉頰閃過一道銀光，一開始我以爲她的一顆水鑽熔化了，接著才意識到她正在流淚。

「梅格？」

尼祿雙手合掌，一副要祈禱的樣子。「喔，天哪。我們似乎有一點點溝通不良。阿波羅，你知道嗎，梅格其實是順應我的要求帶你來這裡。我的甜心，做得太好了。」

梅格抹抹臉。「我……我不是有意……」

我的心擠壓得像一顆小石頭。「梅格，不，我不相信……」

我向她伸出手。桃子厲聲怒吼，猛然跳到我們兩人之間。我終於明白，卡波伊來到這裡並不是要保護我們不受尼祿的傷害。他是要保護梅格不受我的傷害。

「梅格？」我說：「這個男人殺了你父親呀！他是凶手！」

她盯著地面。等到開口說話時，她要發出聲音甚至比我在蟻丘裡唱歌更加艱難。『野獸』殺了我父親。這個人是尼祿。他是……他是我的繼父。」

我沒辦法完全了解這番話的意思，直到尼祿伸展他的雙臂。

「沒錯，我的小心肝，」他說：「而且你漂亮完成任務。來爸爸這邊。」

30

我教訓梅格
喲，女孩，繼父怪怪
她為何不理？

我以前經歷過背叛。

記憶宛如痛苦的潮水朝我席捲而來。有一次，我的前女友昔蘭尼與阿瑞斯交好，只爲了要報復我。另一次，阿蒂蜜絲射中我的鼠蹊部，因爲我與她的獵女隊調情。一九二八年，英國科學家亞歷山大．弗萊明發現盤尼西林，卻沒有感謝我讓他得到靈感。我是要說，唉，好痛心。

然而與梅格的事情比起來，之前的痛心程度都不算什麼了。嗯……至少自從歐文．柏林之後就沒這麼痛心了。「〈亞歷山大的爵士樂團〉[88]？」我記得自己曾對他說：「你寫那麼老掉牙的爛歌，絕對不會紅的！」

「梅格，我們是朋友啊。」我的聲音連我自己聽起來都覺得很任性。「你怎麼可以這樣對待我？」

梅格低頭看著她的紅色運動鞋；紅色正是叛徒的代表色。「我試著要告訴你、警告你。」

「她有一副好心腸。」尼祿面帶微笑說：「但是，阿波羅，你和梅格變成朋友只有短短幾天，而且只是因爲我要求梅格與你交朋友。我成爲梅格的繼父，保護她、照顧她已經有好幾年了。她是帝國家庭的一份子。」

我瞪著我親愛的垃圾車流浪兒。沒錯，過去一星期以來，她成爲我很親愛的人，我無法想像她是帝國什麼的，更絕對無法想像她是尼祿的隨從之一。

「我冒著生命危險來救你，」我驚訝萬分地說：「而且那確實不是隨便說說，因爲我可能會死啊！」

尼祿很有禮貌地拍拍手。「阿波羅，我們都很感動。好啦，你會打開大門吧，他們已經怪我拖太久了。」

我想要怒目瞪視梅格，但我的心辦不到。我實在太傷心也太脆弱。我們天神並不喜歡感到脆弱。更何況，梅格根本沒有看著我。

茫然之餘，我轉頭看著橡樹大門。這時，我看到它們黏合在一起的樹幹上留下尼祿先前努力過的點點痕跡，有鏈鋸的鋸痕、燒灼的痕跡、斧頭利刃的砍痕，甚至有子彈的彈孔，但所有這些幾乎都沒有削下半片樹皮。受到最嚴重傷害的區域是兩公分深的人類掌印，那裡的樹木冒出氣泡且樹皮脫落。我看著間歇泉天神保利那張失去意識的臉孔，他與五位半神半人一起被綁住且豎立起來。

「尼祿，你到底做了什麼？」

「噢，很多事喔！幾個星期前，我們找到方法進入這個接待廳。迷宮有個很方便的開口可以進入邁爾米克的巢穴，但要穿越這個大門……」

---

88 歐文・柏林（Irving Berlin, 1888-1989），俄裔美國詞曲作家，他在一九一一年的時候，以〈亞歷山大的爵士樂團〉（Alexander's Ragtime Band）一曲在全球爆紅。

「你強迫帕利考幫你？」我必須強忍怒氣，才不至於把風鈴扔到皇帝身上。「你利用自然界的精靈摧毀大自然？梅格，你怎麼能容忍這種事？」

桃子咆哮怒吼。我頭一次覺得這個穀物精靈可能是同意我的觀點。梅格的整張臉幾乎像大門一樣糾結成一團。她專心盯著草地上到處散置的骨頭。

「得了吧，」尼祿說：「梅格知道有好的自然界精靈，也有壞的。這個間歇泉天神實在很煩，他一直要求我們幫忙塡問卷；再說，他不應該冒險從自己的力量來源跑來這麼遠的地方，要抓到他還滿容易的。你也看得出來，他的蒸汽對我們沒什麼幫助。」

「那麼五位半神半人呢？」我質問道：「你也『利用』他們嗎？」

「當然囉。我並沒有打算引誘他們來這裡，不過每次我們攻擊那個大門，樹林就開始嗚嗚哭訴，我猜是要叫人來幫忙吧，而那些半神半人沒辦法抗拒。最先晃進來的是這一個。」他指著賽西爾．馬克維茲。「最後兩個則是你自己的孩子，奧斯汀和凱拉，對吧？我們逼迫保利運用蒸汽加熱那些樹之後，他們就出現了，我猜樹林對那次嘗試感到很緊張。一次嘗試就得到兩個半神半人作為獎賞！」

我徹底失控了。我的喉嚨深處發出嚎叫聲，然後衝向皇帝，企圖像扭斷脖子一樣扭斷他的可惡藉口。其實我可能還沒達成目的，那兩個日耳曼人就會殺了我，不過我避開了那樣的屈辱。有一塊人類的骨盆將我絆倒，害我的肚子滑過一堆骨頭。

「阿波羅！」梅格跑向我。

我翻過身，像是難纏的小孩一樣亂踢她。「我不需要你幫忙！你難道不曉得是什麼樣的人在保護你嗎？他是個大怪物！他是什麼樣的皇帝……」

「別說那種話，」尼祿警告說：「如果你說出『羅馬焚城是他在背後亂搞』，我會叫文斯和蓋瑞剝掉你的皮，做成一套人皮盔甲。阿波羅，你很清楚我做了什麼，那時候我們沒有在背後亂搞。而且那場羅馬大火也不是我縱火。」

我掙扎著爬起來。「但是你從中獲益。」

與尼祿面對面，我回想起他統治時期所有的庸俗與花稍之舉，他是那麼鋪張浪費和殘酷惡毒，令我這位祖先覺得很尷尬。要邀請親戚來參加牧神節[89]晚餐時，你絕對不會想邀請尼祿這種親戚。

「梅格，」我說：「你的繼父眼睜睜看著羅馬城的百分之七十遭到焚毀，成千上萬的人因而死亡。」

「我人在五十公里外的安濟奧啊！」尼祿咆哮著說：「我趕回城裡，親自領導救火隊！」

「唯有大火威脅到你皇宮的時候才動手。」

尼祿翻了個白眼。「我剛好到那裡，沒辦法眼睜睜看著最重要的建築物燒掉而不救啊！」

梅格伸出雙手摀住耳朵。「拜託，不要再吵了。」

我沒有停止。比起其他選擇，像是幫助尼祿或死掉，我寧可繼續講話。

「歷經羅馬大火之後，」我對她說：「尼祿沒有在巴拉丁諾山重建房屋，反而把鄰近地區的房屋全部推倒剷平，興建一座新宮殿，叫做『金宮』。」

尼祿臉上出現夢幻的神情。「噢，沒錯……金宮。梅格，它好美啊！我有自己的湖泊、三

[89] 牧神節（Lupercalia），古羅馬時代的重要節日，時間是二月十三到十五日。

百個房間、一幅幅黃金打造的壁畫，還有用珍珠和鑽石拼成的馬賽克圖案……我終於能像人類一樣好好生活！」

「你眞是厚顏無恥，居然在宮殿前的草地上豎立一座三十公尺高的青銅雕像！」我說：「還把你自己雕刻成太陽神阿波羅的模樣，換句話說，你宣稱自己是『我』。」

「沒錯，」尼祿表示同意。「等我死了以後，那座雕像繼續留存下去。我很清楚，它成爲很有名的『尼祿巨像』！人們把它移動到鬥劍競技場裡，於是每個人開始把那座競技場稱爲『大競技場』[90]。」尼祿挺起胸膛。「是的……雕像是最完美的選擇。」

他的語氣聽起來比平常更加邪惡。

「你到底在說什麼？」我問。

「唔？喔，沒什麼。」他查看手表……那是淡紫色配金色的勞力士手表。「重點是，我風度翩翩！人們都愛我！」

我搖搖頭。「他們起而反對你。羅馬人很確定是你引發了那場大火，但你讓基督徒成爲代罪羔羊。」

我很明白這樣的爭辯無濟於事。假如梅格能夠一路隱瞞她的眞實身分這麼久，我認爲現在根本無法改變她的心意。但也許我可以拖延得久一點，等待騎兵隊前來助陣。假如我眞的有騎兵隊的話。

尼祿輕蔑地揮揮手。「不過你也知道，那些基督徒是恐怖份子。也許他們沒有縱火，卻引發了其他各式各樣的大麻煩。我比其他人更早認清這一點！」

「他把那些人餵給獅子吃，」我對梅格說：「把他們像人體火炬一樣放火焚燒，他也會用同樣的方法焚燒這六個人。」

梅格的臉色變得鐵青，怔怔看著桿子上失去意識的囚犯們。「尼祿，你不會……」

「他們會獲得釋放，」尼祿打包票說：「只要阿波羅答應合作。」

「梅格，你不能相信他，」我說：「上一次他就是把基督徒綁起來，全部豎立在他的後院裡，然後放火焚燒，照亮他的花園派對。我人在現場，那些尖叫聲我記得一清二楚。」

梅格用力捧住肚子。

「親愛的，別相信他說的故事！」尼祿說：「那只是敵人的宣傳伎倆。」

梅格仔細端詳閩歇泉天神保利的臉龐。「尼祿……你完全沒提到要把他們當做火炬。」

「他們不會燃燒，」他說，努力放軟語氣。「不會走到那一步。野獸不會需要出手。」

「梅格，看見沒?」我對皇帝搖著手指頭。「只要有人開始用第三人稱的方式稱呼自己，那絕對不是好兆頭。宙斯一天到晚用那種方式責備我!」

文斯和蓋瑞往前跨出一步，他們用力握住長矛的手指關節都泛白了。

「如果是我就會很小心，」尼祿警告說：「我的日耳曼人對於侮辱皇帝的人非常敏感。好啦，雖然我很喜歡聊自己的事，不過我們有既定的計畫要進行。」他再次查看手表。「你會打開大門，然後梅格會看看她能否用那些樹木來解讀未來。如果可以就太棒了!假如不行……嗯，船到橋頭自然直。」

「梅格，」我說：「他是瘋子。」

⑨⓪ 羅馬的大競技場（Colosseum）名稱來自尼祿巨像（Colossus of Nero）。

桃子在她腳邊嘶聲威嚇以保護她。

梅格的下巴顫抖著。「阿波羅，尼祿很關心我。他給我一個家，也教我戰鬥技巧。」

「你說他殺了你父親啊！」

「不！」她堅決地搖頭，眼神卻顯得很驚慌。「不，我沒那樣說。殺他的人是『野獸』。」

「可是……」

尼祿哼了一聲。「喔，阿波羅……你什麼都不懂。梅格的父親很軟弱，她甚至不記得他了。他不能保護她。我撫養她長大，我讓她活下來。」

我的心往下沉得更深了。我並不了解梅格所經歷的一切，也不了解她現在有什麼樣的感受，但我了解尼祿。我看到的是，他多麼輕易就扭轉一個飽受驚嚇孩子對這世界的認知；她只是一個小女孩，舉目無親，父親遭人殘殺後，唯一渴求的只有安全和接納，即使這份接納來自殺她父親的凶手也無所謂。「梅格……我很抱歉。」

又一顆淚珠滑落她的臉頰。

「她一點都不需要同情。」尼祿的語氣變得像青銅一樣堅硬。「好啦，親愛的，如果你的心腸這麼好，那就打開大門吧。假如阿波羅拒絕，就提醒他，他一定要遵從你的命令。」

梅格嚥下口水。「阿波羅，不要讓情況變得更難解決。拜託……幫我打開大門。」

我搖搖頭。「這沒得選。」

「那麼，我……我命令你。幫助我。立刻。」

31

聆聽樹低語
喲，樹知來龍去脈
它們全知道

梅格的決心可能還在動搖，但桃子可不。

我還猶豫著要不要聽從梅格的命令時，那個穀物精靈就露出獠牙，嘶聲威嚇說「桃子」，彷彿這是一種新式酷刑。

「好吧。」我對梅格說，語氣變得很痛苦。實情是，我根本沒有選擇的餘地。我可以感覺到梅格的命令深深陷入我的肌肉裡，強迫我乖乖遵守。

我面對那兩棵融合在一起的橡樹，伸出兩隻手按在它們的樹幹上。我沒有感覺到樹幹裡有神諭的力量，也沒聽到半點聲音，只有陰鬱且頑固的沉默。樹木傳遞出來的唯一訊息似乎只有：走開。

「如果我們這樣做，」我對梅格說：「尼祿會摧毀這座樹林。」

「他不會。」

「他必須摧毀。他無法控制多多納，多多納的力量實在太古老了。尼祿又不能讓任何人運用它。」

梅格伸出雙手貼在樹幹上，就在我的雙手下方。「專心。打開它們。拜託。你不會想要惹野獸生氣。」

她用很低沉的聲音說這些話，再一次把野獸說得像是某個人。我還沒遇見的某個人……是潛伏在床底下的惡靈，而不是身穿紫色西裝站在幾公尺外的人。

我無法拒絕梅格的命令，但也許我應該更加大力反抗才對。如果我揭穿梅格只是虛張聲勢嚇唬我，說不定她會打退堂鼓；不過，接下來尼祿、桃子或日耳曼人可能會立刻殺了我。我可以向你坦承：我很怕死。眞的，怕得很勇敢、很高貴、很英俊。但無論如何就是怕。

我閉上雙眼，感覺到樹木的抗拒難以安撫，它們對外來者無法信任。假如這時強行打開大門，我知道樹林一定會遭到摧毀。然而，我還是讓自己的意志力盡可能延伸出去，努力尋找預言的聲音，將它拉向我。

我想著瑞雅，泰坦巨神的王后，她是最早種下這片樹林的人。儘管瑞雅身為蓋婭和烏拉諾斯的孩子，儘管與吃人的國王克羅諾斯結婚，她依然努力追求智慧與仁慈。她生下一群比較好的永生不死新族群（如果眞要形容我自己的話），她是古代最好的代表人物。

沒錯，她已經在這世上隱退已久，轉而到胡士托開設陶藝工作室，不過她依然很關心多多納樹林。她派我來這裡打開樹林，分享它的力量；這位女神並沒有認為必須關閉大門，或掛上「非請勿入」的招牌。我開始輕輕哼起〈這片國土是你的土地〉[91]那首歌。

我指尖下的樹皮變得比較溫暖，樹根也開始顫抖。

我朝梅格瞥了一眼。她極度專注，身體倚靠著樹幹，活像要把樹推倒的樣子。她的一切看起來如此熟悉：亂蓬蓬的及肩娃娃頭，閃亮的貓眼眼鏡，鼻子流著鼻水，愛咬指甲，身上飄散出淡淡的蘋果派氣息。

不過她也是我完全不了解的人：永生不死的瘋狂尼祿的繼女，帝國家庭的一份子。那到底代表什麼樣的意義？我想像《脫線家族》[92]的演員全部穿上紫色的古羅馬外袍，在家裡的樓梯上排排坐，而尼祿坐在最底下一階，身穿管家愛麗絲的女僕制服。這麼清晰的想像畫面簡直是可怕的詛咒。

樹林眞是不幸啊，由於梅格也是狄蜜特之女，所以樹木會回應她的力量。兩棵橡樹隆隆作響，它們的樹幹開始移動了。

我想要停下來，可是身不由己。這時，樹林似乎開始運用我的力量。我的雙手黏在樹上了。大門打開得更寬，迫使我的手臂不斷往兩旁伸展。這一刻我嚇壞了，心想兩棵樹說不定會持續移動，最後扯斷我的兩隻手臂。接著它們突然停住，樹根穩定下來，樹皮漸漸冷卻，我的手終於可以移開。

我跌跌撞撞向後退，整個人心力交瘁。梅格呆立不動，留在剛打開的大門處。

大門的另一邊則有……嗯，更多的樹木。儘管此時是寒冷的冬天，新生的橡樹依舊高聳翠綠，排列成一圈圈的同心圓狀，而正中央是一棵稍大一點的橡樹。地上散落著橡實，散發出微弱的琥珀色光芒。樹林周圍豎立著一層具有保護作用的樹牆，甚至比接待廳的樹木更難穿越，而頭頂上方同樣是枝葉緊密交織而成的圓頂，來自空中的入侵者無法進入這地方。

我還來不及出聲警告，梅格就跨越門檻。四周爆出巨大聲響，想像一下有四十把釘槍從四面八方對著你的腦袋同時射出。聲音裡的字句模糊不清，但它們撕扯我的心智，索求我的

---

[91]〈這片國土是你的土地〉（This Land Is Your Land）由美國著名民歌手伍迪·蓋瑟瑞（Woody Guthrie）所寫。

[92]《脫線家族》（*Brady Bunch*），一九七〇年代的美國經典影集。

專注。我摀住耳朵，那聲音卻只是變得更加響亮、更加持續。

桃子瘋狂扒挖泥土，想要把自己的頭埋進去。文斯和蓋瑞在地上痛苦蠕動身子。就連那些失去意識的半神半人也在他們的桿子上扭動呻吟。

尼祿在原地旋轉，同時高舉一隻手，彷彿要擋住某種強烈的光線。「梅格，控制那些聲音！快點！」

那些聲音似乎對梅格毫無影響，但她看起來十分困惑。「它們在說什麼……」她的雙手在空中揮動，好像拉著看不見的線頭，想要解開糾結的混亂線團。「它們很激動。我不能……等一下……」

突然間聲音全部消失，彷彿已經達到目的。

梅格轉向尼祿，雙眼睜得好大。「是眞的。這些樹告訴我，你準備把它們全部燒掉。」

兩個日耳曼人持續呻吟，神智不清地倒在地上。尼祿恢復的速度比較快，他舉起一根手指，像是要告誡，又像有指導之意。「梅格，聽我說。我希望這片樹林能派上用場，但顯然它很脆弱又困惑。你不能相信它說的話，它是老態龍鍾的泰坦巨神王后的代言人。梅格，一定要把這片樹林夷爲平地，這是唯一的方法。你一定了解，對吧？」

尼祿踢蓋瑞一腳，讓蓋瑞翻身仰躺，然後翻找那保鑣的袋子。接著他站起來，得意洋洋地拿著一盒火柴。

「放火燒掉之後，我們就可以重建了，」他說：「那會非常輝煌榮耀！」

梅格瞪著他，彷彿這才頭一次注意到他脖子上那圈噁心可怕的鬍子。「你……你到底在說什麼？」

「他打算燒掉整個長島，把它夷為平地，」我說：「然後他會將這裡據為己有，就像當年他對羅馬的所作所為。」

尼祿帶著笑，其實惱羞成怒。「長島根本一團糟！沒有人會想念這種地方。我新建的帝國建築群將從曼哈頓延伸到長島最東端的蒙托克，那會是有史以來最偉大的宮殿建築！我們會有私人的河流和湖泊，還有綿延一百六十公里長的海濱住宅，花園大到可以有自己的郵遞區號。我會幫每一位家庭成員蓋一棟私人的摩天大樓。噢，梅格，想像一下，我們會在自己全新的金宮大開派對！」

事實是很沉重的，梅格的膝蓋承受不住重量而彎曲。

「你不能這樣。」她的聲音發抖。「那片森林……我是狄蜜特的女兒啊。」

「你是我的女兒，」尼祿更正說：「而且我深深關心你。就是因為這樣，你必須移到旁邊去。快點。」

他拿起一根火柴放在火柴盒摩擦點火處的表面。「只要點燃這些桿子，我們的人體火炬就會送出一波火勢，直直湧進那個大門。所有事物都無法阻止火勢，整座森林將付之一炬。」

「求求你！」梅格哭著說。

「最親愛的，跟我來吧。」尼祿的眉頭皺得更深了。「阿波羅對我們再也沒有用處，你可不想喚醒野獸，對吧？」

他點燃那根火柴，向前走到最近的桿子旁，那根桿子上綁著我的兒子奧斯汀。

32

與村民哼唱「Y.M.C.A.」耶好好保護你的心

噢，這個部分好難描述。

我是天生的說故事高手，對於戲劇性擁有絕對正確的直覺。我想要講述「應該」發生的狀況，包括我如何跳上前去大喊「不不不不不！」，然後像特技演員一樣來個轉身，把點燃的火柴踢到旁邊去，接著像少林寺高手以一連串迅雷不及掩耳的動作曲折前進，先打破尼祿的頭，再趁他的保鑣還沒復原時將他們打趴在地。

啊，沒錯，那樣一定很完美。

唉，實情讓我不能這樣說。

實情，求眾神降禍於你啦！

事實上，我氣急敗壞說了「不要啦，別這樣！」之類的話。我可能稍微揮動巴西頭巾一下，希望它的魔法可以摧毀我的敵人。

眞正的英雄是桃子。卡波伊一定是察覺到梅格眞正的感受，也說不定他只是不喜歡「燒掉森林」這個點子。只見他一邊呼嘯飛過空中，一邊尖聲嚷著他的口號（你也猜得到）：「桃子！」他降落在尼祿的手臂上，把皇帝手上點燃的火柴嘎吱一聲咬掉，然後跳到幾公尺外的地上，一邊舔舐舌頭一邊大叫：「樂！樂！」（我猜他是要說「熱」，只是帶著落葉樹水果的口音。）

這景象看起來應該很好笑，只不過那兩名日耳曼人終於站起來，而間歇泉精靈和五名半神半人依然綁在高度易燃的桿子上，尼祿也還握有一整盒火柴。

皇帝瞪著自己空空如也的手。「梅格……？」他的聲音就像冰柱一樣寒冷。「這樣是什麼意思？」

「桃……桃子，過來這裡！」梅格的聲音因為恐懼而變得尖銳。

卡波伊蹦蹦跳跳到她身邊。他對我、尼祿和日耳曼人嘶聲威嚇。

梅格顫抖著深吸一口氣，顯然要鼓起勇氣。「尼祿……桃子做得沒錯，你……你不能活活燒死這些人。」

尼祿嘆口氣。他望向兩名保鑣尋求道德上的支援，但兩個日耳曼人依然顯得頭暈目眩，彼此互撞頭，一副想要把耳朵裡的積水甩出來的樣子。

「梅格，」皇帝說：「我很努力不讓野獸跑出來，你為什麼不肯幫我？我知道你是個好女孩。要不是知道你有能力好好照顧自己，我不會允許你常常自己一人在曼哈頓街頭閒晃，玩些街頭流浪兒的小把戲。不過，對你的敵人示弱可不是一種美德。你是我的繼女，這些半神半人只要逮到機會，絕對不會遲疑，一定會殺了你。」

「梅格，那不是事實！」我說：「你也了解混血營是什麼樣的地方。」

她憂心忡忡地看著我。「就算……就算那是事實……」她轉向尼祿。「你對我說過，千萬不要讓自己變得像敵人一般見識。」

「是的，沒錯。」尼祿的語氣就像磨損的繩索一樣快要崩斷。「我們比較優秀，我們比較強大，我們會建立輝煌燦爛的新世界。但是梅格，這些只會碎碎唸的樹木阻礙我們前進，它們就像隨便飄散發芽的種子，一定要燒掉才行，而唯一方法就是引發一場眞正的大火，也就是用鮮血添加燃料的火焰。我們一起合作，不要牽扯到野獸，好嗎？」

終於，我心裡發出喀啦一聲。我想起幾個世紀之前父親如何懲罰我，當時我還是年輕的天神，正在學習奧林帕斯山的種種規矩。宙斯總是說：「孩子，千萬不要與我的閃電站在不同邊。」

說得好像閃電有自己的意志，也好像宙斯與他施加在我身上的懲罰一點關係也沒有。

「不要怪我，」他的語氣帶有這樣的意思。「是閃電燒炙你身體的每一個分子，不是我。」很多年之後，我殺了幫宙斯製造閃電的獨眼巨人，那並不是草率的決定。我一直超痛恨那些閃電。那樣做遠比痛恨自己父親容易多了。

尼祿也用同樣的語氣稱自己爲野獸。他講起自己的怒氣與殘酷時，彷彿那是他無法控制的一些力量。假如他的怒氣大爆發……那麼，他要梅格負起責任。

意識到這個狀況讓我覺得好噁心。梅格接受訓練，把她慈愛的繼父尼祿和可怕的野獸區分成兩個不同的人。現在我終於了解，她在紐約時爲何寧可待在街頭。我也能理解她爲什麼翻臉比翻書還快，很像短短幾秒就從側手翻到完全停住。她永遠不曉得什麼樣的事情會把野獸放出來。

她定睛看著我，嘴唇不斷顫抖。我看得出來，她希望找到解決之道，找到某種很有說服力的論點，既能讓她繼父的態度變得緩和，又能不違背自己的良心。然而我不再是舌粲蓮花的天神了，根本不可能贏過雄辯滔滔的尼祿。而且，我也玩不起野獸的怪罪遊戲。

我反而決定仿效梅格的作風，那永遠簡潔有力、切中要旨。

「他很邪惡，」我說：「你是好人。你必須自己做決定。」

我看得出來，這不是梅格渴望聽到的訊息。她閉緊嘴巴，肩胛骨向後一挺，活像準備接受施打痲疹疫苗似的……很痛，但非打不可。她伸出一隻手放在卡波伊的捲毛頭頂上。「桃子，」她以微弱但堅定的聲音說：「去拿火柴盒。」

卡波伊飛快展開行動。尼祿還來不及眨眼，桃子就從他手中搶走火柴盒，然後跳回梅格身邊。

日耳曼人拿著長矛準備攻擊，只見尼祿舉起手作勢阻止。他看了梅格一眼，眼神貌似心痛……如果他還有心的話。

「親愛的，我看得出來，你對這項工作還沒有做好心理準備，」他說：「這是我的錯。文斯、蓋瑞，抓住梅格，但不要傷害她。等我們回到家……」他聳聳肩，表情滿是歉疚。「至於阿波羅和這個小水果惡魔，非把他們燒掉不可。」

「不。」梅格啞著嗓子說。接著，她扯開喉嚨大喊：「不！」而多多納樹林也跟著她一起大喊。

聲波的衝擊力道超級強大，把尼祿和他的保鑣都震得跌倒在地。桃子見狀放聲尖叫，不斷用頭猛撞地面。

不過，這一次我比較有心理準備了。隨著樹林那種撕裂耳朵的大合唱漸次加強，我在心裡想像最琅琅上口的曲調，讓自己的心神安定下來。我輕輕哼著〈Y.M.C.A.〉這首歌，以前我常會穿著建築工人服裝，與「村民」樂團一起表演這首歌，直到有一次與印第安酋長大打出手[93]……當我沒說，那不重要。

「梅格！」我從口袋拿出黃銅風鈴扔給她。「把它掛在正中央的大樹上！Y.M.C.A.。集中樹林的能量！Y.M.C.A.。」

我不確定她能否聽見我的聲音。她舉起風鈴，看著它們搖晃作響，把樹林傳來的噪音轉變成一段段合聲般的話語：「快樂到達。太陽落下，詩文將盡。你可願聆聽我們今日的特別贈語？」

梅格的表情因爲驚訝而放鬆了。她轉向樹林，一溜煙衝進大門。桃子跟在她後面，一邊慢慢往前爬，一邊搖著頭。

我也想跟上他們的腳步，但實在不能放任六名人質與尼祿和他的保鑣單獨在一起。我繼續哼著〈Y.M.C.A.〉，同時大步走向他們。

樹木比剛才尖叫得更響亮了，但尼祿掙扎著跪起來。他從外套口袋裡掏出某種東西，是一小瓶液體，然後把液體灑在他面前的地上。我想那絕不是什麼好東西，不過眼前還有更立即的危險。文斯和蓋瑞正爬起身，文斯甚至拿著長矛刺向我。

我實在太生氣了，完全不顧後果。我抓住他的武器尖端，將長矛使勁拉起，然後撞擊文斯的下巴下方。他倒在地上，滿臉震驚，於是我一把抓住他的獸皮盔甲。

他的體型隨便說也有我的兩倍大，但我不在乎。我把他高高舉起離開地面，手臂充滿力量而嘶嘶作響。我覺得自己無敵強壯，這正是天神該有的感覺啊。我完全不曉得自己爲什麼恢復力量，但覺得此刻不該質疑這樣的好運。我讓文斯像鐵餅一樣旋轉，然後將他拋向空中，力道大得讓他在樹冠層留下一個日耳曼人形孔洞，就這樣看著他飛到視線之外。

帝國衛隊素以充滿愚勇而聞名。儘管我顯現出力大無窮，蓋瑞依舊衝向我。我光用一隻手就折斷他的長矛，再用另一隻手握拳打穿他的盾牌，順便擊中他的胸口，力道之大足以打倒一頭犀牛。

他癱倒在地。

我轉身面對尼祿。我已經感覺到自己的力量正在變弱，肌肉逐漸回復成可憐兮兮的凡人弱肌。我只希望還有足夠時間能夠折斷尼祿的頭，塞進他的淡紫色西裝裡。

皇帝厲聲怒吼：「阿波羅，你是個笨蛋。你老是搞錯重點。」他瞥了他的勞力士手表一眼。「我的救援隊隨時會抵達這裡。混血營遭到摧毀之後，我會把它當成新的前院草坪！而同一時間，你則會在這裡……忙著撲滅火勢。」

他從背心口袋裡掏出銀質的香菸打火機。這完全是尼祿的作風，手邊隨時準備很多種點火工具。我看著剛才潑灑在地上的一條條發亮油漬……那是希臘火藥無誤。

「不要。」我說。

尼祿咧嘴而笑。「阿波羅，再見。只剩下另外十一位奧林帕斯天神了。」

他扔下打火機。

我沒有享受到折斷尼祿脖子的樂趣。

---

93 村民（Village People），一九七〇年代美國知名樂團，成員分別裝扮成印第安酋長、建築工人、警官、士兵、牛仔和摩托車手，最知名的歌曲就是〈Y.M.C.A.〉。

我能夠阻止他逃走嗎？可能吧。然而火焰在我們之間轟鳴咆哮，燃燒著青草、骨頭、樹根和泥土本身。就算希臘火藥引發的火勢有可能踩熄，但眼前的烈焰燃燒得太猛，根本不可能踩熄，只見火焰貪婪地洶湧滾向六名五花大綁的人質。

我管不了尼祿了。他不知用什麼方法拉著蓋瑞站起來，將那個昏頭轉向的日耳曼人拖向蟻穴。在此同時，我則是跑向那些桿子。

最近的一根是奧斯汀。我用雙臂環抱基座使勁拉扯，完全沒用上恰當的舉重技巧。我的肌肉繃得好緊，眼睛因為用力而暈眩。我奮力拉起桿子，讓它向後倒下。奧斯汀掙扎一下，嘴裡發出呻吟。

我拉著他的繭囊，連帶拖著整根桿子走向空地的另一邊，盡可能遠離火焰。我也可以把他拉進多多納樹林，但我有預感，如果把他放進那個充滿瘋狂聲音且沒有出口的空地，又位於火焰逐漸逼近的路徑上，對他應該沒有半點好處。

我跑回那些桿子旁，重複同樣的程序，先將凱拉連根拔起，接著是間歇泉天神保利，然後再救其他人。等到終於把米蘭達．加汀納拉到安全的地方，火焰已經燃燒成凶猛的紅色狂潮，距離樹林大門只剩幾步之遙。

我的天神力量已經消失了。到處都沒有看到梅格和桃子的蹤影。我幫人質爭取到一點時間，但烈焰終究會吞噬我們所有人。我跪倒在地，不禁哭了起來。

「救命。」我環顧周圍的黑暗樹林，它們全都糾結在一起，給人不祥的預感。我並不期待有人會來救我們，甚至不習慣開口求救。我是阿波羅，永遠是凡人開口求我吧！（沒錯，我偶爾會命令凡人幫我執行瑣碎的差事，像是發動戰爭或從怪物巢穴取得魔法物品等，但那些要求不算。）

「我沒辦法靠自己達成任務。」我想像達芙妮的臉龐從樹幹底下隱隱浮現，然後又從另一棵樹浮現出來。過沒多久，整片樹林會燃燒起來。我再也不能救回這些樹，不像救回梅格、失蹤的半神半人或我自己一樣。「我好抱歉。求求你……原諒我。」

一定是因為吸入太多煙，我的頭感覺天旋地轉，開始產生幻覺。許多木精靈的發亮形體從她們棲身的樹木裡冒出來，是一大群身穿綠色薄紗連身裙的「達芙妮們」。她們的神情十分憂愁，彷彿知道自己即將邁向死亡，卻開始繞著火焰旋轉。她們高舉雙臂，泥土噴濺到腳上，只見一股洶湧泥流翻攪得比火焰還要高。那些木精靈將火焰的高熱吸入體內，她們的皮膚燒灼成碳黑色，臉孔變得僵硬且爆裂開來。

等到最後一點火焰全部熄滅，木精靈們立刻粉碎成灰燼。我真希望自己能和她們一起粉身碎骨。我好想哭，但火焰把淚管的所有水分都燒乾了。我沒有要求這麼多祭品啊，甚至沒有料到情況會變成這樣！我覺得好空虛、好內疚，而且滿心羞愧。

接著，我想到自己曾經那麼多次要求祭品，也曾派遣那麼多位英雄奔赴他們的死亡。他們的高尚和勇敢程度難道不及這些木精靈嗎？然而我派他們去執行必死無疑的任務時，內心竟連一點點悔悟自責都感受不到。我曾經利用他們、拋棄他們、犧牲他們的生命，以築起我自己的榮耀。我與怪物的相似度一點都不比尼祿少。

陣陣風勢吹過空地，不合時節的溫暖強風捲起灰燼，帶著它們穿越森林的樹冠層，飛進空中。一直等到風勢平息，我才意識到那一定是我的宿敵西風，他想要安慰我，於是把餘燼席捲一空，帶著它們奔赴下一次美麗的轉世化身。經過這麼多個世紀之後，澤佛羅斯已經接受我的道歉了。

我發現自己終究流下幾滴眼淚。

這時，我背後有個人發出呻吟聲。「我在哪裡？」

奧斯汀醒了。

我連忙爬到他身旁，親吻他的臉，現在流下的是如釋重負的眼淚。「我完美的兒子！」

他對我眨眨眼，滿臉困惑。他的玉米髮辮灑滿了灰燼，很像田野上的冰霜。我想，他得再過一會兒才能弄懂，爲何有個渾身髒兮兮、近乎瘋狂、滿臉青春痘的男孩對他搖尾乞憐。

「啊，對喔……阿波羅。」他嘗試移動身子。「到底怎麼……？爲什麼我渾身裹著臭兮兮的繃帶？你可以幫我脫困吧？」

我歇斯底里笑起來，這對於安撫奧斯汀恐怕沒有一點幫助。我用力扒抓他身上的纏布，但沒什麼進展。接著我想起蓋瑞那支折斷的長矛，連忙撿起矛尖，花了好一番功夫割斷纏布，讓奧斯汀脫困。

他脫離桿子後，在附近跌跌撞撞，努力讓血流回到四肢末梢。他朝四周看了看，包括冒煙的森林和其他遭到囚禁的人。多多納樹林已經停止那瘋狂的尖叫合聲，（什麼時候停止的啊？）現在從大門發射出燦爛耀眼的琥珀色光線。

「到底怎麼了？」奧斯汀問：「還有，我的薩克斯風跑到哪裡去了？」

這些問題都很合理，我希望我也有合理的答案。我只知道梅格．麥卡弗瑞依然在樹林裡遊蕩，而我不喜歡樹木全都靜默下來這個事實。

我盯著自己瘦弱的凡人手臂，很想知道剛才面對日耳曼人時，我爲何會有那種天神力量突然爆發的體驗。難道是受到我情緒的啓動？這是我的天神活力即將永久恢復的第一個徵兆嗎？也可能只是宙斯再次捉弄我，讓我稍微品味一下昔日的力量，然後再度將它奪走。「孩子，還記得這個嗎？嗯，你不能擁有它！」

眞希望我能再度召喚那種力量，但現在只能以手邊的東西湊合著用了。

我把斷掉的長矛遞給奧斯汀。「讓其他人脫困，我會趕快回來。」

奧斯汀用不可置信的眼神瞪著我。「你要去那裡面？那裡安全嗎？」

「不確定。」我說。

然後，我朝神諭奔去。

33

分離很悲傷
想到一切皆不美
別當面難堪

那些樹木運用的是它們內在的聲音。

我一踏進大門，發現它們依然用對話的語氣繼續說話，很像夢遊的人走入雞尾酒會，嘴裡碎碎唸著無意義的話語。

我環顧整片樹林，沒看到梅格的半點蹤跡。我叫喚她的名字，樹木立刻提高音調回應，害我暈頭轉向而眼神渙散。

我連忙扶著最靠近的橡樹穩住身子。

「老兄，小心啊。」那棵樹說。

我踏著蹣跚的步伐向前走，那些樹詩性大發，彷彿玩起押韻遊戲：

藍色洞窟。
色彩透濡。
西進，灼燒。
引人入勝。

印第安納。

熟芭娜娜。

快樂到達。

蛇與蟑螂。

每一句話都沒道理，但每行字都帶有預言的分量。我好像感受到無數的重要陳述，字字句句都與我的存活息息相關，而且全部融合在一起，填裝在一把獵槍裡，迎面對著我開槍。

（噢，那樣的畫面還眞讚，以後寫俳句的時候一定要用上。）

「梅格！」我又叫喚一次。

還是沒有答覆。樹林的範圍看起來沒有很大，她怎麼可能聽不到我的聲音呢？我又怎麼可能看不見她？

我步履艱難地慢慢走，嘴裡哼著四四〇赫茲完美A音調，讓自己保持專注。等我走到第二圈樹木時，橡樹變得更健談了。

「嘿，兄弟，有硬幣嗎？」一棵樹問。

另一棵樹想要對我說個笑話，關於企鵝和修女走進一家搖搖屋漢堡店。

第三棵橡樹則向它的鄰居大力推銷一台食物調理機。「你絕對不會相信它是怎麼弄義大利麵的！」

「哇！」另一棵樹說：「它也會做義大利麵？」

「幾分鐘就做好義大利麵條了！」橡樹銷售員熱情地說。

我實在不懂，為什麼一棵橡樹會想要義大利麵條，不過我還是繼續前進。我很怕如果在那裡聽太久，我會看在三期輕鬆分期付款的份上，花個三十九點九九美元訂購一台食物調理機，那麼我就會永遠失心瘋了。

終於，我到達樹林正中央了。遠處有一棵最巨大的橡樹，梅格站在那裡，背靠著樹幹，雙眼緊閉。風鈴依然在她手上，只不過垂掛在她的側邊。黃銅圓柱噹啷作響，貼著她的裙子發出悶悶的聲音。

桃子則在她腳邊前後搖晃，發出咯咯笑聲。「蘋果？桃子！芒果？桃子！」

「梅格。」我碰觸她的肩膀。

她畏縮一下，然後注視我，彷彿我是一種極為巧妙的視錯覺。她的眼神充滿恐懼。「太多了，」她說：「真的太多了。」

樹木的聲音緊緊控制住她。那對我來說已經夠難受了，就像一百個廣播電台同時強力放送，迫使我的大腦分裂成一個個不同的頻道，不過我早就習慣預言的模式。而另一方面，梅格是狄蜜特的女兒，那些樹很喜歡她，全都想要與她分享很多事、吸引她的注意。再過不了多久，它們就會永久摧毀掉梅格的心智。

「風鈴，」我說：「把風鈴掛到樹上！」

我指著最低的樹枝，位於我們頭頂上方高處。假如我們都是獨自一人就搆不到樹枝，但我可以把梅格舉高……

梅格往後退，搖搖頭。多多納的聲音實在太吵雜，我不確定她是否聽到我說的話。如果她聽到了，要不是聽不懂，就是不信任我。

我必須把遭到背叛的挫折感拋到腦後。梅格是尼祿的繼女，她奉命把我誘騙到這裡，因此我們之間的友誼完全是謊言。她沒有不信任我的權利吧。

然而，我不能沉溺於痛苦的感受。尼祿扭曲她的情感，假如我因此而怪罪她，那我也沒有比野獸好到哪裡去。更何況，即使她謊稱是我朋友，這並不表示我不是她的朋友啊。她身歷險境，我絕對不會放任她留在這裡，聽樹林講些愚蠢的企鵝笑話。

我蹲下身子，伸出手給她踏腳。「拜託。」

桃子躺在我左邊地上滾來滾去，哭叫著說：「義大利麵條？桃子！」

梅格的表情痛苦扭曲。我從她的眼神看出她決定與我合作，不是因爲信任我，而是因爲桃子很痛苦。

到了這時，我才意識到自己不可能比現在更傷心了。遭到背叛是一回事，但人家認爲你的重要性還不如一個包尿布的水果精靈，那又是另一回事了。

無論如何，梅格將左腳放到我手上時，我還是努力扶穩。我使盡剩餘的所有力氣把她抬起來，她踩上我的肩膀，然後將一腳的紅色運動鞋踩到我的頭頂上。我在心裡暗想，以後要在頭上貼一張安全警語：「注意，頭頂禁止踩踏。」

我背倚著橡樹，可以感覺到樹林的咒罵聲浮出樹幹，穿過樹皮發出嗡嗡聲。正中央的大樹似乎是這些瘋狂話語的巨型天線。

我的膝蓋快要撐不住了。梅格的腳底摩擦著我的額頭，害我本來哼唱的四四〇赫茲A音一下子飆高成尖銳的升G音。

梅格終於把風鈴掛到樹枝上。她跳下來，而我雙腿一軟，於是兩人一起癱倒在泥土上。

黃銅風鈴輕輕搖擺、發出叮鈴聲，乘著微風敲出音符，產生不和諧的合聲。

樹林突然安靜下來，彷彿樹木全都靜下來聆聽，心想：「哇，好好聽。」

接著，地面發出隆隆聲，正中央的橡樹隨著那股能量震動起來，樹上的橡實宛如雨點般落下。

梅格站起來，走向那棵樹，伸手觸摸它的樹幹。

「說話。」她命令道。

有個單一的聲音從風鈴向前湧出，很像啦啦隊長透過擴音器尖聲叫喊：

以前有個天神名叫阿波羅
他奔進一個洞穴藍色而且中空
三種交通工具
青銅吞火怪客
被迫吞下瘋狂和死亡

風鈴突然靜止不動，樹林也停息下來陷入靜默，彷彿很滿意它告訴我的死亡字句。

噢，討厭死了！

我對於十四行詩游刃有餘，四行詩則常用於喜慶場合，不過只有最要命的預言才會隱身在五行打油詩裡。

我盯著風鈴，心裡好希望它們能再說一次，而且更正原本的說法：「哎喲，我們說錯了！那預言說的是『另一個』阿波羅！」

但我沒這種好運。我接到的詔令，簡直比一千張義大利麵製作機的廣告傳單還要慘。

桃子站起來，搖搖頭，對橡樹嘶嘶威嚇幾聲，完全能表達此刻我自己的心情。他抱住梅格的小腿，彷彿是這世上唯一的依靠。要不是卡波伊長了滿口獠牙和一雙熾熱雙眼，不然這情景還滿溫馨的。

梅格態度謹慎地看著我。她的鏡片上爬滿了蜘蛛網狀的裂痕。

「那個預言，」她說：「你聽得懂嗎？」

我吞下滿嘴的煤灰。「也許吧，聽懂其中一些。我們需要與瑞秋談一談……」

「再也沒有『我們』了。」梅格的語氣就像德爾菲洞穴裡的火山氣體一樣具有刺激性。「你需要做什麼就去做，這是我最後的命令。」

這番話好像長矛的桿子打中我的下巴，儘管我早就知道她騙了我，而且背叛我。

「梅格，你不能這樣。」我無法遏制聲音的顫抖。「你認領我的服務，除非我的試煉終於結束……」

「我放你走。」

「不！」一想到即將遭人拋棄，我就無法忍受。不要再來一次啊，也不要由這位衣衫襤褸的垃圾車女王、我學會衷心關懷的對象拋棄我。「你現在絕對不能相信尼祿，你曾聽他述說整個計畫，他打算弭平這整座島！你也看過他打算怎麼對付那些人質。」

「他……他不會放任那些人燒掉，他保證過，後來也收手，你看到了。那不是野獸。」

我覺得自己的肋骨好像琴弦拉得太緊的豎琴。「梅格……尼祿就是野獸，他殺了你父親。」

「不！尼祿是我的繼父。我爸……我爸踩到野獸的地雷，他惹野獸生氣。」

「梅格……」

「別再說了！」她摀住兩隻耳朵。「你不了解他。尼祿對我很好，我可以和他談一談，我可以把事情搞定。」

她的否認如此徹底、如此不理性，我很明白不可能與她爭辯。她讓我想起剛墜入凡間的痛苦回憶，那時我拒絕接受自己的全新現實。如果沒有梅格幫忙，我早就沒命了。而現在，我們兩人竟然角色互換。

我慢慢走向她，但桃子出聲咆哮，阻止我繼續前進。

梅格直往後退。「我們的關係結束了。」

「不可能，」我說：「我們的命運緊緊相連，無論你是否喜歡都一樣。」

我突然想起，才不過短短幾天之前，她也對我說過一模一樣的話。

梅格透過滿是裂痕的眼鏡看了我最後一眼。我願意付出一切代價，只求她再對我扔一顆覆盆子。我好想與她一起漫步在曼哈頓街頭，走到十字路口來個側手翻。我好想念兩個人的腳綁在一起，一拐一拐地穿越迷宮。當時在巷子裡的垃圾堆裡好好打一架也很過癮。然而她轉身就走，桃子跟在她腳邊。對我來說，他們似乎與樹林融合在一起了，就像好久好久以前的達芙妮那樣。

頭頂上吹來一陣微風，把風鈴吹得叮噹作響。這一次，樹林沒有發出半點聲音。我不曉得多多納的沉默狀態會維持多久，但如果橡樹決定重新開始講笑話，我可不想待在這裡。

我轉過身，發現腳邊有個奇怪的東西，是一支箭，箭桿用橡木打造，箭尾有綠色羽毛。這裡不應該有箭吧，我沒有帶半支箭進入樹林。不過由於腦袋一片茫然，我沒有特別質疑，只做了每一位弓箭手都會做的事：我撿起那支箭，放回我的箭筒裡。

34

Uber 一無所獲
Lyft 也弱，計程車？爛
我辛苦跋涉

奧斯汀把所有囚犯都救出來了。

他們看起來好像都泡在一大桶黏膠和棉質紗布裡，但除此之外幾乎沒有受傷。埃利斯．韋克菲爾德握緊雙拳，跌跌撞撞走著，想要找個東西猛搥發洩。賽西爾．馬克維茲是荷米斯的兒子，他坐在地上，試圖用一根鹿的大腿骨把運動鞋清理乾淨。而奧斯汀（眞是個足智多謀的孩子）已經弄來一桶水，正在幫凱拉洗掉臉上的希臘火藥。米蘭達．加汀納是狄蜜特小屋的首席指導員，她跪在木精靈犧牲性命的地方，默默流淚。

名叫保利的帕利考往我這邊飄過來。和他的拍檔彼特一樣，保利的下半身全是蒸汽，而腰部以上看起來像瘦身狂，顯然比他的間歇泉兄弟更執著。他的泥巴皮膚龜裂開來，很像乾枯的河床。他的臉十分枯皺，彷彿身上的每一分水氣全擠出去。看著尼祿對他造成的傷害，我又在內心的準備事項多添一筆：「在刑獄[94]對羅馬皇帝好好施加酷刑。」

「你救了我，」保利語帶驚奇地說：「奮戰到最後一刻！」

他伸出兩條手臂抱住我。他的力量削弱不少，因此他的體溫不至於害我沒命，但我的鼻孔還是猛噴氣。

「你應該回家去，」我說：「彼特非常擔心，你也得好好恢復自己的力量。」

「啊，對喔……」保利從他臉上抹掉一滴冒煙的眼淚。「是啊，我要走了。但只要你有任何需求，像是免費的蒸汽清洗、一點公關工作、美體磨砂泥等，你只管說出來。」

看著他漸漸消散成霧氣，我追著他大叫：「對了，保利，我會給混血營森林的顧客滿意表打上十分的滿意分數！」

保利感激得眉開眼笑。他想要再抱我一下，不過這時已經有百分之九十都變成蒸汽了，我只感覺到周遭吹送著帶有泥巴味的潮溼空氣。然後他就消失了。

五名半神半人聚集在我周圍。

米蘭達望向我背後的多多納樹林。她的眼睛因爲哭過而依舊腫腫的，但是虹膜呈現出新葉的漂亮顏色。「所以，我聽到從樹林傳出來的聲音……那眞的是神諭嗎？那些樹可以提供預言嗎？」

我忍不住顫抖一下，心裡想著那些橡樹的五行打油詩。「也許是吧。」

「我可不可以看……？」

「不行，」我說：「除非我們更了解這個地方，否則不行。」

我今天已經失去一位狄蜜特的女兒了，禁不起再失去另一位。

「我不懂，」埃利斯咕噥著說：「你是阿波羅？就像，那個阿波羅？」

「恐怕是的，說來話長。」

---

94 刑獄（Punishment），位於冥界，是作惡之人死後亡魂接受懲罰之地，有各種不同的酷刑區。

「噢，眾神啊……」凱拉環顧整片空地。「我想我剛才聽到梅格的聲音了，那是作夢嗎？她有沒有和你在一起？她還好嗎？」

其他人看著我，想聽到我的解釋。他們的神情看起來好脆弱又猶疑，我覺得自己不能在他們面前情緒崩潰。

「她……還活著，」我勉強說：「她非離開不可。」

「什麼？」凱拉問：「為什麼？」

「尼祿，」我說：「她……她去追尼祿。」

「慢著。」奧斯汀像守門員一樣舉起雙手手掌作勢阻止。「你說尼祿……」

我盡力解釋那個瘋狂皇帝到底是怎麼抓住他們。他們理應知道詳情。我重新述說整個經過時，尼祿的字字句句在我腦中反覆重播：「我的救援隊隨時會抵達這裡。混血營遭到摧毀之後，我會把它當成新的前院草坪！」

我很想把這些話當成只是純粹的恐嚇吹噓。尼祿總是喜歡語帶威脅，講一些誇大不實的言論。他和我不一樣，他是個差勁的詩人，喜歡用一些華麗的辭藻，像是……嗯，像是每個句子都要使用大量強烈繽紛的隱喻。（噢，這是另一個好例子，趕快記下來。）

尼祿為什麼一直查看手表？而他說的救援隊又是什麼？我的腦子突然閃過夢中的一幕情景，我的太陽巴士搖搖晃晃地衝向一張巨大的青銅臉孔。

我覺得自己好像再次自由墜落。尼祿的計畫變得很清楚，令人驚駭。他讓混血營只剩下少數的半神半人留守防衛，目的就是要燒掉這一整片樹林。然而這只是他攻擊行動的一部分而已……

「噢，眾神啊，」我說：「巨像。」

五位半神半人緊張地扭動身子。

「什麼巨像？」凱拉問：「你是說羅得島巨像[95]？」

「不，」我說：「尼祿巨像。」

賽西爾．馬克維茲搔搔頭。「『你很魯』巨像？」

埃利斯．韋克菲爾德哼了一聲。「馬克維茲，你自己才魯吧。阿波羅說的是一座很巨大的尼祿複製雕像，矗立在羅馬競技場外面，對吧？」

「恐怕是這樣沒錯，」我說：「我們此刻站在這裡的同時，尼祿正企圖摧毀混血營。而巨像會是他的救援隊。」

米蘭達嚇得縮縮身子。「你是說，有一座巨大雕像準備把混血營踩平？我以為巨像早在好幾個世紀之前就毀掉了。」

埃利斯皺起眉頭。「據說是，雅典娜．帕德嫩也是啊，現在她可是好端端豎立在混血之丘頂上。」

其他人的表情變得很嚴峻。每次只要有阿瑞斯的孩子提出令人信服的觀點，你就知道情況眞的很嚴重了。

「說到雅典娜……」奧斯汀從他肩膀上撿起一些燒過的毛球。「那座雕像不是會保護我們嗎？我的意思是說，她站在那裡就是爲了這目的，對吧？」

---

95 羅得島巨像（Colossus of Rhodes）是掌管太陽的泰坦巨神赫利歐斯（Helios）的青銅神像，曾經豎立在希臘的羅得島，高度超過三十公尺，建於公元前二八〇年左右，名列古代世界七大奇觀之一。

「她會嘗試保護我們，」我猜測說：「但你們必須了解，雅典娜．帕德嫩要從她的追隨者身上吸取力量。有愈多半神半人在她的保護傘之下，她的魔法就愈難對付。而現在……」

「混血營幾乎是空的。」米蘭達幫忙把話說完。

「不只是那樣，」我說：「再加上雅典娜．帕德嫩大概是十二公尺高，如果我的記憶沒錯，尼祿巨像超過她的兩倍大。」

埃利斯咕噥一聲。「所以，他們根本不屬於同一個量級。這是一場不公平的比賽。」

賽西爾．馬克維茲站得稍微挺直一點。「各位……你們有沒有感覺到？」

我以為他又要玩弄一些荷米斯之流的惡作劇，但接著地面又開始震動，即使非常微弱也感受得到。遠方不知何處傳來一陣隆隆聲，聽起來很像戰船刮擦過河口沙洲的聲音。

「拜託，告訴我那是雷聲。」凱拉說。

埃利斯伸長脖子仔細聆聽。「那是某種戰爭裝置發出來的聲音，可能是大型機械裝置涉水上岸，距離這裡約半公里遠。我們得立刻回到混血營。」

沒有人對埃利斯的評估提出反駁。我猜想，他一定可以清楚區分出各種戰爭裝置發出的聲音，就像我可以從拉赫曼尼諾夫[96]交響曲的演奏中指出某一把小提琴走音了。

這些半神半人真值得稱讚，他們立刻起身迎向挑戰。儘管他們最近才遭受捆綁、全身浸在易燃物質中，像人形火炬一樣一根根立起來，但他們依舊聚集排列成行，以堅定的眼神面對著我。

「我們要怎麼離開這裡？」奧斯汀問：「從邁爾米克的巢穴出去嗎？」

我突然覺得呼吸困難，一部分原因是有五個人眼巴巴看著我，好像覺得我一定知道該怎麼辦。我不知道啊。事實上，告訴你一個祕密吧，我們天神通常都不知道該怎麼辦。每次碰到有人要尋求解答，我們通常會學習瑞雅的說法，像是「你得自己找出答案！」或者「真正的智慧一定是靠自己掙取來的！」然而在眼前的情況下，我說那種話應該過不了關。

更何況，我一點都不想再回頭走進蟻穴裡。就算我們活著穿越那裡，一定也會耗費太多時間，然後還得跑過大半個森林。

我盯著樹冠層那個呈現文斯人形的洞。「我猜你們沒人可以飛起來吧？」

他們全都搖頭。

「我可以煮菜。」賽西爾提議說。

埃利斯猛力打他的肩膀。

我回頭看著邁爾米克的地道，腦中突然浮現答案，宛如有個聲音在我耳邊低語：「笨蛋，你明知道誰可以飛起來。」

這樣的想法很冒險，然而衝出去與巨型機械奮戰也不是最安全的行動方案。

「我想到一個方法，」我說：「不過我需要你們幫忙。」

奧斯汀握緊拳頭。「需要的話儘管開口。我們準備挺身而戰。」

「其實……我不需要你們挺身而戰。我需要你們幫忙打拍子。」

接下來我又有重要的發現：荷米斯的孩子們不會唸饒舌歌。完全不會。

---

96 拉赫曼尼諾夫（Sergei Vasilievich Rachmaninoff, 1873-1943），俄國鋼琴家、指揮家、作曲家，也是二十世紀最偉大的鋼琴家之一。

賽西爾．馬克維茲努力想要跟上我們，他盡了全力，但是不斷搞亂我的節奏，打拍子像抽筋，還弄出可怕的麥克風噪音。試驗個幾回合之後，我把他降格去當舞者，他的任務是前後扭擺臀部、揮舞雙手，熱切激動的模樣就像那些參加帳篷復興聚會的基督教徒。

其他人奮力跟上拍子。他們看起來仍然很像身上的毛被拔了一半、情緒非常激動的雞，不過還是努力集中精神打拍子。

我開始唱起〈媽媽〉一曲。凱拉的腰包裡掉出了水和喉糖，我的喉嚨因爲吃了這些而感到舒服多了。（足智多謀的女孩！不然誰會在兩人三腳死亡競賽中帶喉糖？）

我把歌聲直接傳送到邁爾米克的地道裡，深信這聲音可以傳達我的訊息。我們不必等太久，腳下的大地就開始隆隆作響。我繼續唱著，提醒夥伴們要繼續打好正確的節奏，直到歌曲唱完爲止。

然而地面炸開時，我差點就落拍了。我一直緊盯著地道，但「媽媽」沒有用地道，蟻后從她想要的地方打開出口……在這時候，牠直接從二十公尺外的地面竄出來，泥土、青草和小石頭往四面八方噴濺。接著牠急急向前爬，大顎猛咬，翅膀嗡嗡拍動，貌似鐵氟龍的深色眼睛直直盯著我。牠的腹部不再腫脹，因此我猜牠已經把最近大部分的殺手螞蟻幼蟲都生完了。我希望這樣表示牠的心情很好，沒有處於飢餓模式。

在牠背後，兩隻有翅膀的兵蟻也從洞裡爬出來。我可沒預期會附贈其他螞蟻啊。（大部分人不會想聽到「附贈螞蟻」這種話，對吧。）牠們隨侍在蟻后左右，觸角顫抖搖動。

我不再吟唱頌歌，接著單膝跪地，也像之前一樣伸展雙臂。

「媽媽，」我說：「需要你載我們一程。」

我的推論是這樣的：母親們經常接送小孩。蟻后生了成千上萬個孩子，我猜牠一定是最強大的足球媽媽。果然沒錯，「媽媽」用牠的大顎咬住我，把我往上拋，飛越牠的頭頂。

無論那五個半神半人怎麼對你說，總之我沒有掙扎、尖叫，掉下來的時候也沒有撞傷身上的敏感部位。我以英雄之姿落下，跨坐在蟻后的脖子上，那裡沒有比一般戰馬的馬背面積大多少。我對夥伴們大喊：「上來吧！超級安全！」

因爲某些原因，他們顯得很遲疑。但螞蟻一點都沒有遲疑。蟻后把凱拉剛剛好拋到我背後，兩隻兵蟻也跟隨媽媽的行動，各咬起兩名半神半人，將他們拋到自己背上。

三隻邁爾米克開始振翅，發出的噪音簡直像散熱器的風扇葉片一樣驚人。凱拉緊緊抓住我的腰。

「這樣眞的安全嗎？」她大喊。

「絕對安全！」我希望自己沒說錯。「說不定比太陽戰車更安全！」

「太陽戰車不是有一次差點毀了整個世界嗎？」

「這個嘛，有兩次，」我說：「其實是三次，假如你把泰麗雅．葛瑞斯駕駛的那一次也算進去的話，不過……」

「當我沒問！」

「媽媽」一躍而起，飛向空中。樹冠層的糾結樹枝擋住了我們的去路，但媽媽顯然一點都不在意，畢竟牠才剛挖鑿通過數以噸計的堅實土壤。

我大喊：「趴下！」

我們讓自己緊貼著媽媽的鋼板頭部，只見牠猛力撞穿樹枝，大概有幾千片木屑撒在我背上。能夠再次飛行，感覺實在很棒，所以我一點也不在意。我們在樹林上方翱翔，然後轉朝東方飛去。

大概有兩、三秒的時間吧，我真是興奮極了。

接著，我聽到混血營傳來尖厲的叫聲。

35

全裸的雕像
一座你很魯巨像
內衣褲在哪？

即使我擁有超自然的描述力量也派不上用場。

不妨想像你自己的青銅雕像，有三十公尺高，完全複製出你的高貴與莊嚴，在傍晚陽光的照耀下顯得燦爛華麗。

然後再想像一下，這座極其荒謬的英俊雕像正從海中涉水而出，登上長島海峽的北岸。它手中抓著一艘船的方向舵，舵葉足足像一架隱形轟炸機那麼大，固定在一根十五公尺長的桿子上，而「華麗先生」高舉那個方向舵，對著從混血營跑出來的小人猛力揮打。

我們從森林裡飛出來時，迎面而來就是這樣的景象。

「那種東西要怎麼活著？」凱拉問：「尼祿是怎樣……從網路訂購的嗎？」

「三巨頭擁有廣大的資源，」我對她說：「他們準備了好幾個世紀之久。等他們將這座雕像重建完成，接下來只需要灌注某種魔法、爲它賦予生命……通常是風精靈或水精靈所控制的生命力。我也不是很確定。這眞的比較屬於赫菲斯托斯的專長。」

「那麼，我們要怎麼殺掉它？」

「我……我正在研究。」

遙望山谷的另一端，學員們一邊尖叫、一邊跑去拿他們的武器。尼克和威爾正在湖裡踢水掙扎，顯然划獨木舟划到一半翻覆了。奇戎疾馳越過沙丘，不斷射箭干擾巨像的行動；即使以我的高標準來看，奇戎算是非常優秀的弓箭手，他瞄準巨像的關節和接縫處，然而牠的射擊似乎完全無法阻礙那具自動機械的行動。就在這時，數十具飛彈從巨像的腋窩和頸部一個個冒出，活像是亂翹一通的毛髮。

「還要更多箭筒！」奇戎大喊：「快點！」

瑞秋．戴爾抱了六個箭筒，從兵工廠跌跌撞撞走出來，然後跑向奇戎提供補給。

巨像將它的方向舵往下甩，砸向涼亭餐廳，但舵葉撞到混血營的魔法邊界又反彈回去，頓時火花四濺，很像碰撞到堅固的金屬。華麗先生往內陸踏出一步，可是魔法邊界阻止他，運用風洞的力量把它推回去。

而在混血之丘頂上，雅典娜．帕德嫩的周圍環繞著銀色光暈。我不曉得半神半人能否看到那光暈，不過每隔一陣子，雅典娜的頭盔就會像探照燈那樣射出一道紫外光，射中巨像的胸口，把那位入侵者推回去。此外，金羊毛也在它旁邊的高大松樹上閃耀著激烈能量；看守金羊毛的火龍皮琉斯嘶聲威嚇，在樹幹周圍踱步，準備要守護牠的地盤。

這些力量都很強大，但我不需要有天神的視力就看得出來，這些力量很快就會失效。混血營固然有防禦邊界，它的設計目的卻是抵擋偶然出現的迷路怪物、讓凡人覺得混淆而不會探查這個山谷，以及對入侵勢力提供第一線的防禦力。然而，一座三十公尺高、充滿惡意卻美麗的神界青銅巨人則完全是另一回事，要不了多久，巨像就會破界而入，把它途經的每一項事物摧毀殆盡。

「阿波羅！」凱拉戳戳我的肋骨。「我們該怎麼辦？」

我回過神來，再次體會到一種討厭的感覺，即人們總期待我會有答案。我的第一個直覺反應是命令某位經驗豐富的半神半人去負責。週末還沒到嗎？波西．傑克森在哪裡？或者像法蘭克．張和蕾娜．拉米瑞茲—阿瑞拉諾那些羅馬執法官呢？沒錯，他們會處理得很好。

我的第二個直覺反應是轉頭找梅格．麥卡弗瑞。我竟然這麼快就習慣她那超級煩人卻又異常討喜的存在感！唉，她已經走了。她的離開，感覺正如同巨像狠狠踩踏我的胸口。（這是很容易想到的隱喻，畢竟巨像目前正在踩踏一大堆東西。）

兩隻兵蟻護衛在我們左右組成飛行隊形，等待蟻后發號施令。其他半神半人焦急地看著我，隨著我們在空中高速飛行，不時有小團繃帶從他們身上旋轉飛出。

我傾身向前，用撫慰人心的語氣對媽媽說話：「我知道，我不能要求你冒著生命危險救我們。」

媽媽發出嗡嗡聲，似乎是說：「眞該死，你說得對極了！」

「只要讓我們繞過雕像的頭部就好？」我問：「這樣就足以分散它的注意力。然後把我們放到海灘上好嗎？」

牠以大顎發出喀啦聲，似乎充滿疑惑。

「你是全世界最棒的媽媽，」我補充說：「而且你今天看起來好美。」

每次對麗托說這句話都很有效，看來對媽媽蟻也發揮作用。牠扭動觸角，也許是傳送高頻訊號給牠的士兵吧，於是三隻螞蟻全都向右急轉彎。

我們下方又有更多學員加入戰局。薛曼．楊已經將兩匹飛馬套到戰車上，目前環繞雕像的兩條腿飛行，而茱莉亞和愛麗絲對準巨像的膝蓋扔擲通電標槍。標槍插入巨像的關節裡，放射出藍色的閃電電光，但巨像似乎完全不以爲意。在此同時，柯納．史托爾和哈雷用兩具火燄噴射器爲巨像提供熔融美甲服務，勝利女神妮琪的雙胞胎則操縱一具投石器，對準巨像的神界青銅胯下投擲巨石。

馬肯．佩斯不愧是雅典娜的孩子，他正在草地上一個臨時設置的指揮所調度各項攻擊行動。他和妮莎在一張輕便桌子上攤開作戰地圖，大聲喊著攻擊目標的坐標數字，而琪亞拉、達米安、保羅和貝莉則忙著在公共火爐周圍設置投石器。

馬肯看起來很像經驗豐富的戰地指揮官，唯一的問題是他忘了穿褲子。他的紅色緊身內褲就像他的佩劍和皮革胸甲一樣醒目。

媽媽朝巨像俯衝而下，害我的胃好像還吊在高空中。

我有好一陣子很羨慕雕像的莊嚴外表，它的金屬額頭戴著一頂布滿尖釘的王冠，意思是代表太陽的一道道光芒。打造這座巨像的目的應該是要尊奉尼祿爲太陽神，但那個皇帝很聰明，讓巨像的臉孔比較像我而不是像他，只有奇醜無比的鼻子線條和環繞脖子的恐怖鬍鬚顯露出尼祿的註冊商標。

而且……我剛才有沒有提過，這座三十公尺高的雕像全身赤裸？嗯，它當然全身赤裸，天神的模樣幾乎永遠描繪成赤裸的樣子，因爲我們完美無瑕；爲什麼你會想要把完美的事物遮掩起來呢？然而，看著我自己全身赤裸地走來走去、手裡拿著船隻的方向舵猛砸混血營，感覺實在有點難爲情。

我們逐漸靠近巨像時，我大聲吼：「冒充鬼！我才是眞正的阿波羅！你超醜的！」

噢，親愛的讀者，要對著我自己的英俊臉龐吼出這些話實在很困難，不過我還是吼了。我很勇敢吧。

巨像似乎沒有受到羞辱。隨著媽媽和牠的兩名士兵轉彎離開，雕像再度向前甩動手中的方向舵。

你有沒有遭遇過轟炸機？我突然回想起一九四五年的德勒斯登，當時空中布滿飛機，而我駕著太陽戰車，簡直找不到一條安全的道路可以駕駛。那次事件之後，太陽戰車的輪軸歪掉了，有好幾個星期無法校正恢復一直線。

我發現螞蟻的飛行速度不夠快，可能無法躲開方向舵的攻擊。我就像觀看慢動作重播，眼睜睜看著大禍將至。在千鈞一髮之際，我大喊：「俯衝！」

我們垂直向下俯衝。方向舵只削到螞蟻的翅膀，但這樣就足以讓我們一邊旋轉、一邊朝海灘垂直墜落。

好感激有柔軟的沙子。

我們衝撞落地時，我的嘴巴吃了好大一口沙子。

結果完全是運氣好，我們沒有人死掉，不過我得靠凱拉和奧斯汀伸出援手才能站起來。

「你還好嗎？」奧斯汀問。

「很好，」我說：「我們得快點。」

巨像低頭盯著我們，也許是想弄清楚我們究竟是即將痛苦而死，還是需要再多施加一點痛苦。我本來就是想要吸引它的注意，結果成功了。喔耶。

我瞥了媽媽和牠的兩名士兵一眼，牠們正在甩掉甲殼上面的沙子。「謝謝你們。現在要救你們自己了，快飛啊！」

這番話不需要說第二次。我想，螞蟻天生就很害怕大型人影朝牠們逼近，那人影多半會舉起一隻腳踩扁牠們。媽媽和牠的兩名護衛連忙發出嗡嗡聲響飛向天空。

米蘭達望著牠們的背影。「我從沒想過自己會這樣描述蟲子，不過我會很想念那些傢伙。」

「嘿！」尼克・帝亞傑羅叫道。他和威爾匆匆爬上沙丘，身上還滴著水，因為剛才在獨木舟湖裡游泳。

「有什麼打算？」威爾顯得很冷靜，不過我對他有相當的了解，看得出他的內心其實像禿裸的電線一樣，電荷亂跳劈啪作響。

轟。

雕像大踏步朝我們走來，只消再多踏一步就會到達我們頭頂上方。

「它的腳踝有沒有控制閥門？」埃利斯問。「假如我們可以把它打開……」

「沒有，」我說：「你想到塔羅斯[97]。這不是塔羅斯。」

尼克伸手撥開額頭溼答答的黑髮。「那怎麼辦？」

我朝巨像的鼻子好好欣賞一番。它的鼻孔用青銅封住……我想，那是因為尼祿不希望反對者把箭射進他的皇帝腦袋裡。

我大叫一聲。

凱拉抓住我的手臂。「阿波羅，怎麼了？」

把箭射進巨像的腦袋裡。噢，眾神啊，我想到一個絕對、永遠辦不到的點子，但與其坐等一隻兩噸重的青銅腳把我們踩扁，這點子似乎好多了。

「威爾、凱拉、奧斯汀，」我說：「跟我來。」

「還有尼克，」尼克說：「我有醫師的診斷書。」

「好啦！」我說：「埃利斯、賽西爾、米蘭達……隨便做什麼都好，只要能吸引巨像的注意力就行。」

一個巨大的腳影讓沙灘變暗了。

「快點！」我大叫：「散開！」

97 塔羅斯（Talos），希臘神話中由青銅所建造的機械巨人，負責守衛克里特島。

36

我愛放瘟疫
射出正確飛箭時
砰！兄弟，你死？

散開這部分很簡單，大家都做得非常好。

米蘭達、賽西爾和埃利斯往不同方向跑開，一邊尖聲咒罵巨像，一邊揮舞手臂。這樣幫其他人爭取到一點時間，於是我們衝向沙丘，但我猜測巨像很快就會跑來追我。畢竟，我是最重要也是最有吸引力的目標。

我衝向薛曼．楊的戰車，它繼續繞著雕像的兩條腿轉圈，本來想讓雕像的膝蓋骨觸電，但徒勞無功。「我們需要徵用那輛戰車！」

「怎麼進行？」凱拉問。

我正準備承認自己也不知道，這時，尼克．帝亞傑羅抓住威爾的手，走進我的影子裡，兩個男孩就這樣消失不見。我都忘了影子旅行的威力……透過這種方法，冥界的孩子可以走進一個影子，然後從另一個影子冒出來，有時候兩地甚至距離好幾百公里遠。黑帝斯很愛用這種方法偷偷溜到我旁邊，趁我射出一支死亡之箭時大叫一聲「嗨！」，如果他發現我沒射中目標，不小心徹底摧毀另一個城市，就會樂不可支。

奧斯汀打了個寒顫。「我超討厭尼克像那樣突然消失。我們有什麼打算？」

「你們倆是我的後援部隊，」我說：「假如我失手，假如我死了……就靠你們兩個了。」

「喂，喂，」凱拉說：「你說『假如你失手』是什麼意思？」

我拔出最後一支箭，這是在樹林裡找到的。「我打算瞄準那個超厲害龐然巨物的耳朵。」奧斯汀和凱拉互看一眼，也許是懷疑我變成凡人的壓力太大，終於崩潰了。

「瘟疫之箭，」我解釋：「我打算用魔法讓這支箭攜帶疾病，然後把它射進雕像的耳朵。雕像的頭是空心的，耳朵是唯一的開口。這支箭應該釋放出威力夠大的疾病，消滅巨像的生命力……或至少讓它失去活動能力。」

「你怎麼知道這樣行得通？」凱拉問。

「我不知道，但是……」

我們的對話嘎然而止，因爲巨像的腳突然重重踩下。我們趕緊衝向內陸，免得被踩扁。

而在我們背後，米蘭達大叫：「嘿，醜八怪！」

我知道她不是對我說話，但我還是往後面瞥了一眼。她高舉雙臂站在沙丘上，拿著用海草編成的繩索擲出去，纏住雕像的腳踝。巨像輕而易舉就掙脫，但已足夠讓它覺得很煩而分心。看著米蘭達正面迎擊那座雕像，讓我再一次爲梅格的事感到心痛。

在此同時，埃利斯和賽西爾分別站在巨像的兩側，對它的小腿猛扔石頭。而在混血營那邊，投石器射出大批的燃燒彈，在華麗先生的禿裸頸背爆炸開來，這情景讓我心生同情，不禁心裡一揪。

「你剛才說到哪裡？」奧斯汀問。

「對喔。」我用手指快速轉著箭。「我知道你們怎麼想。我缺乏天神的力量，有沒有辦法引發黑死病或西班牙流感是個問題。可是，假如我能夠近距離射中他，直直射進腦袋裡，也許能夠造成一些傷害。」

「那麼……萬一失敗了呢？」凱拉問。我注意到她的箭筒也是空的。

「我的力氣不足以嘗試兩次，你們必須想出其他辦法。找到一支箭，嘗試召喚某種疾病，然後趁奧斯汀控制住戰車的時候射出箭。」

我很清楚這樣的要求根本不可能辦到，但他們一句話都沒說就堅強地接受了。我不確定自己覺得感激還是內疚。回想以前仍是天神的時候，我總是把凡人對我很有信心視為理所當然，現在……我再度要求自己的孩子冒著生命危險，而我完全無法確定這計畫是否行得通。

我瞥見空中有動靜一閃而過。這一次不是巨像的腳，而是薛曼．楊的戰車，但車上沒有薛曼．楊的蹤影。威爾操控著飛馬降落地面，然後把意識不清的尼克．帝亞傑羅拉出車外。

「其他人在哪裡？」凱拉問：「薛曼和兩個荷米斯女孩呢？」

威爾翻了個白眼。「尼克說服他們下車了。」

就好像被點到名字似的，我聽到遠處傳來薛曼的尖叫聲：「帝亞傑羅，我會堵到你！」

「你們幾個快去，」威爾對我說：「這輛戰車設計成只能載三個人，而經過剛才的影子旅行後，尼克隨時會昏過去。」

「不，我不會。」尼克抱怨說，然後就昏過去了。

威爾學習消防員的動作，把尼克扛到一邊肩膀上，帶他離開。「祝好運！我要讓這位黑暗之王補充一點開特力運動飲料！」

奧斯汀率先跳上車，拉好韁繩。我和凱拉一踏上車，戰車就一飛沖天，飛馬以熟練的技巧繞著巨像高速轉彎。我開始覺得瞥到一線希望了，說不定真能運用計謀打敗這個相貌英俊的青銅巨人。

「好，」我說：「看來，只要我能對這支箭施法，讓它帶上厲害的瘟疫就行了。」

那支箭從箭尾的羽毛到箭尖抖了一下。

「汝等無能。」它對我說。

我會努力避免讓武器像那樣說話，因為覺得它們既粗魯又無禮，而且令人無法專心。有一次，阿蒂蜜絲拿到一把弓，它會像腓尼基水手一樣亂罵粗話。另一次是在斯德哥爾摩的小酒館，我遇到的天神真是超帥的，只不過他那把會說話的劍無論如何都不肯閉嘴。

哎呀我離題了。

我問了一個根本不用問的問題。「你剛才是對我說話嗎？」

那支箭捅了一下箭筒。（哎呀，好爛的俏皮話，我道歉。）「是，確實。懇求你，發射並非吾意。」

他的聲音絕對是男性，鏗鏘有力且語氣鄭重，很像彆腳的莎士比亞戲劇男演員。

「不過你是一支箭啊，」我說：「箭尖最頂尖的功能就是要射出去。」（啊，我真該留意這些俏皮話。）

「各位，抓緊了！」奧斯汀大喊。

戰車猛然俯衝，躲開巨像甩動的方向舵。如果奧斯汀沒有事先警告，我可能就會留在半空中，繼續與我的拋射武器爭辯不休。

「所以，你是用多多納的橡樹製作出來的，」我猜測說：「你是因爲那樣才會說話嗎？」

「誠然。」那支箭說。

「阿波羅！」凱拉說：「我不曉得你爲何對那支箭說話，不過……」

我們右邊突然傳來「哐！」的一聲迴響，很像電力輸送線突然斷掉而打中金屬屋頂的聲音。接著銀光一閃，混血營的魔法邊界瓦解了。巨像大步向前，一腳踩爛涼亭餐廳，把它踩成瓦礫堆，活像是小孩子玩的一堆積木。

「不過，就是那樣啦。」凱拉嘆口氣說。

巨像以勝利之姿高舉它的方向舵。它向內陸大步走去，無視於腳邊跑來跑去的學員們。瓦倫提娜．迪亞茲以投石器對著它的鼠蹊部射出一顆炮彈（同樣的，我得滿心同情地瞇起眼睛），哈雷和柯納．史托爾也繼續用火焰槍燒它的腳，但是無效。妮莎、馬肯和奇戎連忙用鋼纜拉起一條跨越雕像前進路徑的絆腳索，但他們絕對來不及把鋼纜好好固定住。

我轉向凱拉。「你聽不到這支箭說話？」

從她瞪大的雙眼看來，我猜答案是：「不，難道出現幻覺是我們的家族遺傳？」

「當我沒說。」我看著那支箭。「睿智的多多納飛箭，有沒有什麼建議？我的箭筒空了。」

那支箭以箭尖向下指著雕像的左手臂。「瞧！腋窩滿是汝最渴需之箭！」

凱拉大喊：「巨像朝向小屋前進！」

「胳肢窩！」我對奧斯汀說：「飄揚……呃，飛去胳肢窩那裡！」

你在戰鬥中應該不常聽到這樣的命令，不過奧斯汀立刻鞭策飛馬垂直向上爬升。我們匆匆飛越巨像的手臂接縫處，那裡插著茂密的箭海，但我太高估自己的凡人手眼協調性，伸手往箭桿一抓，結果撲了個空。

凱拉的動作比較敏捷，她折斷一支箭，猛力拉出來，卻忍不住尖叫。

我拉著她以確保安全。她的手流了很多血，因爲高速抓箭而割傷了。

「我沒事！」凱拉喊著說。她緊掐著手指，整個戰車地板血跡斑斑。「拿好這些箭。」

我聽話照辦。我從脖子上取下巴西國旗頭巾，遞給凱拉。「把你的手包紮好，」我命令說：「我的外套口袋裡有一些神食。」

「別擔心我，」凱拉的臉色變得像她的頭髮一樣鐵青。「射箭啊！快點！」

我仔細檢視那些箭，不禁心頭一沉。只有一支箭沒斷，但它的箭桿也彎曲了。根本不可能拿來射準。

我又看著那支會說話的箭。

「汝最不該猶豫，」它莊重地說：「汝應對曲箭施法！」

我著手嘗試。我張開嘴，腦袋卻一片空白，唸不出半句施展魔法的適當咒語。眞的就像我擔心的狀況，萊斯特．巴帕多普洛斯確實沒有半點力量。「我不行！」

「吾將協助，」多多納之箭承諾說：「汝之始：『瘟疫哪，瘟疫哪，瘟疫哪，瘟疫哪。』」

「施展魔法不會從『瘟疫哪，瘟疫哪，瘟疫哪』開頭的啦！」

「你在對誰說話？」奧斯汀狐疑地問。

「我的箭！我……我需要更多時間。」

「我們沒有更多時間了！」凱拉用她流血包紮的手指著。

巨像再差幾步就要踩上中央草坪了。我不確定這些半神半人是否知道自己身處於多大的險境。巨像能夠造成的破壞絕不只是弭平建築物而已；假如它毀掉中央火爐，也就是荷絲提雅[98]的神聖祭壇，那等於讓混血營的精神核心徹底熄滅。這個山谷將遭到詛咒，而且會有好幾個世代都不宜人居。混血營將停止運作，不復存在。

我很清楚自己的嘗試終將失敗。即使還記得該怎麼製造瘟疫箭，我花費的時間太長了。這就是我違背冥河誓言所受到的懲罰。

就在這時，有個聲音從我們上方某處大喊：「嘿，青銅屁股！」

巨像的頭頂上方冒出一團黑雲，活像是漫畫裡的對話泡泡。接著，有一隻毛茸茸的黑色怪物狗從那團陰影掉下來，那是一隻地獄犬，而且有個年輕人跨坐在牠背上，手中拿著一把閃閃發亮的青銅劍。

週末終於到了。波西．傑克森大駕光臨。

[98] 荷絲提雅（Hestia），爐灶女神，是宙斯的姊姊。宙斯曾賜予她掌管一切祭典儀式的權力。

37

嘿，瞧！波西耶至少他可幫點忙我教他一切

我驚訝到說不出話來，否則我會警告波西要小心。

地獄犬並不喜歡待在高處，牠們一旦受到驚嚇，很難預測會有什麼樣的反應。波西的忠犬降落在持續移動的巨像頂上時，牠吠叫一聲，然後就在巨像頭頂上尿尿。雕像怔住不動，抬起頭來，看著自己的莊嚴鬢角有液體往下滴，無疑感到很困惑。

波西以英雄之姿從他的坐騎跳下來，隨即踩到地獄犬的尿尿而滑倒。他差點就一路滑到雕像的眉毛上。「什麼鬼啊……歐萊麗女士，哎喲！」

地獄犬充滿歉意地吠叫了幾聲。奧斯汀駕著我們的戰車，飛到叫喊聲可以傳遞的範圍內。「波西！」

波塞頓之子對我們皺起眉頭。「好吧，到底是誰把這個青銅大傢伙放出來？阿波羅，是你做的好事嗎？」

「你這樣講我生氣了！」我大叫：「我對這件事情只有間接責任啊！更何況我還想出補救辦法呢。」

「哦，是嗎？」波西朝背後毀壞殆盡的涼亭餐廳瞥了一眼。「那是怎麼回事？」

我抱著平常的冷靜態度，爲了更長遠的利益而保持專注。「如果能請你別讓巨像踩爛混血營的火爐，那就幫了大忙。我需要多幾分鐘替這支箭施加魔法。」

我錯把那隻會說話的箭舉起來，然後才拿起彎曲的箭。

波西嘆口氣。「你確實需要。」

歐萊麗女士緊張地吠叫起來。只見巨像舉起一隻手，正準備把發出討厭窸窣聲的入侵者揮開。

波西抓住巨像王冠上的一根陽光尖刺，從基部把它砍斷，然後將尖刺插進巨像的額頭。我不曉得巨像是否感到痛楚，但它變得搖搖晃晃，顯然因爲突然長出一隻獨角而驚訝萬分。

波西又砍下一根尖刺。「嘿，醜八怪！」他朝下方叫道：「你不需要所有這些尖尖的東西，對吧？我打算拿一根去海灘那邊。歐萊麗女士，接住！」

波西把尖刺扔出去，像是射標槍一樣。

地獄犬興奮地猛吠。牠從巨像的頭跳出去，消失在影子裡，然後重新出現在地面上，追著牠的青銅新棍子蹦蹦跳跳。

波西對我挑挑眉毛。「怎樣？開始施法吧！」

他從雕像的頭頂跳到肩膀，然後跳到方向舵的軸心上，再沿著軸心一路滑到地面上，很像消防隊員沿著滑桿往下滑。假如我還有一般天神水準的運動技巧，可能連在睡夢中都能做出這類動作，不過我得承認，波西．傑克森的動作相當值得讚賞。

「嘿，青銅屁股！」他再度大喊：「來抓我啊！」

巨像有所回應，只見它慢慢轉身，跟著波西走向海灘。

我開始喃喃吟誦，努力喚起以前掌管瘟疫的天神力量。這一次，那些咒語回來了，我不知道爲何會這樣。也許波西的到來給予我新的信心，也說不定只因爲我沒有想太多。我發現想太多經常會干擾實際的執行，其實眾神在生涯早期就學到這一課。

我感覺到疾病的搔癢感在我指尖旋轉盤繞，逐漸變成像子彈一樣。我述說自己的優越非凡，以及過去曾經施加到邪惡族群身上的各種可怕疾病，因爲……嗯，我很優越非凡。我可以感覺到逐漸掌握住魔法，儘管多多納之箭就像伊莉莎白時代的舞台劇工作人員，不斷對我碎唸著：「汝應說：『瘟疫哪，瘟疫哪，瘟疫哪！』」

在我們下方，愈來愈多半神半人加入走向海灘的行列，他們跑到巨像的前方奚落它、對它扔擲東西、叫它「青銅屁股」。眾人嘲笑它的新獨角，看到地獄犬的尿尿沿著它的臉龐滴下來也笑到不行。通常我完全無法忍受霸凌的行爲，特別是受害者長得很像我，但是畢竟巨像足足有十層樓高，而且毀了他們的營區，我想這些學員的粗魯無禮也算是可以理解。

我結束吟誦，現在有噁心的綠色煙霧包圍著整支箭，聞起來有淡淡的油炸速食的氣味；這是好現象，表示帶有某種可怕的疾病。

「我準備好了！」我對奧斯汀說：「把我送到它的耳朵旁邊！」

「沒問題！」奧斯汀轉頭喃喃自語，只見一絲綠色煙霧飄過他的鼻子底下。他變得淚眼汪汪，鼻子腫脹起來，而且開始流鼻水。他用力揉搓自己的臉，而且拚命打噴嚏，整個人倒在戰車的地板上，不斷呻吟且抽搐。

「我的孩子啊！」我想要抓住他的肩膀查看狀況，但由於兩隻手各拿著一支箭，實在空不出手。

「呸！那瘟疫太強大。」多多納之箭嗡嗡哼著令人討厭的聲音。「汝之吟誦令人鄙厭。」

「噢，不，不，不，」我說：「凱拉，小心點，別呼吸……」

「哈啾！」凱拉倒在她兄弟旁邊。

「我做了什麼啊？」我哭喊著說。

「吾思汝已搞砸，」我的無窮智慧來源「多多納之箭」說：「此外，快！汝須抓韁繩。」

「爲什麼？」

你可能會想，一個每天駕駛戰車飛越天空的天神，應該不需要問這種問題吧。而站在我的立場，我焦急看著孩子們意識模糊地躺在我腳邊，整個人心煩意亂，根本沒想到戰車處於無人駕駛的狀態。由於沒有人控制韁繩，飛馬顯得很驚慌。爲了避免直接衝向巨大的青銅巨像，飛馬轉而俯衝地面。

不知爲何，我竟然做出正確反應。（爲了我做出正確反應而歡呼三次吧！）我將兩支箭塞進箭筒裡，抓起韁繩，奮力減緩向下俯衝的速度，避開墜毀的命運。我們從沙丘上彈起，然後猛然轉向，最後停在奇戎和一群半神半人面前。要不是離心力把我、凱拉和奧斯汀甩出戰車外，我們的登場方式看起來還滿戲劇化的。

我有沒有提過，這全要感謝柔軟的沙子？

那些飛馬又立刻起飛，拉著破爛的戰車飛向空中，把我們拋棄在地面上。

奇戎飛奔到我們旁邊，後面跟著一群半神半人。波西．傑克森從海浪那邊衝向我們，歐萊麗女士則繼續吸引巨像，玩著你追我逃的遊戲。我擔心雕像的興趣沒辦法持續太久，等它發現背面的正後方有一群攻擊目標，一轉身就剛好踩扁。

「瘟疫箭準備好了！」我朗聲說：「我們得把它射進巨像的耳朵裡！」
我的聽眾們似乎沒有覺得這是好消息，接著我才意識到戰車飛走了，連我的弓也還在戰車上。而且無論我引發的是什麼樣的疾病，凱拉和奧斯汀顯然已經遭到感染。
「這會接觸傳染嗎？」賽西爾問。
「不會！」我說：「嗯……可能不會。是透過箭上的煙霧……」
每個人都從我身邊退開。
「賽西爾，」奇戎說：「你和哈雷把凱拉和奧斯汀送去阿波羅小屋治療。」
「不過他們就是阿波羅小屋的人啊，」哈雷不情願地說：「更何況我的火焰噴射器……」
「你可以晚一點再玩你的火焰噴射器，」奇戎向他保證。「好孩子，跑快一點。其他人不管做什麼都可以，不要讓巨像離開水邊。我和波西會協助阿波羅。」
奇戎說「協助」這個詞，意思好像是「用極大的殺傷力打頭」。
等到眾人散開，奇戎把他的弓遞給我。「快去射吧。」
我看著這把用複合材料製作的大型反曲弓，可能需要四、五十公斤重的拉力才拉得動。
「這要半人馬的力氣才拉得動，青少年凡人怎麼行！」
「你創造出那支箭，」他說：「只有你能把它射出去，同時不會受到疾病的傷害。也只有你能射中那樣的目標。」
「從這裡射箭？不可能吧！那個會飛的男孩呢？傑生．葛瑞斯？」
波西抹掉脖子上的汗水和沙子。「會飛的男孩不在，所有的飛馬也都驚慌跑光了。」
「也許可以叫來一些鳥身女妖，再搭配風箏線……」我說。

「阿波羅，」奇戎說：「這得要由你來執行，你是掌管箭術和疾病的主宰啊。」

「我才不是什麼東西的主宰！」我哭叫著說：「我只是愚蠢醜陋的凡人青少年！我是無名小卒！」

自憐自艾的感覺突然一湧而出。我竟然叫自己是「無名小卒」，這下子我很確定世界會天崩地裂、宇宙會停止運轉，波西和奇戎也會忙著安慰我。

但這些事全都沒有發生。波西和奇戎只是臉色嚴峻地瞪著我。

波西伸出手放在我的肩膀上。「你是阿波羅。我們需要你。你辦得到。況且如果你辦不到，我會親自從帝國大廈的樓頂把你扔出去。」

這正是我所需要的激勵小語，每次要參加足球比賽之前，宙斯通常會對我說這種話。我挺起胸膛。「好吧。」

「我們會想辦法把它拖進水裡，」波西說：「我在那裡比較占優勢。祝你好運。」

波西扶著奇戎的手跳上半人馬背，然後他們一起疾馳到海浪裡，只見波西揮舞他的劍，嘴裡嚷著各式各樣類似青銅屁股的話語辱罵巨像。

我沿著海灘跑，直到終於能直直看見雕像的左耳。

抬頭看著那莊嚴的側臉線條，我看到的不是尼祿，而是看到我自己……紀念我的自負與自大。尼祿的驕傲根本就像我自己的倒影。我真是天字第一號大笨蛋，我完全就是會幫自己塑造一座三十公尺高的全裸雕像、豎立在自己正前方的那種人。

我從箭筒拿出瘟疫箭，搭到弓弦上。

那些半神半人眞的很擅長散開。他們從兩邊包夾，持續騷擾巨像，而波西和奇戎飛奔穿越潮水，歐萊麗女士則咬著牠的青銅新棍子，跟在他們後面蹦蹦跳跳。

「喲，醜八怪！」波西大叫：「到這邊來呀！」

巨像踩出下一步，讓好幾噸重的鹹海水瞬間移位，並製造出超大的坑洞，足以放進一整輛貨卡車。

多多納之箭在我的箭筒裡喋喋不休。「汝勿憋氣，」它提出建議：「放鬆汝之肩膀。」

「我以前射過箭啦。」我咕噥著說。

「留意汝之右肘。」那支箭說。

「閉嘴。」

「而且切勿訓斥汝之箭閉嘴。」

我用力拉弓，肌肉開始發熱，感覺好像有沸水淋在我的肩膀上。瘟疫箭沒有讓我昏過去，但它的煙霧令人失去方向感，彎曲的箭桿更是難以估算角度。風勢對著我迎面吹來，射出去的弧度一定會太高。

然而我還是勉力瞄準，輕輕呼氣，然後放開弓弦。

那支箭一邊旋轉、一邊向上直衝而去，然後力道漸失，而且太偏向右邊。我的心一沉。想必冥河的詛咒不會讓我有一丁點的成功機會。

等到瘟疫箭飛到頂點，正準備往下墜落時，一陣風擄住它……也許是澤佛羅斯想要對我微不足道的攻擊表達一點體貼心意吧。那支箭乘著風飛進巨像的耳道，在它腦袋裡發出「喀哩、喀哩、喀哩」的聲響，很像柏青哥機器。

巨像停下腳步。它盯著遠方地平線，一臉困惑的樣子。它抬頭看著天空，然後拱著背，搖搖晃晃向前走，發出宛如龍捲風掀翻倉庫屋頂的聲音。它的臉沒有其他開口，因此打噴嚏的壓力迫使機油從它的耳朵噴發出來，那些破壞環境的泥狀物就這樣遍灑在沙丘上。

薛曼、茱莉亞和愛麗絲拖著蹣跚步伐走向我，他們從頭到腳都沾滿沙子和油漬。

「你救出米蘭達和埃利斯，我很感激你，」薛曼咆哮說：「可是你偷走我的戰車，等一下我要殺了你。你到底是怎麼對付巨像的？什麼樣的瘟疫會讓它打噴嚏？」

「我其實……我召喚的是相當良性的疾病啦。我相信我已經讓巨像染上花粉症。」

看著某人準備打噴嚏，你知道那種停頓有多可怕吧？看到雕像再度彎下腰，沙灘上的所有人都縮起身子等待。巨像從它的耳道吸進好幾立方公里的空氣，然後準備再一次大爆發。

我想像那種惡夢般的場景：巨像可能用耳朵噴嚏把波西．傑克森噴向康乃狄克州，從此再也看不到他。巨像也可能把它腦袋裡的東西全噴出來，然後踩扁我們所有人。花粉症會讓人暴躁不安，這點我很清楚，因爲花粉症就是我「發明」的。然而，我從來沒想過要讓花粉症成爲一種難以忍受的折磨，也沒想過自己會遇上一具因染上嚴重季節性過敏而暴怒的巨大金屬機械。我咒罵自己目光短淺！我咒罵自己爲什麼是凡人！

但我沒考慮到這群半神半人已對巨像的金屬關節造成傷害，特別是它的脖子。只見巨像向前搖晃，打了一個超級強而有力的「哈啾！」。我嚇得畏縮身子，差點就錯過精彩的一瞬間，因爲就在這時，雕像的頭剛好與它的身體達到分離的第一階段。那顆頭飛過整個長島海峽，臉孔在視線裡轉進又轉出，最後撞擊到水面，發出驚人的「轟」一聲，然後在水裡上下搖晃了一陣子。接著，空氣從它脖子的孔洞嗶啵冒出，於是那張華麗莊嚴的臉孔就此沉入洶湧波濤之下。

雕像的斷頭身體傾斜搖晃。如果它向後倒下，那麼它壓垮的範圍不會只有混血營而已。幸好它是向前倒。波西大罵一聲，只要是腓尼基水手聽了都會感到很驕傲。他和奇戎連忙跑到側邊免得被壓扁，歐萊麗女士則是機警地躲了起來。巨像撞擊水面，在它的左右兩側引發十二公尺高的海嘯。我從沒看過半人馬把馬蹄掛在浪頭頂端，不過奇戎顯然身手矯健。

雕像倒下的轟隆巨響在山丘間迴盪了好一會兒，終於漸漸平息。

宮澤愛麗絲在我旁邊吹了聲口哨。「嗯，緊張情勢降低得還眞快。」

薛曼．楊用小孩子的好奇語氣問：「剛才那是什麼狀況啊？」

「我是這麼想的，」我說：「巨像打噴嚏，把它的頭噴掉了。」

38

打噴嚏之後治療夥伴兼解詩遜天神獎？我

瘟疫散播開來。

我們贏得勝利，付出的代價是爆發一場嚴重的花粉症。夜幕降臨時，大部分學員都頭暈目眩、渾身無力、嚴重鼻塞，但我很慶幸沒有人因爲打噴嚏而把頭噴出去，畢竟繃帶和膠帶的存量都快用完了。

我和威爾．索拉斯花了整個晚上照顧傷患。威爾負責指揮，我覺得這樣很好，因爲我累壞了。多數時候我幫忙固定手臂、分發感冒藥和衛生紙，還要防止哈雷偷走醫務室庫存的所有笑臉貼紙，他的火焰噴射器貼滿了那種貼紙。我很感激有事情讓我分心，這樣才不至於對一整天發生的痛苦事件想太多。

薛曼．楊很仁慈地表示不會因尼克把他扔出戰車而殺了尼克，也不會計較我毀了戰車，只不過我有種預感，阿瑞斯的兒子隨時都有可能改變心意。

奇戎提供治療用的敷料給大多數非常嚴重的花粉症患者，其中包括琪亞拉．班凡努提，看來她的好運也有棄她而去的一天。不過也夠怪的，達米安．懷特一聽說琪亞拉病倒就發病了，他們兩人在醫務室躺在隔鄰的病床上，這讓我覺得有點可疑，而且每當他們發現有人注意，便趕快彼此撇清裝不熟。

波西·傑克森花了好幾個小時招募鯨魚和海馬，請牠們幫忙拖走巨像。他認爲最簡單的處理方法是把它拖去海底的波塞頓宮殿，在那裡可以重新利用，當做花園裡的裝飾雕像。我不太確定該怎麼看待這件事。在我的想像中，波塞頓會把雕像的華麗臉孔改造成像他自己飽經風霜、滿臉鬍鬚的模樣。然而，我希望巨像就此消失，而我也懷疑它根本丟不進混血營的回收垃圾箱。

多虧有威爾的治療和一頓熱騰騰的晚餐，我從森林裡救回的五位半神半人很快就恢復精力。（保羅宣稱這是因爲他對那些人揮舞一條巴西頭巾，我是不打算爭辯啦。）

至於混血營本身，幸好它受到的破壞不算最嚴重。獨木舟湖的碼頭可以重建，巨像踐踏出來的坑洞也可以重新利用，當成散兵坑或鯉魚池。

涼亭餐廳則是全毀，不過妮莎和哈雷信心滿滿地說，等到安娜貝斯·雀斯下一次來到這裡，她可以幫忙重新設計。運氣好的話，應該夏天之前就能重建完成。

其他唯一損壞嚴重的是狄蜜特小屋。我在戰鬥過程中不曉得有這回事，總之巨像先踩壞這棟小屋，後來才回頭走向沙灘。由此回想起來，它的破壞路徑幾乎像是設定好目標，彷彿這具自動機械早已決定涉水上岸、踩爛第四小屋，然後掉頭走回海邊。

想到與梅格·麥卡弗瑞一同經歷的種種，我很難不把狄蜜特小屋的狀況視爲不好的預兆。荷米斯小屋幫米蘭達·加汀納和吳貝莉設置了暫時床位，但是那天晚上，她們在遭到搗毀的廢墟內呆坐了好長一段時間，看著周遭寒冷的冬天地面上長出一大片雛菊。

儘管我筋疲力盡，還是睡得斷斷續續的。我不介意凱拉和奧斯汀持續打噴嚏，也沒有特別注意威爾的輕微鼾聲，甚至不在乎窗台上的風信子恣意綻放，讓房間裡充滿令人憂愁的香氣。然而，我忍不住想起木精靈們高舉手臂迎向森林的火焰，也想起尼祿，還有梅格。多多納之箭保持沉默，待在我的箭筒裡掛在牆上，但我想它很快就會提出更多莎士比亞風格文謅謅的討厭建議。它可能會對我訴說什麼樣的未來，我並不期待。

天一亮，我很快就起床，拿著弓、箭筒和戰鬥用烏克麗麗，爬到混血之丘的山頂上。守護巨龍皮琉斯沒有認出我，只要我太靠近金羊毛，牠就嘶聲威嚇，於是我只得在雅典娜．帕德嫩的腳邊隔一段距離坐下來。

我並不介意有人不認得我。眼下此刻，我一點都不想當阿波羅。望著山腳下所有的毀壞痕跡……那都是我的錯。我既盲目又自大，竟然放任羅馬皇帝們暗中崛起，其中包括我自己的子孫後代。神諭網絡曾經運作得十分良好，但我也任憑它們崩潰瓦解，甚至連德爾菲都失守。我也差點害混血營本身遭到毀滅。

而梅格．麥卡弗瑞……噢，梅格，你到底在哪裡？

「你需要做什麼就去做，」她曾對我這樣說：「這是我最後的命令。」

她的命令實在太模糊了，因此我一定要找出她的下落。畢竟，現在我們兩人的命運緊緊相繫，我最需要做的就是找到她。我很好奇，梅格用那樣的方式陳述命令是不是故意的？或者那只是我自己一廂情願的想法。

我抬頭看著雅典娜平靜穩重、光潔雪白的臉龐。在眞實生活中，她看起來並不會這麼蒼白和冷漠……嗯，至少大多時候不會。我仔細想了想，爲何雕塑家菲迪亞斯[99]選擇讓她看起來這麼不易親近？而雅典娜是否同意呢？我們眾神經常爭辯一件事：人類描繪我們的模樣或對我們有所想像，究竟能對眾神的天性造成多大的改變？例如在十八世紀期間，我怎麼樣都逃不過蓬鬆大捲白色假髮造型，無論怎麼努力都躲不過。對於永生不死的天神來說，我們對人類的信賴實在令人不安。

也許我本來就應該呈現目前的形象。有過那麼多粗心大意和愚蠢的經歷後，也許在人類的心目中，萊斯特．巴帕多普洛斯就是最適合我的模樣。

我重重嘆口氣。「雅典娜，如果你面臨我的處境，你會怎麼辦呢？我希望能得到睿智和實用的建議。」

雅典娜沒有回應。她以平靜的眼神眺望著遠方地平線，以長遠的眼光看待萬事萬物，如同以往。

我不需要智慧女神指點我該做什麼。我應該立刻離開混血營，趕在學員們醒來之前離開。他們接納我、保護我，我卻差點害他們全部喪命。我再也無法忍受自己讓他們陷入危機。

然而，噢，我多麼想與威爾、凱拉、奧斯汀……與我的凡人孩子們在一起。我想要幫哈雷把笑臉圖案貼在他的火焰噴射槍上面；我想要與琪亞拉調情，把她從達米安身邊搶走……或者也許把達米安從琪亞拉身邊搶走，我還沒有完全決定；我想要透過「練習」這種奇怪的活動增進我的箭術功力和音樂技巧。我想要有個家。

離開吧，我對自己說。快點。

㊾ 菲迪亞斯（Phidias, 約 480-430 BC），古希臘最偉大的雕刻家、畫家、建築家，宙斯巨像和雅典娜雕像便是出自他的手。

由於我是個懦夫，時間拖得太久。下方小屋的燈光紛紛亮起，學員們從他們小屋魚貫走出。薛曼．楊開始做他的早晨伸展動作，哈雷在草地周圍慢跑，手中高舉他製作的「里歐．華德茲信標」，希望終有一天能發揮作用。

最後，兩個熟悉的身影發現我了。他們分別從不同方向走來，一個從主屋、另一個從第三小屋爬上山來找我。他們是瑞秋．戴爾和波西．傑克森。

「我知道你在想什麼，」瑞秋說：「別那樣做。」

我假裝一臉驚訝的樣子。「戴爾小姐，你可以看透我的心思嗎？」

「我不需要。阿波羅陛下，我很了解你。」

如果是一星期之前，這樣的說法會讓我笑出來。區區凡人才不可能了解我。我已經活了四千年之久，一般人類光是看到我的眞實形體就會蒸發掉。然而現在，瑞秋說的這番話似乎再合理不過了。與萊斯特．巴帕多普洛斯在一起，你看到的樣子就是他的眞實模樣，實在太容易了解。

「別叫我『陛下』，」我嘆氣說：「我只是個凡人青少年，並不屬於這個營區。」

波西在我旁邊坐下。他瞇眼看著日出，海邊吹來的微風弄亂他的頭髮。「是啊，我以前也認爲自己不屬於這裡。」

「那不一樣，」我說：「你們人類會改變、長大、成熟。我們天神不會。」

波西轉頭面對我。「你眞的確定嗎？你似乎變得很不一樣啊。」

我想，他這樣說有恭維之意，但我並沒有從他的話中得到安慰。假如我漸漸變成完全的人類，那實在很難成爲慶祝的理由。是沒錯，在一些重要時刻，我還是能召喚出少許的天神力量，像是對付日耳曼人湧出一股天神的力氣，還有對付巨像的花粉症，可是我不能仰賴那些能力，甚至搞不懂自己到底怎麼召喚出那些力量。事實上我有種種限制，而我根本不知道限制到何種程度……嗯，這讓我覺得自己比較像是萊斯特．巴帕多普洛斯，而不是阿波羅。

「我們必須找到其他神諭並保護它們，」我說：「如果要這樣做，我必須離開混血營，而且不能讓其他人和我一起冒險。」

瑞秋在我的另一邊坐下。「你的語氣聽起來很確定。你從樹林得到預言嗎？」

我忍不住顫抖。「恐怕是。」

瑞秋把兩隻手放在膝蓋上。「凱拉說，你昨天對一支箭說話。我猜那是用多多納的樹木製作的？」

「等一下，」波西說：「你找到一支會說話的箭，它對你述說預言？」

「別傻了，」我說：「那支箭會說話，不過我是從樹林本身得到預言的。多多納之箭只會提供亂七八糟的建議，它還滿討厭的。」

那支箭在我的箭筒裡嗡嗡作響。

「不管怎麼說，」我繼續說：「我都得離開混血營。三巨頭打算要控制所有的古老神諭，我必須阻止他們。等我打敗那些以前的皇帝……唯有那樣，我才能面對宿敵匹松，讓德爾菲神諭恢復自由。完成之後……如果我存活下來……也許宙斯會讓我回到奧林帕斯山。」

瑞秋用力拉扯自己的一撮頭髮。「你知道吧？只憑一個人的力量做那所有的事，實在太危險了。」

「聽她的話，」波西敦促說：「奇戎對我說了尼祿的事，還有他那個詭異的控股公司。」

「我很感激你們提供協助，可是……」

「哇。」波西雙手合十。「只是先說清楚喔，我可沒有提議要跟你一起去。我還是得撐完高中最後一年、通過DSTOMP和SAT考試，而且想辦法不讓女朋友把我殺了。不過，我一定會替你找到其他幫手。」

「我可以去。」瑞秋說。

我搖搖頭。「我的敵人如果有機會抓住對我來說很珍貴的人，比如說德爾菲的女祭司，他們一定愛死了。更何況我需要你和米蘭達．加汀納留在這裡研究多多納樹林，從現在開始，它是唯一能提供預言的來源。而且我們的通訊問題到現在還沒有解決，如果能學會運用樹林的力量，絕對是最重要的關鍵。」

瑞秋努力掩飾，但我從她嘴巴周圍的線條看得出來她很失望。「那麼梅格呢？」她問：「你會想辦法找到她，對吧？」

她這番話就像拿著多多納之箭刺入我的胸口。我凝視著森林，那片朦朧的廣大綠意吞沒了年輕的麥卡弗瑞。有非常短暫的一刻，我感覺就像尼祿一樣，好想把整個地方徹底燒光。

「我會試試看，」我說：「但梅格並不希望有人找到她。她受到她繼父的影響。」

波西的手指撫摸著雅典娜．帕德嫩的大腳趾。「我曾經失去太多人了，他們都受到不好的影響，像是中村伊森、路克．凱司特倫……我們差點失去尼克……」他搖搖頭。「不行，不能再這樣下去了。你不能放棄梅格，你們的命運綁在一起，更何況她是很好的人。」

「我也認識很多好人啊，」我說：「他們大多數人都變成野獸，或是雕像，或是……或是樹木……」我的聲音嘎然而止。

瑞秋伸手按住我的手。「阿波羅，事情可以有不一樣的發展。身爲人類是件好事，我們的人生只有一次，但我們可以選擇自己的人生方向。」

聽起來似乎樂觀到無可救藥的地步。這麼多個世紀以來，我看過同樣的行爲模式一次又一次不斷重複，總是有一些人類覺得自己超級聰明，想要嘗試一些沒人做過的事。他們自以爲正在創造獨一無二的人生，其實只是描繪著同樣的老事蹟，一代又一代不斷重複。

然而……說不定人類的堅持不懈就是一種資產。他們似乎從來不放棄希望，每隔一陣子還眞能讓我驚訝萬分。我從沒想過會有像亞歷山大大帝、羅賓漢或比莉・哈勒黛[100]這樣的人物，而就同樣的觀點來看，我也從沒想過會有波西・傑克森和瑞秋・伊莉莎白・戴爾。

「我……我希望你說的是對的。」我說。

她拍拍我的手。「把你在樹林裡聽到的預言告訴我。」

我深吸一口氣，身子抖了一下。我眞不想說出那些話，深怕那些話會喚醒樹林，害大家淹沒在預言、爛笑話和電視購物頻道的可怕雜音之中。不過我還是背誦出那些語句：

以前有個天神名叫阿波羅
他奔進一個洞穴藍色而且中空

---

100 比莉・哈勒黛（Billie Holiday, 1915-1959），美國爵士樂歌手與作曲家，其獨特唱腔被推崇為二十世紀最佳爵士樂歌手。

三種交通工具
青銅吞火怪客
被迫吞下瘋狂和死亡

瑞秋摀住嘴巴。「五行打油詩？」

「我就知道！」我哀嚎著說：「我完了！」

「等一下。」波西眼神發亮。「那些句子……它們代表的是我心裡想的意思嗎？」

「嗯，」我說：「我相信藍色洞穴指的是『特洛弗尼烏斯神諭』，那是……非常危險的古老神諭。」

「不，」波西說：「另外幾句，三種交通工具，青銅吞火怪客，吧啦吧啦之類的。」

「喔。我不曉得那是指什麼。」

「哈雷的信標。」波西笑起來，但我不了解他爲何這麼高興。「他說你幫它調整頻率？我猜那眞的有效喔。」

瑞秋對他瞇起眼睛。「波西，你到底……」她的表情突然放鬆。「喔。哇。」

「還有其他句子嗎？」波西催促著說：「就像，除了這首五行打油詩以外？」

「還有好幾句，」我坦白說：「都是一些我聽不懂的片片段段。『太陽落下，詩文將盡』。唔，『印第安納，芭娜娜。快樂到達』。還有什麼『引人入燒』。」

波西猛力拍打膝蓋。「這就對了。『快樂到達』。『快樂』是個名字……嗯，至少意思是這樣啦。」他站起來掃視地平線，最後目光緊盯著遠方某個東西。一抹笑容在他臉上盪漾開來。「就是啦。阿波羅，你的護衛隊快到了。」

我順著他的射線看去。有個巨大而且有翅膀的物體從雲層中冒出來，一邊旋轉一邊閃耀著神界青銅光芒。它的背上有兩個人類大小的形體。

他們的下降寂然無聲，但我心裡彷彿響起華德茲琴的歡欣響亮樂音，大聲宣告好消息。里歐回來了。[101]

---

[101] 里歐的巨龍「非斯都」（Festus）的拉丁文意思是「快樂」，所以「快樂到達」讓波西聯想到非斯都。

39

想要揍里歐？那完全可以理解 帥馬芬足矣

半神半人們還得抽號碼牌。

尼克從點心吧檯搬出一台給糖機，抱著它走來走去，嘴裡喊著：「從左邊開始排！各位，隊伍要排整齊！」

「眞的有必要這樣嗎？」里歐問。

「有。」米蘭達・加汀納說，她拿到第一號。她用力搥打里歐的手臂。

「哎喲。」里歐說。

「你這個混蛋，我們全都恨死你了，」米蘭達說。接著，她抱住里歐並親吻他臉頰。「如果你膽敢像那樣再失蹤一次，我們會排隊殺了你。」

「好啦，好啦！」

米蘭達得趕快往前走，因爲她後面的隊伍排得相當長了。我和波西陪里歐坐在野餐桌上，旁邊還有他的同伴……不會是別人，當然是永生不死的女巫卡呂普索。雖然里歐被混血營的每一個人打一拳，我還是相當確定，他是這張桌子上最不感到侷促不安的人。

波西和卡呂普索第一眼看到彼此時，兩人尷尬地擁抱一下。我很久沒見過這麼緊張的問候了，最後一次大概是帕特羅克洛斯見到阿基里斯的戰利品布莉賽伊絲的時候（說來話長。非常刺激的八卦。以後再問我。）[102]卡呂普索向來很討厭我，所以她刻意不理我，不過我一直等待她大叫「哼！」，然後把我變成一隻樹蛙。這麼膽戰心驚眞是受不了。

波西擁抱里歐，連搥他一下都沒有，但是看得出來波塞頓之子非常不高興。

「我眞不敢相信，」他說：「六個月耶……」

「我說過了啊，」里歐說：「我們一直試著傳送更多的全像卷軸，也試過伊麗絲訊息、夢境影像、打電話，全都不成功。……哎喲！嗨，愛麗絲，你好嗎？總之，我們克服了一個又一個難關。」

卡呂普索點點頭。「阿爾巴尼亞那裡特別困難。」

尼克．帝亞傑羅在隊伍尾端大叫：「請不要提到阿爾巴尼亞！好了，各位，接下來換誰？排成一直線。」

達米安．懷特猛搥里歐的手臂，然後笑嘻嘻走開。我連達米安到底認不認識里歐都不確定，他只是不想放過打人的機會吧。

里歐揉一揉他的二頭肌。「喂，不公平，那個傢伙又跑回去排隊了。所以，就像我說的，假如非斯都昨天沒有接收到那個自動導航信標，我們說不定還在到處亂飛，想盡辦法飛出妖魔之海。」

「噢，我討厭那個地方，」波西說：「那裡有超大隻的獨眼巨人，名字叫什麼波呂斐摩

[102] 帕特羅克洛斯（Patroclus）是希臘第一勇士阿基里斯（Achilles）最要好的朋友，有一說他們是情人。布莉賽伊絲（Briseis）是阿波羅的女祭司，阿基里斯在戰爭中將她擄回。

斯[103]……」

「我就知道，對吧？」里歐附和說：「那傢伙的口臭是怎樣？」

「兩位，」卡呂普索說：「也許我們應該著眼於現在？」

她沒有看著我，但我有種感覺，她的意思是：這位愚蠢的前任天神和他的各種問題。

「是啊，」波西說：「那麼關於通訊方面的問題……瑞秋．戴爾認爲這與一個公司有關，叫做『三巨頭』。」

瑞秋本人已經去主屋叫奇戎過來，但波西相當稱職，把瑞秋對那些皇帝和他們邪惡公司的調查結果大致解釋清楚。當然啦，我們所知不多。等到又有六個人搥過里歐的手臂後，波西已經讓里歐和卡呂普索跟上目前的所有進度。

里歐揉揉身上的新瘀青。「老兄，所以很多現代的公司都是由殭屍羅馬皇帝負責經營，爲什麼我聽了沒有覺得很驚訝？」

「他們不是殭屍，」我說：「而且我不確定他們經營所有的公司……」

里歐揮手阻止我繼續解釋。「不過他們企圖要掌控神諭。」

「是的。」我表示同意。

「而那樣不好？」

「非常不好。」

「所以你需要我們幫忙。……哎喲！嗨，薛曼。老兄，你那個新疤痕是怎麼弄的？」

趁著薛曼對里歐大談「褲襠踹客麥卡弗瑞」和「惡魔小桃兒」時，我偷偷看著卡呂普索。

她看起來與我記憶中的模樣很不一樣。頭髮依然是焦糖棕色的長髮，一雙深色杏眼也依舊慧黠，但現在，她沒有穿著古希臘長袍，而是現代的牛仔褲搭配白色上衣，外面套著非常鮮豔的粉紅色滑雪外套。她看起來比較年輕，差不多像我的凡人年紀。我很想知道她離開那個施了魔法的島嶼後，會不會受到懲罰而失去永生不死之身？假如會，而她依然保有這麼超凡脫俗的美貌，實在太不公平了。她既沒有鬆垮的肌肉、也沒有青春痘啊。

在我注視下，她對野餐桌的另一端伸出兩隻手指，那裡有一罐檸檬水在陽光下凝結出水珠。我以前也看過她這樣做，那是要叫她的隱形空氣僕人把東西移到她手中。但這一次，一切都文風不動。

一絲失望的神色閃過她的臉龐。然後，她意識到我正看著她。她臉紅了。

「自從離開奧吉吉亞島後，我就沒有力量了，」她坦白說：「我現在完全是凡人。我還保有一絲希望，但是……」

「你想喝東西嗎？」波西問。

「我來倒。」里歐連忙伸手拿水罐。

我沒料到自己會對卡呂普索產生同情心。我們過去曾經激烈爭吵；好幾千年前，她請求從奧吉吉亞島提早獲釋，而我反對，理由是……呃，我們之間的一些恩怨。（說來話長。非常刺激的八卦。拜託以後「不要」問我。）

然而，我現在身為貶入凡間的天神，很能理解失去力量有多麼難堪。

另一方面，我卻鬆了一口氣。這表示她不能把我變成一隻樹蛙，也不能命令她的空氣僕

---

103 波呂斐摩斯（Polyphemus），獨眼巨人族中最有名的一個，平常以島上動物和自己養的羊為食，也會吃人。

人把我從雅典娜．帕德嫩神像頭頂扔下去。

「給你。」里歐遞給她一杯檸檬水。他的表情似乎變得比較陰鬱、焦慮，彷彿……啊，這是當然的了，里歐把卡呂普索從她的島嶼監獄救出來，而爲了達成目的，卡呂普索已經喪失她的力量，里歐覺得要負起責任。

卡呂普索展露笑顏，不過依然帶有鬱悶的眼神。「謝謝你，寶貝。」

「寶貝？」波西問。

里歐的神情變明亮。「對啊，但她不肯叫我『帥馬芬』，我不知爲什麼。……哎喲！」

這次換哈雷了，那個小男孩揍了里歐一拳，接著竟然投入里歐的懷抱，抽抽噎噎哭起來。

「嗨，小弟。」里歐弄亂哈雷的頭髮，神情變得很羞愧。「你用自己做的信標『哈大師』帶我回家，你是英雄！你知道吧？我絕對不是故意吊你胃口喔。」

哈雷哭得鼻涕直流，同時點點頭。然後他又搥里歐一拳就跑掉了。里歐看起來好像快要痛死的樣子。哈雷眞的相當強壯。

「總之，」卡呂普索說：「關於羅馬皇帝的這些問題……我們要怎麼幫忙？」

我挑挑眉毛。「那麼，你眞的會幫我囉？即使……啊，嗯，卡呂普索，我一直知道你最好心了，而且度量寬大。我本來想要更常去奧吉吉亞島拜訪你……」

「饒了我吧。」卡呂普索啜飲一口檸檬水。「如果里歐決定幫你，我就會幫忙，而他似乎對你有某種愛慕之情。唉，我實在難以想像。」

我終於呼出一口氣，剛才已經憋了很久……嗯，可能有一小時。「里歐．華德茲，我很感激，你一直是紳士和天才，畢竟你創造出華德茲琴。」

里歐咧嘴笑了。「就是我，對吧？我覺得那眞的很讚。所以你要找的下一個神諭在哪……哎喲！」

妮莎終於排到隊伍最前端，她打了里歐一巴掌，接著用連珠砲般的西班牙語斥責他。

「是啊，好啦，好啦。」里歐揉揉自己的臉。「該死，好姊妹，我也愛你！」

他把注意力轉回到我身上。「所以，接下來的神諭，你說它在哪裡？」

波西輕敲野餐桌面。「我和奇戎正在討論這件事。他認爲那個三巨頭什麼的……他們可能把美國分割成三部分，每一位皇帝統治一部分。我們知道尼祿躲藏在紐約，所以猜想下一個神諭位在第二位仁兄的領域裡，也許是把美國切成三等分的中間那部分。」

「喔，美國三等分的中間那部分！」里歐往左右伸長兩隻手臂。「那眞是小菜一碟啊。我們只要搜索整個國家的最中間就行了！」

「還是很會挖苦和諷刺哩。」波西指出。

「嘿，兄弟，以前在大海上方高處，我曾經和最會挖苦人的南方佬一起航行。」

他們兩人互相擊掌，但我實在不太懂箇中原因。我想到之前在樹林裡聽到的零碎預言，好像關於印第安納之類的。也許可以從那地方開始……

隊伍的最後一個人是奇戎本尊，由瑞秋．戴爾幫他推輪椅。這位老半人馬對里歐露出溫暖的微笑，宛如父親般慈祥。「我的男孩，眞高興你回來了。而且我發現你救出卡呂普索，做得好，歡迎你們兩人！」奇戎伸展雙臂要擁抱他們。

「呃，奇戎，謝啦。」里歐的身子向前傾。

奇戎的馬前腿突然從大腿的毯子底下伸出來，將馬蹄踢向里歐的肚子，然後又以同樣迅雷不及掩耳的速度縮回去。「華德茲先生，」奇戎以同樣慈祥的語氣說：「假如你再一次亂開那樣的玩笑……」

「我懂了，我懂了啦！」里歐揉揉自己的肚子。「該死，就一個老師來說，你的踢腿眞是見鬼的超強。」

瑞秋笑嘻嘻地推著奇戎的輪椅離開了。卡呂普索和波西扶著里歐站起來。

「喲，尼克，」里歐叫道：「請告訴我，身體虐待到此爲止了喔。」

「暫時是這樣。」尼克笑著說：「我們還在努力與美國西岸取得聯繫，那邊肯定有幾十個人想要好好揍你一頓。」

里歐皺起眉頭。「是喔，眞令人期待。嗯，我覺得最好保持一點體力。巨像把涼亭餐廳踩扁了，現在你們各位是在哪裡吃午餐呢？」

那天晚上，波西在晚餐開飯前就離開了。

我原本期待有個一對一的感人送別會，而他會請求我提供建議，包括考試、成爲英雄和一般的人生指引等。他協助我打敗巨像後，我至少可以幫他這樣的忙。

然而，他似乎比較有興趣跟里歐和卡呂普索道別。我沒有參與他們的對話，不過他們三人看似達成某種互相理解的狀態。波西和里歐彼此擁抱，卡呂普索甚至戳戳波西的臉頰，接著波塞頓之子與他的超級大狗一起涉水進入長島海峽，雙雙消失在水底下。歐萊麗女士會游泳嗎？難道牠是透過鯨魚的影子旅行？我不知道。

晚餐也像午餐一樣輕鬆隨意。隨著夜幕降臨，我們圍在火爐周圍吃著野餐籃裡的食物，火爐燃燒著荷絲提雅的暖意，驅走了冬天的寒意。巨龍非斯都在小屋區周圍到處嗅聞，偶爾朝空中噴噴火，似乎沒什麼特別的理由。

「它在科西嘉島有點壞掉，」里歐解釋說：「有時候它會像那樣亂噴。」

「它還沒有噴火燒到重要的人，」卡呂普索補充說，接著眉毛一挑。「我們很快就知道它喜歡你的程度有多少。」

非斯都的紅寶石眼睛在黑暗中熠熠發亮。我畢竟駕駛太陽戰車很久了，對於騎乘金屬龍並不會感到緊張，但是一想到接下來要騎去的地方，感覺胃裡好像開了一堆天竺葵的花朵。

「我本來打算自己一人去，」我對他們說：「多多納的預言提到青銅呑火怪客，但是……要求你們冒著生命危險，感覺就是不大對勁。你們經歷了千辛萬苦才剛到達這裡啊。」

卡呂普索歪著頭。「說不定你眞的改變了喔，聽起來很不像我記憶中的阿波羅。而且絕對不像以前那麼帥氣。」

「我還是相當帥氣啦，」我抗議著說：「只是需要把這些青春痘擠掉。」

她嘻嘻笑起來。「所以你沒有完全喪失你的大頭症。」

「抱歉請再說一次？」

「兩位，」里歐插嘴說：「假如我們要一起出門，最好讓彼此的關係友好一點。」他拿一個冰袋壓在瘀青的二頭肌上。「此外，反正我們打算要向西前進，我得順便去找我的哥兒們，傑生和派波和法蘭克和海柔和……嗯，我想差不多是朱比特營的每一個人。一定很好玩。」

「好玩？」我問。「特洛佛尼烏神諭可能會讓我陷入瘋狂和死亡的境地，就算我能存活，其他的試煉更不用說，一定很漫長、悲慘，而且很可能送命。」

火！領唱時間到了，來吧！」

歡呼聲混雜著抱怨聲，不過大多數人還是站起來，慢慢走向遠處已然熱烈燃燒的營火，那裡有尼克・帝亞傑羅站在火焰前的剪影，他準備了一串串棉花糖，放在看起來像是大腿骨的骨頭上。

「哎喲喂呀。」里歐皺起眉頭。「我好討厭領唱。我拍手和唱出〈王老先生〉的時機老是不對。我們可以不要參加這段嗎？」

「噢，不行。」我站起來，突然覺得心情比較好了。也許我明天一想到說再見就會流淚，也許明天之後我們會朝自己的死期飛撲而去，然而今天晚上，我只想要與自己家人歡度這段時光。卡呂普索剛才說什麼？「活得很充實，無所畏懼。」如果連她都做得到，那麼最才華洋溢、最優秀傑出的阿波羅當然也做得到。「唱歌對靈魂有益，你絕對不該錯過唱歌的機會。」

卡呂普索笑起來。「我不敢相信自己會說這種話，不過這是我頭一次同意阿波羅的意見。來吧，里歐，我會教你怎麼唱和聲。」

我們三個人一起走過去，迎向笑聲、音樂，以及劈啪作響的溫暖火光。

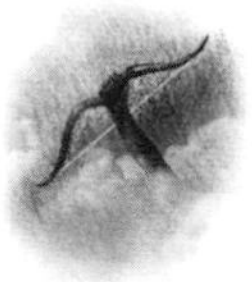

太陽神試煉

祕密神諭

文 / 雷克・萊爾頓　譯 / 王心瑩

副主編 / 陳懿文　編輯協力 / 林孜懃
封面設計、內頁繪圖 / 唐壽南
行銷企劃 / 鍾曼靈
出版一部總編輯暨總監 / 王明雪

發行人 / 王榮文
出版發行 / 遠流出版事業股份有限公司　104005 台北市中山北路一段11號13樓
電話：(02)2571-0297 傳眞：(02)2571-0197 郵撥：0189456-1
著作權顧問 / 蕭雄淋律師
輸出印刷 / 中原造像股份有限公司
□ 2017年2月 1 日 初版一刷
□ 2023年9月10日 初版十一刷

定價 / 新台幣299元 (缺頁或破損的書，請寄回更換)

ISBN 978-957-32-7946-4
ylib 遠流博識網 http://www.ylib.com　E-mail:ylib@ylib.com
遠流雷克萊爾頓奇幻欄 http://www.facebook.com/thekanefans

THE TRIALS OF APOLLO：THE HIDDEN ORACLE

國家圖書館出版品預行編目（CIP）資料

太陽神試煉.1,祕密神諭 / 雷克.萊爾頓（Rick
Riordan）著;王心瑩譯. -- 初版. -- 臺北市:遠流,
2017.02
面；　公分.
譯自：The trials of Apollo : the hidden oracle
ISBN 978-957-32-7946-4（平裝）

874.57　　105025542